那山那村

何 石 / 著

精准扶贫和乡村振兴小说集

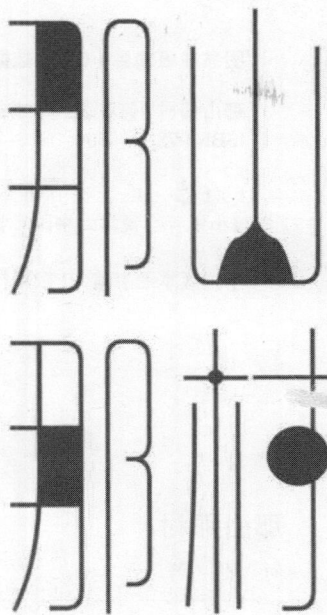

- 2020年邵阳市重点文艺创作规划项目
- 2020年长沙市文联文学创作扶持项目
- "百里脐橙连崀山"产业扶贫理念在湘西南生根落地的生动实践
- 以大量退转军人"铁血本色"展现当代"崀山汉子"的高大形象
- 政协委员践行"决胜全面小康""决战脱贫攻坚"承诺的文化行动
- 书写中国乡村"创业史""脱贫史""振兴史"的精耕力作

百花洲文艺出版社
BAIHUAZHOU LITERATURE AND ART PRESS

图书在版编目（CIP）数据

那山那村 / 何石著. -- 南昌：百花洲文艺出版社,2020.11
ISBN 978-7-5500-3876-9

Ⅰ.①那… Ⅱ.①何… Ⅲ.①中篇小说－小说集－中国－当代
②短篇小说－小说集－中国－当代 Ⅳ.①I247.7

中国版本图书馆CIP数据核字（2020）第209556号

那山那村

何　石 / 著

出 版 人	章华荣
责任编辑	郝玮刚　蔡央扬
书籍设计	黄敏俊
制　　作	何　丹
出版发行	百花洲文艺出版社
社　　址	南昌市红谷滩新区世贸路898号博能中心一期A座20楼
邮　　编	330038
经　　销	全国新华书店
印　　刷	江西千叶彩印有限公司
开　　本	720mm×1000mm　1／32
印　　张	8
版　　次	2020年11月第1版第1次印刷
字　　数	185千字
书　　号	ISBN 978-7-5500-3876-9
定　　价	42.00元

赣版权登字　05-2020-197
版权所有，盗版必究

邮购联系　0791-86895108
网　址　http://www.bhzwy.com
图书若有印装错误，影响阅读，可向承印厂联系调换。

一个作家的时代担当（代序）

章罗生

何石最近在《湖南文学》《湘江文艺》《广西文学》《中华文学》《精短小说》《湛江文学》《读者报》《湘声报》等报刊发表了一系列扶贫攻坚与乡村振兴题材的中短篇小说，如《那山那村》《将心比心》《掰腕》《千秋寨寨王竞夺记》与《泥湾渡脸谱（扶贫组章）》等。这些作品，如同作者以往纪实文学的创作一样，不仅表现了其立足现实、热爱家乡的宽广情怀，而且紧跟扶贫攻坚和乡村振兴时代主题，同时展现退转军人这一特殊人群，在广阔农村的时代变革中，退伍不褪色，坚守初心，主动作为，大显身手的绚烂风采，来展示他们的热情、勤奋、敏锐、勇于开拓、不断进取的创新追求。

2020年是决胜全面小康社会、决战脱贫攻坚之年，也是"十三五"规划收官之年，让贫困人口和贫困地区同全国一道进入全面小康社会，这是习近平同志为核心的党中央向人民、向历史做出的庄严承诺。这场脱贫攻坚战力度之大、规模之广、影响之深前所未有。铁凝在《书写新时代的"创业史"》一文中倡导："在决胜全面建成小康社会、决战脱贫的伟大进程中，中国作家是在场者、参与者，是满怀激情的书写者，秉承着近现代以来中国文学薪火相传的优良传统，深

入生活、扎根人民，与人民同心同行，去书写一部部讴歌历史伟业、凝聚人民力量的优秀作品，为人民奋斗、民族奋进留下炽热而凝重的记录。"

何石就是这样的在场者、参与者，也是扎根一线的书写者。在这本《那山那村》的小说集里，可以窥见其缠绵的故乡情怀和对生养他的那方水土的熟悉与热爱。诚然，故乡就是作家从母腹中呱呱坠地、来到人间的地方。故乡，对于作家的写作题材，小说中人物的活动环境、营造的文学世界，起着决定性的作用。这种情怀，在他早期的小说《山那边的那边》《小渡风流》中就能发现，那个萦怀于梦的"泥湾渡""大顶岭""八里山""千秋寨"，一直贯穿于他新近的小说《泥湾渡脸谱》《千秋寨寨王竞夺记》《那山那村》等作品中，构成了他那山、那河、那渡、那村的主基调。

何石关注家乡的农村生活，应该可以追溯到上世纪（20世纪）80年代中期，那时的他只是个从农村刚步入军营的小战士，刊发于《广西文学》的《山那边的那边》，写一个封闭保守的山村女青年，因不满父亲为她安排的"倒插门"婚姻，而不惜冲破重重阻力，与同族有为青年私奔南方，在外面闯出一番天地以后，又举家回归原乡，在镇上办起了木材加工厂，最后设法把原来的"招郎公"招进自己的厂里……通过一波三折的世事沧桑，反映旧农村、旧思维在时代更迭中破茧重生的艰难蜕变。

著名作家关仁山说："认知新时代，首先要懂得新时代的特征。"显然，何石是熟知新时代当下农村现实的。他可圈可点的四个中篇小说《那山那村》《将心比心》《掰腕》《千秋寨寨王竞夺记》是新时代特征最明显的现实题材作品，他把笔触瞄准了当下的扶贫和乡村振兴。有人把扶贫主体简单地分为扶贫干部和贫困群众，而新时代乡村人与人的关系已没有固定的模式，被时代淘洗得五彩缤纷的芸芸众生，他们在"两不愁三保障"政策光照下，已经变得丰富而立体，圆滑而多变起来。何石笔下的张清平、陈松柏，许仲英、王德海、刘松林，曹劲松、黄平华、黄大牛，符处长、"唐调"、汪祥夫、刘世亨等相对应和关联的矛盾体，他在塑造这些新时代人物形象时，既不失审美理想，又具备弘扬正面精神价值的能力。因而，扶贫干部中权力斗争、利益寻租的两面性，以及部分群众耍小聪明、玩心计，甚至动辄告状、投诉的人性弱点，就越发显得那么合理而真实，但这些并不会动摇大多数像许仲英一样脚踏实地、鞠躬尽瘁的扶贫干部的整体形象；同时，那些有血有肉、有情有义、个性鲜明的农民，也从简单僵化的模式中挣脱出来，一批政策和法律意识较高、放浪不羁、不按常规出牌的人物形象也被真实而复杂地表现出来。

总之，这些小说，整体上是成功的，而且是充满文化气息和竖有明显地域标杆的。

首先，在题材内容上，它们不但是作者家乡崀山的人事，而且紧扣扶贫攻坚的时代主题，反映了乡亲们在脱贫致富路上的奋斗英姿、成败得失与行进步伐。与此相连，作品紧扣崀山的历史地理与风土人情，具有鲜明的地方特色。在这方面，除夫夷江、将军石、八角寨、天一巷、骆驼峰等崀山风景，与杨再兴、江忠源、刘长佑、刘坤一等历史人物外，还特别突出了"百里脐橙连崀山"等品牌产业，及以旅游带动观光产业发展的改革思路与主攻方向等。

其次，在手法形式上：作者不但"以人为本"，而且以基层干部与普通村民为主；不但写了扶贫路上的众多感人故事，而且抓住人

物特点，从人生、家庭与情爱等角度，注重突出其精神与个性呈现。如《那山那村》在写脐橙示范村支书陈松柏带领群众脱贫致富的事迹时，不但细致地描述了他与妻子刘梅兰的无私奉献，而且穿插了他们与张清平、徐秋菊夫妇之间的"恩怨情仇"及人生故事；《将心比心》在写石泥村女支书许仲英的扶贫事迹时，通过她在身患癌症后签"生死状"的感人之举，突出了其"鞠躬尽瘁，死而后已"的高尚人格与伟大精神；《掰腕》写大塘村退伍军人、养殖专业户黄大牛在脱贫工作中，每当遇到棘手的人、事时，就运用自己在部队中练就的绝招，与人比试"掰腕"，从而化解矛盾、解决问题，这也足见何石构思与视角的独特、巧妙。此外，《千秋寨寨王竞夺记》通过旅游点千秋寨寨王竞选这一情节，引发矛盾与纷争，让正反人物纷纷登场，让思想与智慧、善恶忠奸相互碰撞，构思巧妙，引人入胜；《泥湾渡脸谱（扶贫组章）》中写对扶贫对象李小缺、麂霸、鹿先生等人的帮扶，见出何石重人物、抓特点，接地气、近民情，既讲究故事情节又不忘人性"探微"等的写作特点。

再次，赋予了退转军人特殊的舞台，一批有情怀、有作为的退转军人形象跃然纸上。何石先生本人曾经的军旅生涯，使他在作品中有意无意地写到退转军人，并且大多是主人公或主要人物。如中篇小说《那山那村》中的张清平和陈松柏就是两个退转军人，他们就是文中的主人公，原本是一对"冤家"，却在不同的岗位，为着"乡村振兴"的共同目标发力；《千秋寨寨王竞夺记》中的转业军人、驻村支部第一书记符处长和退转军人汪祥夫，围绕"寨王"的更迭，展开了一场智慧与才情的演绎；《掰腕》中的曹劲松和黄大牛，也是两个"不打不相识"的退转军人，黄大牛身上那种独有的、鲜明的军人本色，是无法复制和学得的，他动辄以掰腕决策事务，看似可笑，但不乏情趣和幽默，也贯穿着智慧和气魄，是贴了标签、如假包换的当代"最可爱的人"。此外，《将心比心》中的王德发，《大山的儿子》中的东发，《小渡风流》中的山仔，《潮动》中的阿帆，以及《泥湾渡脸谱》中的麂霸、"王阿毛"等等。这些人物群像，进一步向社会释放出"综合能力在社会实践中备受青睐"的信息。

总之，这些小说不失为顺应时代、书写时代的好作品。我曾经对何石先生不断转换文体持担心态度，看来这种担心是多余的。

此评代序。

（章罗生，南京大学博士，湖南大学文学院教授、博士生导师，中国当代文学研究会纪实文学委员会常务副主任，著名文学评论家）

目　录

那山那村

这是一场棋逢对手、没有胜负的角逐

这是一个男人间才会发生的故事

——题记

引　子

夫夷江从广西资源顺流而下，绕过十八道弯甩下一路登峰造极的象形景观，"将军石""天一巷""辣椒峰""骆驼峰""八角寨"……流出崀山，又写意出一路美不胜收的画廊。自上而下至县城，可观赏到"崀笏朝天""莲潭映月""花渡春风""放生晚眺"等夫夷胜景。落日黄昏，登上"放生阁"，但见长堤柳岸，金岭如黛，粼粼碧波，霞光荡漾，山川城郭尽收眼底。江畔两岸，或悬崖峭壁，或古木森森，喧鸟噪林，槐荫柳樾，野渡无人，舢舟自横……流出县城，便是一片脐橙的海洋，沿江两岸如衣如带贴身相随百余里的数万顷脐橙产业观光园，构织成"百里脐橙连崀山"的生态人文风景。四季青黛葱郁，春有绿叶、夏有花芳、秋有金黄、冬有果香，既是游人观光好去处，又是农民脱贫致富的"绿色银行"。尤其是菊残荷尽之后，诚如清代诗人施鸣皋的"风吹红叶胭脂色，雁叫空林橘柚

香。此后相思云树隔，好凭飞梦到君乡"，是崀山风景中开篇启幕之作，也是无限秋色的点睛之笔。

一

时令已进入初秋，是湘西南"火炉"正旺的时节，有"秋剥皮"的谑称。赤泥村村支书陈松柏和大多数橙农一样，在脐橙果子慢慢膨大的时候，像悉心照护自己的孩子，那份专注、那份祈盼，比忠实的教徒还要虔诚。这时，光合作用好，正是脐橙长个的最佳时机。但也是脐橙溃疡病、生理性病害、红蜘蛛、潜叶蛾、介壳虫等最猖獗的时候。果农们每隔十天半月就要用"美思达""阿满德隆"加"美容王"等药剂喷洒，否则脐橙的枝杈就会染病，叶子被蛀蚀，最关键的还是脐橙的表面会长疤或者结痂，极大地影响观感从而直接削减价格。因而那一段时间，果农们的心思就倾注在那一片片充满希望而又唯恐功亏一篑的郁郁葱葱的田野。

赤泥村就在县城之下、夫夷江之滨10公里处，清一色的低山丘陵地区。因为靠着河流，气候温润，民国时期就种植柑橘。20世纪70年代末引进脐橙后，几经改良，这里成为县内优质脐橙主产区。即使中间几度因脐橙滞销，堆积如山的果子倒在水田里做肥料，赤泥村人也没有改弦更张过。村里人有一首这样的歌谣——

忙里偷闲是脐橙，
夜在梦乡是脐橙；
穿衣吃饭靠脐橙，
盖楼娶媳靠脐橙。

　　陈松柏和他的婆娘刘梅兰选择下午日头西斜的时候出工，是因为这些药物不能在高温下喷洒，那会对新梢嫩叶造成直接伤害。他家的橙园就在他家附近的山包上。他们把墨镜、口罩一戴，身上各披一件塑料的雨披。陈松柏把各种药物按比例在喷雾机大肚子里兑好，发动柴油机，负责推着机器在橙园的机耕道上移动；刘梅兰就打开龙头花洒，天女散花似的对着一排排树冠由近及远、又由远及近轮番喷洒着。日头刚沉到崀山的八角寨，这几十亩果园的喷洒工作就在他们夫唱妇随的嬉笑中搞完了。

　　夫妻俩把工具收拾好，推到山包上的老屋。父亲火急火燎地接过去洗净了擦了又擦，母亲则在厨房里忙开了夜饭，梅兰忙不迭就去给老人家打下手。这时，陈松柏独自转到屋后的山包。

　　这是赤泥村最偏远的靠近夫夷江的一个山头。站在此处，全村可以一览无余。最壮观的莫过于北面鬼斧神工般一削千尺的绝壁，壁下就是訇訇作响的江流。当放眼全村那连片连片无边的脐橙的绿色海洋，涌出无比得意的成就感的时候，陈松柏面对夫夷江，顿有曹操《观沧海》的豪情，"东临碣石，以观沧海。水何澹澹，山岛竦峙。树木丛生，百草丰茂……"，这是他常常吟咏并熟念于怀的诗句。是啊，记得自从1990年从武警边防部队退伍以后，他就进了村里的班子，从民兵营长、村委会副主任，到村委会主任、村支书，快30个年头了，怎么谦让都不行，村民的信任，乡里的重托，削也削不掉似的。也难怪，这些年，他为脐橙谋、为脐橙想，魂牵梦萦，茶饭不思。先是带领乡亲们将每一个角落每一寸闲地都种植上脐橙树；然后，因为家家户户都有脐橙，就要解决脐橙的销路问题；产量过剩、

储存困难，又要解决冷藏的问题；时移世易，网络发达，又要考虑电商促销问题；路宽道畅、供不应求，还要考虑横纵向协作问题……他们村是县里的脐橙产业示范村、市里的奔小康示范村，村里有的种植大户承包了100多亩果园，产量近100万斤。最让他自豪的还是前年他将全村的脐橙园折股成立合作社。村民只要有脐橙，就可以交到合作社保价收购，免去了滞销和规模小被压价的风险；还可以将脐橙园入股合作社，即使出去打工或做甩手先生，也可以分到红利。合作社像一个大公司，有技术指导部、网络营销部、生产加工部。陈松柏就是村支书兼合作社的理事长，而负责电商网络营销的部长就是陈松柏的妻子刘梅兰。刘梅兰有文化、脑子活络，人也长得利索、爽朗，陈松柏能把赤泥村摆得如此条理分明，刘梅兰有一半的功劳。

其实，出于共同富裕的一份担当和对妻子刘梅兰的感激之情，陈松柏一直就有一个夙愿：要帮扶着外家八里山村一起奔小康。他不由得抬起头，仰望对面的高山，那里有广阔的土地，有同样适合种植脐橙的条件，就是因为长期受"靠山吃山"和"打工经济"的束缚而远远落在赤泥村的后头，成为小康路上名副其实掉队的"丑小鸭"。

越城岭的一脉——八里山莽莽苍苍的，连绵不断，犹如一道密不透风的屏障，与夫夷江并行着，像一个忠实的保镖，一直护送着她向东北行进。这个保镖衣袂飘飘的袍裾，就是八里山山麓伸向夫夷江的缓冲地带，也就是赤泥村的所在地。一条通向邵阳、长沙的省级公路从赤泥村南沿穿过。崀山以丹霞地貌捆绑申世遗成功以后，组团来旅游的客人除了北线绕道从武冈走洞新高速外，只要走南线从白仓上高速这条路是最便捷的通道。因为是交通要道，作为与运输相伴而生的脐橙产业，伴路发展自然成为明智的首选。早在10年以前，有先见之明的陈松柏为了促销自家脐橙，就用最好的脐橙园与公路旁边的户主换了半亩旱地，修造了二层楼的房屋，建成了通往外界最早的窗口。接着当地居民和远处的村民，纷纷跟进，用置换和买卖的办法，沿公路两旁鳞次栉比地建起楼房，清一色地将一楼作为展示脐橙的门面和仓库，公路两边一公里左右居然发展成了脐橙销售一条街，每当橙红果熟的秋冬时节，家家户户将脐橙摆出店外，迎接南来北往的过路客的挑选。他们配上各种规格的包装盒，盒子上打着"中国崀山脐橙"，好像脐橙是崀山的妻子，理所当然地享受着"夫荣妻贵"的礼遇。经过多年的发展，赤泥村成为"市镇＋农户"新城镇化的典型。在街市有了房子，住的人多了以后，远处的老屋只有些老人留守着，大多成为劳动间隙的休憩场所。大部分人在街上过起了城里人一样的小日子，出去干农活或是管理脐橙树，都是骑着摩托或是开着小车去。后来，随着村部和脐橙产业合作社的冷库和办公楼傍着居民区征了十几亩山地，一场大面积的人口迁移更加拉动了赤泥村的城镇化进程。

在刘梅兰的团队里，有几十个年轻媳妇妹子，一天到晚就是在合作社的网站上网，用微信聊天或打电话，把脐橙照片和资料发往朋友圈和公众号，有些销售明星可以销掉数百吨水果，自己村的水果不够销，她们就向周边村组货。因为业务扩大，还带动物流业的繁荣，让村里几个搞快运的赚得盆满钵满。也就是说，赤泥村普遍比较富裕，农民除了管理脐橙、种植水稻，在合作社做电商搞业务、跑运输，基本上没有什么富余的劳力出外打工，也不愿意外出过漂泊的日子。

但对面山上的八里山村却恰恰相反，老话说"靠山吃山，靠水吃水"。这个村老一点的村民就守着广阔无边的森林，靠蓄一些乔木

卖钱。这些年因金属材料价廉物美，杉木不被看好，只有松木还能卖掉做模板。因而，收入越发惨淡。年轻人大部分出外打工，成群结队，相伴而行。往往因学历低下、技能不多，在裁员和关厂大潮之下首当其冲。陈松柏的外家就是八里山村的，他看在眼里急在心里，眼见大片山林被买山的贩子砍伐得精光以后，到处光秃秃的，没有实实在在的作为，就动员大家栽种脐橙。很多人担心山区温差影响，种不出来，犹豫不决。陈松柏又支持妻子用事实说话，夫妻俩亲自在父母自家的山地上栽了几百棵做实验，如今那些脐橙树长势良好且已经挂果，足以证明海拔不是问题。自此，刘梅兰就挨家挨户上门现身说法，还答应指导技术，并且承诺保价回收果子。总算说服了部分年纪大的村民回流。慢慢地，大山当阳的空旷的原野里也有了星星点点脐橙的绿色。但要形成产业，像赤泥村那样红火，还有好长一段路程走。

"松柏，你在发什么呆啊？天不早了，我们该早点下山——还不洗好手准备开饭？！"陈松柏正在感慨，梅兰却过来喊吃饭了。

"哎，梅兰，我要你抓紧落实张清平他们三家那块伐木后荒芜的山地，还没有进展吗？"松柏见梅兰过来，急着问。

"我去了无数趟了，尤其是张清平的父亲张七爷，顽固不化，横竖一个事不关己的样子。"梅兰埋怨着，气不打一处来，"我再想想办法吧。"

"你去找找八里山村村委会主任刘达成，他和张清平关系最好，要他做做工作。"陈松柏很坚决地说，"哪怕花高价也要租下来，这块地既显眼又开阔，有了这个招牌，其他的人就会跟着把土地租给我们合作社！八里山村要发展脐橙产业，这是最关键的一步！"

陈松柏充满期待的话语，刘梅兰听起来特别顺耳，她正想为家乡的脱贫做点力所能及的实事，而心爱的男人又如此心心相印，让她柔肠百转，不觉身骨都酥软起来，她竟拉着男人的手十指相扣毫不介意地走进了公公、婆婆的视线。

二

张清平家前年和两户人家一起卖了一座相连的足有百多亩的山林，站在山下一望，光秃秃的，寸草全无。那些买山的贩子客，用机器杀伐，乔木、灌木、高柴、矮草一扫而光。好端端的一片山阳开阔地，是种植脐橙的好地方。眼见着空了几年，梅兰多次动员清平的父亲——七爷栽脐橙树，但七爷知道清平和梅兰的那些麻纱事（湖南方言，意为矛盾），阴阳怪气地摇摇头说："我是栽不动了，栽不栽那是他们自己的事。"分明是责备梅兰多管闲事。梅兰碰了几次壁，也不气馁，解铃还须系铃人，恐怕得找到张清平本人才行。

这天一大早，梅兰就上了山，她按照陈松柏的主意通过八里山村的村委会主任刘达成做个转弯，让他给清平打电话，她答应每亩每年1000元的租金，签20年，每年还可搞1%的递增，20年后退还给他们自营。刘达成就当着梅兰的面按下了微信的语音通话键。

"清平哥，你和小军他们三户的那块山地，是种脐橙的宝地。"他看了看梅兰，得意地丢了一个眼风，那意思是"看我的杰作吧"。他埋下了个伏笔，设了个套，"我们村地广人稀，没什么经济，像你们做老板的毕竟是少数。现在，赤泥村靠种脐橙成了市里的小康示范村了。我想，用你们那块山地做示范，带动全村发展脐橙产业。你看——"

"这是好事！你想怎么搞？"清平很兴奋，听得出他好急切。

"我想，把它租给赤泥村的脐橙产业发展合作社。每年一亩1000元租金，每年递增1%，你只管收租金。"刘达成把话引入正题。又得意地飞了梅兰一眼。

"我说刘达成，你这个村委会主任怕是当到头了，你怎么就不给我争一口气呢？"清平话来得冲，音量也提高了，"你是缺技术还是缺资金？！"

"清平哥，我们是既没有技术又没有资金……"刘达成无奈地诉起苦来，"我们村前些年靠着山里那些林木，经济也还不错；这些年形势变了，木材滞销，村里经济每况愈下。年轻人不守家恋土，只想着出外打工挣钱。当然，你是个例外，但几个有你那样的运气？家乡要发展，必须要有产业带动，赤泥村就是个成功的范例。他们的脐橙合作社，有规模有经验，产品早就销到乌克兰、俄罗斯、美国、巴西了。"刘达成歇了口气，话锋一转，"你不知道，陈松柏和梅兰为了把你们这块地盘下来，以你们这块地做示范，带动我们全村把脐橙发展起来，为这个事可是操碎了心。不是念着外家的这份情结，他们才不会如此低三下四地求你哩！"

"你这个有骨气的，太令人失望了！哎，这样，你带几个人去搞，我给你1500元一亩，你把那块地整出来，种上脐橙，挂果前五年我分文不收，每年每亩再给你500元补贴，挂果后我不要你的租金。怎么样？你敢签合同吗？"清平可是跟刘达成较上劲了。

"哥，你是怎么了？你是跟梅兰过不去还是跟钱过不去呢？人家真心实意想通过这块地在村里搞个示范，纳入他们合作社的范围，如果带动全村把荒山辟成脐橙园，那受益的是我们整个八里山村啊！"

"我就是跟你刘达成过不去！你太冇志气了，你太不称职了！"张清平挂微信前又没好气地说了句，"我就要摆在那里晒太阳，晒成金山银山，气死你！"

刘达成一脸委屈。他想得也没错：我可以发狠把清平的那块山地开垦出来，但远不如陈松柏他们合作社承包开发出来有煽动力。

只有刘梅兰知道张清平的心思：他是觉得陈松柏独领了县里脐橙的风骚，期待八里山村也能急起直追；他不想改变这个局面的人居然是陈松柏，他希望刘达成能站出来给他争这口气。但偏偏刘达成既没有闯劲，也没有创意。当然令他大失所望！归根结底，还是不乐见陈松柏比自己更出人头地呗。这可能就是这个男人一直打不开的心结。

刘梅兰要刘达成把张清平的微信名片发给自己。她倒要试试，这头倔驴，到底有什么过不去的坎？到底要怎么样的条件才肯合作呢？

刘梅兰看着刘达成发来了张清平的微信名片，她的心里咯噔了一下。点不点开呢？她很纠结，她怕点开了，张清平若是不理睬她，平白生出尴尬。但思来想去，那么一大块光秃秃的当阳坡地，就因为张清平听说是自己出面要为合作社租来栽脐橙树，便生硬硬地不肯。难道他因情生怨，始终为那段情窦初开的孽缘纠结？

大山里的孩子有大山的童年。那时候一起放牛的刘梅兰和张清平，只要把牛往后山一赶，牛就自顾自享用饕餮大餐去了，孩子们就抓紧去砍柴。山上柴草茂密，砍的柴精精爽爽的，没有一片叶子。两头一捆，上下齐崭崭的，扦担往中间一插，放在肩上发出吱吱呀呀的响声。因为担子重，他们先把柴往山下送，而这时清平总是兴冲冲地走在前面，与梅兰拉开好远的距离，为的是回头来接她的担子。等他们回头，牛也差不多吃饱了，他们可以轻松愉悦地打打闹闹回家。那

样的日子，他们持续到小学毕业，等一起进了初中，来回的路程远了，回到家也已经很晚了，吃完饭只能在附近的田地里扯些猪草或是接一下弟妹们砍回的柴担子……梅兰一直把清平当两小无猜的"兄弟"，从来也没有设过防，有什么心得、有什么见闻，总要在回家的路上与他分享。初二年级下学期的一天，梅兰在讲数学老师总喜欢喊自己站起来回答问题，讲着讲着，清平没有接话，她猛一回头，却发现清平目不转睛地盯着自己的臀部。她诧异地喊了声，只见一抹红晕迅速掠过他的脸颊。从那一刻起，她不敢直视清平带电的眼睛，心里突突地乱蹦，有种溃堤的迷乱。以后走在一起，她也有意疏远，与女同学靠得近一点。其实，这时候梅兰也是情窦初开的花季，并不是不解风情的懵懂少女，只是她的心里有了一个钟情的男孩，他就是同班同学陈松柏。她常常上课的时候走神，想着他高大挺拔、生龙活虎的样子，禁不住心怀激荡。

张清平明知道刘梅兰对陈松柏心有所属，也发现陈松柏对刘梅兰的暗送秋波有了回应。那么他还要在那个蛙声鼓噪的夏夜演绎出"窥浴"的一幕，究竟是一个欲罢不能的懵懂少年的"欲望冲动"，还是面对"国土沦丧"的残局，爱之深、恨之切的顺理成章的情感表达呢？

八里山夏天的夜晚，山间田里的青蛙叫得人心里发痒，那些个家伙又大又傻，电光一杀，就呆呆地一动不动等着束手就擒。张清平时常会去抓，兴致好的时候一个晚上可以抓好几斤。但这个晚上，他做完家庭作业之后，依然是蛙声聒噪，那声音听久了口里就愈发发干，特别想喝汩汩流淌的山泉水。他就鬼使神差，借着皎洁的月光，提了个锑桶去村口的水井打凉水喝。路过梅兰家的后窗，突然梅兰的妈妈大声地喊了句："梅兰，你洗完澡了没有？"只听梅兰绵绵地、漫不经心地答着："快了。"

那声音就从梅兰家的厨房里传出来。清平顿时喉咙里像塞了东西，呼吸也紧张起来。他把桶子放在地上，为了不发出响声，把拖鞋也扔了，光着脚，猫着腰，快速朝窗口靠近。他把头贴着窗边，用眼睛的余光去探，微弱的煤油灯并没有直射着她的胴体，而是放在桌上故意用个纸罩罩着，摇曳的朦胧灯光下，恍惚着雪白雪白的身体，梅兰俏皮地掬了一捧水，从头顶往一对坚挺而葳蕤的"兔子"中间淋过，那水声清脆而透剔，好像淋在清平的嘴里，他嚅动着嘴唇，吧嗒吧嗒地像渴干了好久。他已经顾不得用余光去看，而是越凑越近，分明又看到梅兰左手掩着右乳，轻轻地，顺时针揉压，又逆时针回揉，右手浇了水往指尖灌滴，嘴里发出轻轻的、惬意的呻吟……

要不是清平也发出了那一声按捺不住的共鸣，梅兰绝不会发现窗外的动静。当"啊！"的一声惊呼划破夜空，清平慌不择路，踢翻了自己打水的锑桶。梅兰的妈妈问她干什么，她打了个马虎，说有只猫老在窗外馋叫。梅兰第二天把清平堵在路上，白了他一眼，清平就羞愧得脸红到耳根。梅兰丢了句："无耻！"从此再也不理清平了。这件事成了他们二人烂在心里的秘密，也加速了梅兰向松柏表明心迹的步伐。梅兰是想用陈松柏做挡箭牌，让张清平对自己望而却步。

迷蒙中，初中毕业了，他们三个人又同时考进县城边上的一所普通中学读高中。在高中，少男少女表露真情实感的方式可能直接得多，遇到心仪的对方，就会通过纸条向对方表白。有一个叫徐秋菊的女同学，明知道刘梅兰和陈松柏是经过多年历练的一对铁杆，还是大胆地给陈松柏传了一张表示爱慕的纸条子。陈松柏没有回信，却在一

个黄昏把刘梅兰约到夫夷江边的柳林里，将那个字条交给她，让她去跟徐秋菊讲清楚。陈松柏希望刘梅兰不要伤害徐秋菊，最好能够把她介绍给张清平，做个两全其美的好事。

刘梅兰后悔没有好好读书，但绝不后悔自己成全了张清平和徐秋菊的美满姻缘。为了与徐秋菊做朋友，刘梅兰使尽了法子，极力迎合徐秋菊的各种爱好。等她们成了肝胆相照的朋友，她才把秋菊给松柏写纸条的事讲出来。这样，让秋菊对陈松柏彻底死了心；进而她又大谈张清平的好，讲他小时候是如何重情重义，还编了好多好听的，加深了秋菊对清平的好感。由于秋菊的主动示好，"铁石心肠"的张清平，才慢慢放下了对刘梅兰的心结。然而，在情感上，男人一旦心有所专，那将根深蒂固。刘梅兰，那只是张清平没有跨过去的坎；而陈松柏，那才是张清平终生要征服的山头。

刘梅兰心里就特别欣赏两个男人的较劲，这种较量，是男儿血性的昭示。一个男人没有参照，没有斗志，那就是一潭死水，就会波澜不惊。她看得出来，陈松柏从部队回来的这么些年，做了多少让乡领导佩服、群众感动的实事，他不仅在证明自己的能力，也是在向远在越南的张清平喊话："兄弟，刘梅兰有眼光，跟着我不委屈！"

每当陈松柏做成一桩大事，刘梅兰也倍感欣慰，越是这个时候，她就越会百般温顺，像新婚宴尔的小媳妇，极尽柔情地给丈夫最大的奖赏。

这两个男人的明争暗斗，在高中就开始了。那时候谁要是当个班干部，另一个就会在学校学生会竞选学生干部，或者要设法在学校的重大活动里出尽风头；谁的成绩在前面，下学期另一个肯定要超过去。他们就那么斗着争着比着，毕业了，因为基础差，都没有考上大学。张清平和陈松柏就又同时进了部队,分在DX边防检查站当兵。从新兵到副班长到班长,几乎同时晋级,入党也是同一年。退伍后,陈松柏卷着行囊回到家乡当村干部;而张清平退伍后,压根就没回家,历经近20年的打拼,告别了晦暗的打工生涯,书写了别样的人生传奇。让刘梅兰时时也感觉到,他同样在昭告她:刘梅兰,我不是孬种!我要让你为自己的选择后悔!

20世纪90年代初,越南政府有一个集酒店、博彩、娱乐为一体的重大投资项目面向全球招商。香港老板张兴旺先生力拔头筹,经越南政府特许投资近2亿元港币在芒街和海防之间修建五星级豪庭大酒店。筹建之初,就提前委托DX边防检查站从退伍的老兵中选拔50名安保人员。张清平和陈松柏都接到了邀请,但陈松柏谢绝了,坚持打着背包回到了老家。因为豪庭酒店离东兴市很近,张兴旺就把安保集训中心和后勤保障中心全部放在东兴市。起初,张清平也就是安保集训部的教官,他的老婆徐秋菊在食堂帮厨,工资待遇都不高,带着两个孩子,日子过得紧紧巴巴的。真正的转机是在5年之后,那时适逢张清平的同届战友王大平分到检查站的一个分站当站长。那时候,豪庭酒店正式营运,生意十分红火。从韩国等国家和香港、澳门等地区取道东兴进入越南的客人慢慢多了起来。张老板开始注重起与检查站的关系来,因为过关审查还是很严厉的,尤其是有些带车的客人,如果没有熟悉的向导会麻烦很多,何况张兴旺的安保和后勤中心还在东兴,与检查站的交道可谓"耳鬓厮磨"了。正是在这种背景下,张清平被提拔为安保和后勤基地的总经理,也就是说东兴这一摊子就他老大了。那时节,老家县、乡领导和家乡的朋友只要去越南旅游,都要变着法子在东兴找他撮一顿,而他在东兴的所有酒店和宾馆只要大笔一挥签

个字，就可以走人，因而结识了很多家乡政商界的朋友。

张清平真正的人生巅峰还是从2000年以后开始的。那一年，中国政府加大打击偷渡力度，俄罗斯、印度、越南与中国交界的口岸，因开放了博彩业，过境频率过高的博彩客势必是过不了关的，有些人就会铤而走险通过偷渡非法过关。其实，真要这样，与张兴旺也没什么干系。但有一次偏偏张兴旺有几个香港的朋友被拦住了，就打电话要张兴旺想办法。张兴旺左右为难，人家专程而来，不就是给你面子？怎么办呢？他知道这个例破不得，不仅会有连锁反应，还有犯罪坐牢的风险。碍于情面，侥幸心理压倒了理智。他最后还是指示张清平接待他们在东兴住下，然后叫张清平把他们送到指定的码头上交给了越南偷渡的蛇头。没想到刚入海就被边防检查站海上侦缉队逮个正着。中国公安向张兴旺发出通缉令之前，先把张清平抓了。在审讯室，张清平本可以把所有责任推给张兴旺，但他居然一揽子承担了所有策划、组织责任，反而让张老板洗得干干净净，他最后以组织偷渡（未遂）和认罪态度较好被轻判了一年有期徒刑。代人顶罪的"大恩大德"被张老板无限放大，因而也就认准了这个兄弟。等张清平从监狱出来，张老板就把他们夫妇当菩萨供着：徐秋菊不用下厨上班，每月到财务领好几千元工资；不仅为张清平配了宝马轿车，还把工资加到几万元一月。他在外的所有开支费用，只要见发票，一律报销。最为关键的是，老板已经把他视为同门兄弟，操刀子下地狱的兄弟。这些年，张清平跟老板去了越南那边的总部，由于遇事冷静、处事周全，越发被老板倚重，当了张老板半个家。听说在南宁、东兴都买了房，他老婆徐秋菊曾流露过要引退回老家发展的意向，老板知道后放出话："老弟，我的'豪庭'就是你的'豪庭'，真想走也不要难为情。什么时候不想干了，告诉哥一声，哥给你500万安家。"

这些都是刘梅兰听去越南那边旅游回来的朋友说的，她佩服清平放眼物外的远见和对朋友两肋插刀的豪气。不过对于涉案偷渡、替人消灾的作为，当然不能恭维。相信他也会吃一堑长一智，再不会犯同样的错误。每当听到张清平出人头地、升职晋级的消息，刘梅兰都会泛起些许自豪。

梅兰突然想起自己的好朋友徐秋菊来，对，通过秋菊做张清平的工作，倒是个好办法。这样想着，她就大胆地点了张清平的名片，还在留言里加了句"我是梅兰，我找秋菊叨叨"发了出去。

三

丈夫陈松柏已经同意把八里山村纳入到自己村的脐橙产业合作社，只要村民愿将适宜栽种脐橙的土地入股，同样享受赤泥村股民的同等权益。梅兰浑身是劲，双脚像踩着了"风火轮"。这一天，她在刘达成陪同下到处走了走、访了访，对山上有多少荒土、多少荒山，分别是哪些人家的，哪些人是什么心思，大概有了一个基本了解。她忙完公事，又回山上看了父母，当然要陪老人吃顿饭。转来转去，回到家里就已经很累了。这时，陈松柏还没有回来，他是去县里开会了。

梅兰打开电视，调到县里的整点新闻，见还没到时间，就想先冲个凉。这些年自从女儿上了大学，老人守着老屋，这个街上的家就他们两公婆，他们习惯了互相暴露，以增加彼此的新鲜感。她把一身汗臭的衣服扔在沙发上，留了个奶罩和裤衩走进淋浴房。解开罩扣，镜子里的自己一览无余：腰，还没粗，左转转，右扭扭，还好，没怎

么走形；肚子也没有发福，只是脂肪多了一点点；一对"兔子"依然还饱满着，她把右边的那只托起来，自觉还是有弹性的。左手盖过乳晕，正要揉压上去，她的脑海里迅速闪过35年前那个夜晚的一幕，砍脑壳的张清平，要死的张清平，哎！也别咒人家，谁叫自己忘情了呢！她转念又笑自己，那时还只有15岁，青春发育期，"兔子"好小呢！

她自己揉压着，迷离着，这时门本来就没关，陈松柏什么时候也赤条条地走了进来，把梅兰惊吓得跳了起来，他从后面抱着她，脱了她的裤衩，打开淋浴头，花洒喷薄的恣肆的水花沁润着、助长着、渲染着浪漫的情调，一种从未有过的新鲜感、惬意油然而生，激发着她强烈的冲动和欲望，一阵缠绵的心与心的印合，爱的吟咏欢快而淋漓地弥漫开来……

从冲凉房出来，电视里新闻已经开始了。陈松柏走近电视，欣喜若狂地指指点点，看着妻子，眼睛异常地亮："老婆，忘了告诉你，要并村了，我们村子小，没有2000口人，可能要与八里山村或白石村合并。方案还没出来，但今天是动员会。"说着又盯着电视，在画面上寻找自己的影子。突然找到了，"在这里！"梅兰走过来，画面就翻过去了。

"松柏，真要并村就好了！"她在想，既然要把八里山村的空闲山地纳进合作社推进脐橙产业化，正愁思想难得统一，大棋难下，这下如果并了村，一条喉咙出气，两村一并，先进带后进，就是千载难逢的好时机，"我今天去八里山了，初步了解了一下，全村大概有荒山和潜在荒山2000亩，可垦改土地1000亩，如果把它们纳入我们的合作社，将是两个赤泥村的规模。这是推进脐橙产业化，打造公路两翼并进发展，促使八里山早日脱贫致富的大好机会！"

"梅兰，你和我想到一处了，今天开完会以后，我们下午又到镇里开了个座谈会，镇里几个领导要我们谈看法，隔壁的白石村就强烈要求和我村合并在一起，他们想搭我们合作社电商营销的便车。"看着梅兰着急，松柏话锋一转，"我没有同意，我坚决要求把八里山村并在我们村，我说白石村的脐橙我们可以帮着销，但八里山村是脐橙后进村，我们带着它，笨鸟很快就会飞起来。"

"你还有点八里山郎霸公的样子，这些年我也没有白疼你，"梅兰将右手搭在松柏的肩上，轻轻地拢了拢，松柏就迎了过来，把梅兰抱到沙发上，又来了兴致，梅兰就嗔怪地嘟着嘴，打开了他的手，"我跟你讲，一定要争取这个方案，如果让八里山再跟九里山村合并，那他们就走不出越城岭了。"

"这个，我也只能提建议，还要在方案未形成之前靠八里山的村干部和村民们多争取。不过，从合理布局、科学搭配去分析，应该是这么规划的。"

"叮咚！"这时梅兰的手机来了一条微信好友反馈的信息，这是她特意调定的声响，与来信的声音有区别。她一骨碌从沙发上弹起来，她今天只有一个好友申请，至今还没有得到通过。难道是张清平？

她从电视柜上拿过手机，点开微信，显示"你加'清者自清'的好友申请已通过"。就是张清平！她把手机在松柏眼前晃了晃，眉飞色舞地说："张清平他们几户那100多亩山地，今天我要刘达成跟他说，张清平死活不同意，不知道葫芦里卖的什么药？！"她说完，就打开语音说话，放开嗓子说："张清平，你是钱多了在袋子里跳还是

脑壳进了水生了锈？我们是想拉八里山一把，才出高价钱承包你们那片山地，无非就是想在八里山搞一个脐橙样板示范园，好让大家跟着把脐橙搞起来，不要纯粹依赖外出打工，早点脱贫致富！你以为谁都像你，几万元一个月，还可以南宁、东兴到处有房有车？你不替乡亲们着想还拖后腿，我以为你在外面混了这么多年，也该长了见识，没想到这么令我失望！"

这么一连串的连珠炮放完，梅兰也解恨了好多。她瞟了瞟松柏，只见松柏黑了个脸，没有说话。夹在两个活气包中间，梅兰还是拿捏得住的，她既要维护自己的男人，考虑他的自尊和权威，又要在张清平面前不卑不亢，即使赞许、褒奖，也要适度，不能过火，尤其是还当着自家男人的面。

梅兰看到通话栏有了红点，知道清平传话过来了。

"刘梅兰，世界上除了种脐橙就没有别的路子可走？要种脐橙难道就只有你和你家那位陈松柏会种？你给我讲出子丑寅卯的大道理，我服了，你就拿去种！"

这是头犟牛，不使点劲是不会服服帖帖的。她看看陈松柏，想寻求支持和援助，但见他依然黑着脸，估计是有点吃醋了。她也懒得理他，眼珠子一转，连珠炮又轰开了：

"张清平，听说你与县领导们关系好，难道没听他们告诉过你，崀山申世遗成功以后，脐橙就成为县里生态建设和产业发展的主推项目，每年一届崀山脐橙节引来了全世界的客商，现在我们县是中国四大脐橙主产地之一，中央电视台天天有广告，现在省长、市长都在帮我们叫响'百里脐橙连崀山'哩。我作为我们村脐橙合作社的网络销售部部长，你知道我去年销了多少脐橙吗？我一个人就销了500多吨！你知道现在什么价格吗？平均3元多一斤了！以前烂在河边无人问，如今是虽在深山有远亲！我们的合作社已经有了很大规模和丰富的经验，八里山村村民只要把土地交给合作社，自然有人种，愿意出去打工的还可以去，如果觉得家里好想回来，随时可以回来。我们赤泥村，去年的平均收入有2万多元了！这就是我的子丑寅卯，也不是什么大道理，这就是看得见、摸得着、经得起推敲、经得起盘查的大实话！"

说了这些，还觉得意犹未尽，又补了几句："你不是跟县里、镇里领导关系好吗？今天松柏去县里开了会，全县要并村了，要我说，赤泥和八里山合并了就会比翼齐飞，共同发展！"

听到"比翼齐飞"四个字，陈松柏再也压抑不住心中的"邪火"了，他把梅兰的手机夺了过来，做了个狠狠要摔的动作，最后选了个沙发的角落摔了过去，嘴里骂道："不得了了，还'比翼齐飞'哩，要不私奔算了！人家南宁、东兴有房有车，你羡慕吗？人家一个月几万元工资，你也眼红吧？你不问问那是怎么得来的？那是靠蹲大狱、上刀山、下火海换来的！那是靠偷渡、违法犯罪换来的！"

梅兰见陈松柏那么咆哮着，着着实实是杵着心尖了。她知道一定是"比翼齐飞"和表扬张清平有能耐的几句话把松柏刺激了。他这些年使尽浑身解数，年年上台阶，不时有创新，上上下下哪个不心存敬意，佩服得五体投地？！但既然要牵住张清平的"牛鼻子"，哪还能吝啬几句"奉承"？这要是换了别人那是绝对中规中矩，但作为"特定角色"的自己男人，真没点脾气，倒显得不太正常了。

她无限爱怜地走过去，双手搭在松柏的肩上，把脸贴着他的头，不无自责而嗔怪地说："老公，你真吃醋啊，我还怕你无动于衷呢，

不过，以前的事都翻过去了，你可不能小肚鸡肠噢。不管怎么说，我心里有杆秤——我的老公是最优秀的。"

"那当然！"陈松柏故意把头昂起来，就要抑制不住爆笑出来。

梅兰消解了松柏的火气，才去捡手机，见清平又有了几条话语，她问松柏："清平回话了，我还回不回过去？"

陈松柏故意装着没听见，踱去调电视。梅兰就大胆点开了微信。

"你这些话是陈松柏教你的吧。不过还有点道理。这样吧，那块山地，你们合作社拿去种，只能种脐橙。前五年不要你的租金，五年后你给多少都行。20年后要还给我哦，我退休回八里山还想弄点果子吃。

"并村的事就包在我身上，就这么说定了，赤泥村和八里山并了！"张清平说得很干脆、很自信。

男人就这么臭美，好像他就是县长、镇长，他这么定了？多大的能耐似的。梅兰用余光斜着看了看自己的男人，他正貌似漫不经心地看电视，其实心里绝不是滋味。只有她懂得两个男人的心事。她还得把话回过去。

"你太小看陈松柏了，这些小儿科的杂碎还劳驾他操心，他一天到晚开会、出差、考察、谈生意，比县长还忙！"梅兰总算找了个机会给松柏挽回点面子，"哎，你和小军家那些山地，总该写个合同吧。你叫秋菊跟我讲几句。另外并村的事，怎么就这么定了？你说清楚！"

清平很快就回过话来："我讲的就是圣旨，什么年代，还签什么合同？！要依据，我今天讲的话就是依据，小军他们二位的也由我做主了。并村的事，我讲这么定了就这么定了，八里山村和赤泥村合并，包在我身上！如果出意外，你叫陈松柏把我的头砍下来！我一个大老爷们，有徐秋菊什么事？回头发个电话给你，你们自己联系，婆婆妈妈！"

"你自己记住啊，可是一颗人头！真是的——"这男人，怎么说起话来喉咙越来越陡了！她努力回忆着张清平的模样，很模糊。该有20年没有谋面了，他还是见了我就有点身心发毛、做了亏心事脸会羞红到耳根的样子吗？

梅兰在心里开了几秒钟的小差，回过神来，又故意看着松柏，头一歪，两手一摊，不住地哂笑。这就是男人，这些死要面子的男人！这些历经岁月的摔打之后也会变得不太真实的男人！她敢肯定今晚秋菊一定不在旁边，所以他才可以那么"爷们"。

四

赤泥村和八里山村合并的事由田头消息发展到得到官方进一步的确认。由于事先有预设并经自己极力主张，所以当镇长把消息告诉陈松柏时，他也并未有什么惊喜。但真正让陈松柏感到惊悚的，却是镇长的后面半截话："兄弟，你要有一个思想准备，有一个香港老板指名要到你们村建一个工业园，看好你们脐橙一条街公路南向三角坪那一片地。地由县里统一向你们征，合作方式正在谈判，过几天会下来实地踩点。"

挂断电话，一脸笑意写在陈松柏的脸上。他在想，这些年脐橙产业做大了，香港老板都知道赤泥村了，也难怪，去年广东深圳有好几个水果老板用加长的大货车拉了好几车脐橙运到香港，因个匀、色润、味甜，深受香港市民欢迎。后面有香港的水果商人直接与销售部

取得联系，先打了货款过来要求合作社发货过去。眼下，已经向合作社预付了当年800吨脐橙30%的货款。他记起来了，有个老板叫陈跃进，祖籍是汕头的，为了调货，还特意给陈松柏打电话，不仅认家门，还邀请他去香港考察市场。陈松柏口头答应了好几次，但一直也没抽出时间成行。这个香港老板，难道是陈跃进牵线搭桥的？他越想越兴奋，禁不住要把这个消息告诉自己的老婆大人，也说不定是她们销售部哪位的客户，还得好好奖励人家才行。

他走进合作社的办公楼，销售部的办公室是个大间，放了四五十台电脑，清一色的娘子军们把着，脐橙园还没开园，她们已经忙得不亦乐乎，订单雪片一般，有欧洲的，也有美洲的，韩国、新加坡、澳大利亚等国家，以及香港、澳门等地区对此更是情有独钟。这些年随着冷藏仓库的建成销售周期也慢慢拉长了，即使到了淡季，她们也可以组织一些外地时鲜水果在县内销售，视野的拓宽，品种的增加，让刘梅兰和她的姐妹们成了一支专业性很强的有生力量。

陈松柏将头探进销售部大门，里面嘈嘈杂杂正忙碌着，他就放开喉咙开始广播了："报告大家一个好消息，香港老板要到我们村建工业园了，这应该是我们脐橙的品牌效应发挥了作用！你们中谁引进的，最后肯定要重奖！"

"哇！太好了，赤泥村有好日子过了——"媳妇妹子们互相对望着，挤在一起，众星捧月一般拉着刘梅兰的手，竟然唱了起来，"哎／今天是个好日子／心想的事儿都能成／今天是个好日子／打开了家门咱迎春风／哎……"。都说"三个女人一台戏"，这几十号人，那邪火一点，又人逢喜讯，竟然你一推我一搡，把松柏和梅兰两口子就糅在一起，这个捏一把，那个掐一下，嘻嘻哈哈，把个村部闹得沸腾起来。松柏平时也还严肃，大伙向来心怀敬畏，可这会也乐得逍遥，任由大伙没完没了地嬉闹。

不几天，分管招商的王副县长率领的县招商局、国土局、规划局，王镇长领衔的镇招商、城建规划、国土办的同志就下来了，他们到处看了看，瞄了瞄，接着就有人拿了仪器在测量，最后在脐橙一条街附近沿村部、冷库人流聚居的三角坪向南的山坡上打上桩。王镇长陪着王副县长一行走进赤泥村村部会议室，又把八里山村的张支书和刘达成村委会主任叫下山。人都到齐了，王镇长就对来人一一做了介绍，最后主持协调会。

"今天把两个村的同志叫过来，是要在未并村之前完成一个统筹规划的港商食品工业园区用地项目的立项，因为时间紧，所以没有等到并村后再实施。现在向你们宣布立项规模和意图以及征收土地的具体价位。如果顺利，就定在这里，如果有矛盾难理顺，那就再调整规划，也就是说不一定硬要选在这里。"王镇长开门见山，但为了避免村民漫天要价，故意虚晃了一枪，"这个工业园占地800亩，以脐橙选果、加工、冷藏、果汁、果脯、罐头，及食品生产为主题，由县里管理，并负责前期三通一平，然后交付港商建厂。初步规划，要将现有公路南线脐橙一条街500米全部征收拆迁，向南后退100米后，再向南推进一公里，这就牵涉到两个村的土地。政府初步意见是：现有门面地可以等量置换不必再花钱，等于香港老板给你们再建了一次，同样是展示、销售脐橙的功能不变，而且更规范、更统一、更美观；房子按实际建筑面积以2000元每平方米进行补偿，建筑用地按20万元一亩征收，山地减半。你们先讨论，有想法可以提出来。"

会议室里叽叽喳喳、欢呼雀跃者占了主流，尤其是八里山村的

张海牛支书和刘达成村委会主任，他们尽管没有在脐橙一条街的三角坪一带有门面和房屋，但向南推进的800亩土地，八里山村占了近500亩，而那一片又多以杂林和荒山为主，牵涉到的房屋也不多，拆迁的工作也相对容易得多。但赤泥村这一片，大部分都是专为脐橙销售和产业发展想方设法易地建房聚居一起的，本来就是图个方便，这下工业园立项了地块升值了，反倒要远离这片热土，又要回到自己的老家去。尽管有补偿，也还保留了相同面积的门面。但要放弃貌似城镇化的生活，不知当事的业主们是一个什么样的想法？陈松柏就是公路南面首当其冲的一户，他不仅有两个门面的占地，还有门面之上两层约200平方米的楼房，平心而论，港商出的价格还是合理的，远远超出建设成本的。就拿他家的情况看，他不仅可以得到近100个平方米的门面，还可以得到40万元的拆迁补偿，而他当时除了换地也就修了不到20万元。从建设工业园以后产品就地取材、安排富余劳力就业、带动产业更大发展的长远目标着想，即使不赚钱也是要服从发展需要的，只是不知道其他村民会怎么想。陈松柏在想，不管有什么意想不到的困难，那也得啃下来。

　　"刚才王镇长把基本情况通报了，我在这里给大家强调几个'坚持'：一是坚持发展才是硬道理。只要想发展，认准发展的理，就要敢于牺牲局部小众利益。不要以为港商就是'软柿子'，可以得寸进尺漫天要价；也不要抱定铁板钉钉，舍我其谁的心理。我们县里办工业园的地方多的是，同时我们也做了横比纵比，这个征收价格是我们县里的天价了。二是坚持放眼长远。从目前看，自己家小街上的房子没有了，但换来了整个村工业文明的大繁荣，不仅自己产的脐橙在家门口就变成了工业品，还拉动了整个县里脐橙产业的大发展，以后你们村就是脐橙吞吐的集散地，你们村民可以种脐橙，也可以去工厂上班，再也不必背井离乡漂泊在外了。三是坚持设身处地、将心比心。栽好梧桐树，自有凤凰来。我们要让港商愿意来，留得住，留得久，那就要春风化雨，以心交心，处处为别人谋划，时时把他们待为家人。这样才会相帮、相乐、相安、相融！……"

陈松柏还沉浸在自己的思维里，王副县长就接着发话了，他政策水平高，几个"坚持"说下来，听得大家无不颔首称是。

"我给你们三天时间，两个村分头跟业主做工作，最后由陈松柏支书、张海牛支书统一归纳群众意见，集中化解分歧，签好确认协议。最后我等王镇长的反馈。散会！"

听县长这样说，陈松柏对整个征收拆迁当然不敢提半个"不"字，但希望村部和村脐橙合作社的冷库还是尽可能保留下来，不要动。正嗫嚅间，被王镇长盯上了，王镇长就把他拉到一旁问："陈支书，还有什么想法和难处吗？"

"我在想，村部和村合作社的地盘最好就别动了！"陈松柏坚持着，讲起话来也理直气壮，"并村以后我们也不可能去八里山村的山上上班。另外，合作社也是我们镇里的一面旗帜。这面旗帜不能倒啊！"

"哈哈，你这根榆木疙瘩，如果港商愿意给你们把村部、冷库和合作社的办公场地全部翻新重建，你也不愿意？"王镇长看他还没反应过来，又说，"港商早就计划好了，把你们村部、合作社的总部、合作社的所有物业全部推倒重建，面积不少，不要你们加钱，你们只领钥匙就行了。"

陈松柏一脸狐疑，这是什么商人？该不会是来扶贫的吧？他百思不得其解，总觉得有点蹊跷。

　　王副县长给了陈松柏三天时间开会、统一思想、签好协议。陈松柏当天晚上就召集当事业主开了个碰头会，结果几乎全票通过决议并全部签字同意。八里山村也全部签字同意。第三天上午陈松柏就和张海牛把签好字的材料亲手交到王镇长手上。

　　王镇长这天格外热情，也许是对他们高效办事的奖赏，不到下班时间特意陪他们喝茶，还叫食堂加了几道菜，要留他们吃饭。陈松柏是个忙人，哪有时间吃他的闲饭，就一个劲地要走。镇长见陈松柏不领情，就直白地说："你个陈松柏，好像比我当镇长的还忙，我是有话跟你们说哩。"

　　"哪里哪里，我是怕耽误你大镇长的时间。"陈松柏一听镇长有事掩着，也就专心泡茶，还赔不是似的给王镇长和张海牛沏茶，想起镇长专程把自己和张海牛留下说事，该不会是并村的事？也是，并村方案定了之后，叫什么村名？谁来牵头组建村班子？哪些人进班子？想到这些敏感的问题，他也不敢正视镇长的眼睛，好像他一主动提，在张海牛面前显得有些急不可耐和自我主导的嫌疑。所以他很内敛，沉住气没有说话。

　　王镇长拿了个陶制的小杯与陈松柏和张海牛碰了一下，很介意地问了句："陈松柏，你和张清平是战友？"

　　"他和张清平何止战友？他们是中学同学，关键是——"张海牛和张清平是一个组的，陈松柏、张清平、刘梅兰那些事他不可能不知道，正要往下说，见陈松柏正狠狠地盯着他，话到嘴边又打住了。

　　"张支书你也不是不知道，我们也就是同学加战友！"陈松柏又白了张海牛一眼，对镇长说，"王镇长何以关心起我和张清平来了？"

"告诉你们一个真实的消息——你们村里的工业园就是张清平牵的线，他把他的老板——香港人张兴旺拉来投的资，这下你该知道他为什么要选在你们村建工业园了吧？"

"啊？是他？！"陈松柏和张海牛异口同声，张大嘴巴一头雾水……

接下来与镇长、张海牛到食堂吃饭，陈松柏几乎就乱了方寸，他神情恍恍惚惚，一个劲儿地深层次想这次征收的事，吃的什么菜什么口味他全然没有在意，镇长好像还说了些"村级班子调整，要考虑张清平进班子便于工业园的发展"的事，但他似乎并没有听仔细。

五

回来的路上，陈松柏开车捎上张海牛，一路无语，把个嘴闭臭了，让张海牛倍觉难受。

"陈支书，你干了快30年的村干部，你把赤泥村建设成为市里县里叫得响的小康村、红旗村，不仅让我们周边的落后村羡慕，最关键的，你发扬模范带头示范作用，拉着我们一起脱贫奔小康。这次并村，我知道你是极力主张赤泥村和八里山村并在一起，你的出发点和良好用心八里山村人没齿难忘！松柏兄弟，这次村干部调整，我就是退出班子，也要确保你当这个支书！不是我吹牛，八里山村党员的票我还是把得住关的。"张海牛拍着胸脯像表决心似的，越说越激动，"松柏，张清平是我家族上的人，他搞工业园功在千秋，确实深藏不露，办得蛮老成，很干脆，有军人风度！既借助政府出面避免了直接面对乡里乡亲的尴尬，又价格适度，皆大欢喜。但是，对你这老同学老战友而言，我觉得少了一个程序，那就是欠一个招呼！"

陈松柏依然闷不作声，眼睛盯着前方，目不转睛，突然路上有个石头，避之不及，把左边的轮子顶了一下，车子晃动得厉害，便骂了句脏话。

"松柏，这个张清平有些事做得是蛮过火！我在村支部当书记，他从来就没尊重过我，我的决议什么的，向他通气，他不高兴说推翻就推翻了。他不在家好像还当着村里的支书似的，别的不说，这次的工业园我们村占了500亩山地，他居然没给我透个信——你说，他眼里还有我这个家族上的兄弟吗？"张海牛以为陈松柏是泄愤骂张清平，也揭开了话匣子，"要我说，他是没把你我放在眼里的，听说他跟县里领导关系很好，镇里的书记、镇长更不用说了，看来上面的意思已经明朗了，这支书怕是铁板钉钉是他的了！兄弟，我和他同一个家族，他当家也未必把我怎么的，你和他是情敌，是对头，你要放弃了，不争了，你的面子可就过不去了哦！"

"张海牛，你放狗屁！越说越离谱了！你要这么啰唆，你给我滚下车，我不捎你了！"不知是张海牛触动了他那根神经，还是他原本就讨厌张海牛成事不足、庸庸碌碌，这个人没干出一件漂亮的事，却每逢选举，到处拉票，是个占着茅坑不拉屎的角色。这一下好像站队一般，想浑水摸鱼，试图在班子里谋个职位，挖空心思地想法子。陈松柏太了解他了，向来就看不起这个人。

"兄弟，我对天发誓，对你绝对忠心！"张海牛见陈松柏觉得自己的话不中听，也就急着圆场，"好了好了，我不说了……"

把张海牛送到八里山，陈松柏在回转的路上把四个玻璃窗放下来，呼呼的山风和着知了不倦的鸣叫灌进来，尽管嘈杂但还是充满善意，仿佛在为他鸣锣开道似的，走到哪跟到哪，不离不弃，恰似过得古（湖南方言，过得硬）的忠实的老朋友。他索性把车停在半山腰上，从车里出来，倒要好好看看自己的"领地"。是的，几十年来，生活在这方热土，像天天面对自己的孩子，熟视无睹，总是没有仔细去发现过她的长处、她的变化。此刻，他不仅站到八里山的中心，还可以俯瞰到赤泥村的全貌。天边那一簇簇红云给崀山的八角寨罩上一层金光，夫夷江蜿蜒曲折顺流而下，两翼青绿如黛，眼下正是初秋时节，万顷橙园甸甸满枝，丰收在望，让人心旌猎猎；再看看茫茫八里山，茂林森森、山鸟噪林、山岚缥缈、炊烟袅袅，与山下鸡犬相闻，构成了一幅和谐共鸣的山乡美景。再回望山下的那一片工业园规划地，仿佛楼房矗立、机器轰鸣，流水线上清一色的白衣大褂，厂区人流、车辆穿梭如织熙熙攘攘，一派整齐划一、繁忙充实的景象……

看着这片即将崛起鳞次栉比的现代厂房的土地，他又有点五味杂陈，是啊，这个如影随形的"冤家"张清平，这个与自己处处争高比尖的汉子，阔别几十年之后，还真得对他刮目相看啊！他忍辱负重给老板坐牢，老板就死心塌地把他当兄弟？不会那么简单！如果没有出人头地的人生智慧，没有颠扑不破的反复论证，老板不会心悦诚服地丢几千万元在遥远的内地，在一个自己毫无经验的领域下如此大的"赌注"！这是顾家爱乡的无边大爱，更是一场智慧才情的较量。所以，只有正确认识了张清平，才能在以后的合作中摆正自己的位置。其实，平心而论，在自己和张清平之间，真正的赢家还是自己；张清平变着法子证明自己的能力，想方设法表现得高人一等，无非是向别人证明他不是孬种。男人呀，就活一个自尊，活一口气，他也绝不会对梅兰有什么想法，只是想向外人证明他是那个"被刘梅兰看走了眼的人"。这样一想，陈松柏也顿觉眼前豁然开朗，什么村班子的重新

组合，什么工业园的征地建设，什么村支两委与村办企业、工业园的关系，一切都可以探讨，一切都可以迎刃而解。

天色朦胧起来，陈松柏坐回自己的车子，晚风清凉，十分爽朗。

终于等到张清平和他的香港老板张兴旺来现场勘察的日子，陪他们一起来的还有镇里的王镇长。前一天，王镇长早早就给陈松柏打来电话，要他把两个村的村支两委的干部集中在赤泥村的村部，还特别交代要把张清平的老爷子七爷接到山下，张兴旺要见他。

陈松柏没有征求镇长的意见，他完全是自作主张把县里文化馆的乐队老师和附近几个村的腰鼓队、老年舞蹈队、女子军乐队五套班底请了过来，又要刘梅兰把她营销部的娘子军拉成两支龙狮队，其余富余劳力全新整装，手持写有欢迎词的彩绸分列两队。当客人一下车，乐队老师悦耳的唢呐、长笛、笙箫就响了起来，顿时鞭炮齐鸣，腰鼓队、军乐队、老年舞蹈队陆续登场，分列左右的长长的刘梅兰的娘子军团，除了舞出两条长达15节生龙活虎的龙狮，还把"惠风和畅扶贫攻坚，浪漫岷山旌旗猎猎""良朋南来投资设厂，脐橙之乡生机勃勃"的横幅亮了出来。五短身材、挺着个大肚子的张兴旺笑得合不拢嘴，一个劲地抱拳致意；王镇长也没想到这陈松柏会创造出如此有新意，如此有排场的欢迎模式，不仅为镇里挣了面子，还把客人整得心花怒放；更有感触的还是张清平，他知道张海牛是没有这个水平的，肯定是陈松柏的安排，别说文化馆的那些专业乐器老师，就是站列两旁的村民的精神风貌，那也是八里山训不出来的，这架势，跟迎接将军凯旋似的，不仅让他的老板威风八面有成就感，还给足了自己面子，让他真正找到了衣锦还乡的感觉。想到这些，他看陈松柏的目光也友善了许多，当张兴旺腆着个大腹便便的肚子久久地握着陈松柏的手时，张清平抢先介绍说："这就是我常跟您说起的我的同学加战友、现任赤泥村支部书记、全县知名脐橙产业带头人陈松柏先生！"

陈松柏也是有理有节，极尽地主之谊，不仅展示了特色丰富的地方文化，还把脐橙之乡人民的精气神淋漓呈现，让客人印象深刻。而这时刘梅兰恰到好处地把张七爷护送到张兴旺面前，打足了亲情牌，场面一度十分热烈。当张兴旺抱住张七爷歇斯底里地喊出那声"老爷子"，张清平早已抑制不住潮红满眶，站在四周的群众报之以经久不息的掌声。

前呼后拥中，张兴旺在即将开发的食品工业园区走了一圈，他的兴致很高，又主动要求到赤泥村沿公路附近的脐橙园看看，那漫山遍野郁郁葱葱的脐橙园里到处是幽香诱人、压弯了枝头、刚刚泛着浅浅金黄的果子，他没有诗兴大发，而是极度虔诚地用一个农民儿子的赤诚双手捧着果子，那份热爱，那种朴素，让人动容。

回到村部，按原议程王镇长要组织两个村的原有干部开个小会，但见人头攒动，乡亲们相拥相随恋恋不舍，他也就改变了主意，把张兴旺和几个主要村干部拉到合作社办公楼的二楼，面对黑压压的人群，就打起了"开台"：

"各位，借今天的吉日，乘着大家的兴致，我们就把原计划要开的小会，开成群众大会！"

台下山呼海啸，掌声不断。

"首先让我们以热烈的掌声对香港商人张兴旺先生投资食品工业园的善举及他的亲临现场指导表示欢迎和诚挚的谢意！"王镇长把张兴旺让到前面，拉着他的手，"我们乡下有句俗话'有缘千里一线牵，无缘难得同船渡'。张先生的这份情谊来源于对八里山人最淳朴

的认知，更来源于对'百里脐橙连崀山'发展理念的充分认可。这里你们要感谢两个功臣，张清平和陈松柏。没有张清平对故乡一往情深的恋根情结和乐此不疲的极力争取，没有陈松柏数度春秋对脐橙产业的苦苦追求和对八里山不离不弃的相帮相携的胸怀，就没有今天的食品工业园！这个辩证关系，乡亲们以后慢慢会领会。借此机会，我先宣布镇里的两个决定。第一，赤泥村和八里山村合并以后正式定名为赤泥村；第二，经镇党委、政府领导集体研究决定：赤泥村并村后村支部、村民委员会正式选举前，由陈松柏、张清平二位同志临时主持村里工作，并负责考察干部，尽快向镇里提出用人方案。好了，现在我们还是再次以热烈的掌声隆重有请张兴旺先生致辞——"

张先生确实个子不高，但体积很大，约莫60岁的样子。在一身长袖白衬衣和领带包裹之下，倒也十分得体。举手投足间，看得出这位富商除了钱，还很有涵养。

"首先感谢我的小兄弟张清平给了一个让我和这块土地上纯朴善良的父老乡亲结缘的机会。佛说'佛缘一场，皆因上苍'。那我们就感恩佛，感恩上苍。佛前世就为我们安排了这次邂逅，我们躲也躲不掉！张清平说我们那里脐橙漫山遍野，是中国的四大脐橙基地之一，可以就地取材搞食品加工，还可以搞脐橙外销赚差价。我问他你怎么知道脐橙赚钱了，他就把陈松柏先生带领村民搞脐橙产业化并且将产品销出国外的事大加渲染，动员我到这里投资建厂。我与几个朋友一合计，他们认为可以围绕脐橙做冷藏、外销，加工做果汁、果脯、糖果、酒类的连锁开发，当然也有其他因时应节的食品的生产。厂房建好以后，他们就会过来。我们不是盲目胡搞，是有备而来的。我们之所以要靠近原产地，把厂房建在基地，就是要保证充足的货源，同时我们所有工业园区的厂家还要与所在村签订劳务合作协议，保证能向工厂输送高素质的员工。'问渠哪得清如许，为有源头活水来'。我们唇齿相依，像鱼和水那样不离不弃！"他边说边把陈松柏和张清平拉到自己身前，"松柏兄弟，听说当初退伍的时候你与我们公司失之交臂，否则一定也像张清平一样成了我们公司的左膀右臂，在这里我要重申一句：我们是做合法生意，越南政府特许发证的生意，赚正当铜板，你们不要以为我还会为朋友玩偷渡，不会了！那是老皇历了，翻过去了！"他边说边自嘲地笑笑，看得出他很真诚，"王镇长刚刚当众宣布了两个决定，我要替张清平先生向镇长纠正一下，他暂时还回不来，但可以多关心、参与家乡的决策。陈松柏先生，看来你蛮吃香啊，能者多劳嘛，我也要宣布一个聘任决定：经张清平先生鼎力推荐和公司全面考察，决定聘请陈松柏先生担任我公司在赤泥村食品工业园建设管理有限公司的总经理，全权代表公司处理委托事务。至于张清平先生，因我们公司在越南下龙湾新成立接待处，他已经是下龙湾接待处的总经理，为了便于沟通衔接，他可以兼任这个项目的副总经理。但陈松柏先生是这边的法人哦。"

当张老板的秘书把一本大16开的烫金聘书恭恭敬敬地递到陈松柏手上时，陈松柏多少有点手足无措，他看看张兴旺，看看张清平，又看看王镇长和坪地里黑压压的群众，当张清平带头鼓掌并跨步铁钳似的握住他的双手，回过神来的王镇长也说出"当仁不让、舍我其谁"的鼓励的时候，他镇定地挺直了脊梁，接过聘书，向张兴旺会意地颔首，全场响起了呼啦啦的叫好声……

将心比心

本文取材于全国优秀共产党员候选人、湖南省新宁县黄龙镇石泥村女支书易晓金的扶贫故事。她以患癌以后向地方党委政府签具"我想继续工作，如果带病工作倒下了，不要政府负担一分钱"的"生死状"而闻名全国。

谨以此文向决战在扶贫前沿的干部群众致敬！

——题记

一

小汽船发出"呜——"的一声悠鸣，拖着个幽怨而闷重的尾音，只见刘松林把汽船掉了个头，船头犁出一壑深深的水沟，就从北岸的校场口将军码头往江心射了过去。刘松林举头见一排白鹭掠过头顶，不时排列出聚散无常的队形，其中有一只伸出脖颈和旁边的一只交颈嬉戏，被挑逗者搔首弄姿并用翅膀轻轻地挠了挠挑逗者的脸……不知羞耻的禽畜，分明在公然调情！他的眼前迷离起来，竟然出现了驻村扶贫的支部第一书记王德海总是笑眯眯地盯着村支书许仲英看的表情。有一次，他去许仲英家的医疗室拿药，许仲英的男人刘兴法不在家，王德海和许仲英那个哈哈，把医疗室都要抬走了，要不是急着拿点药，他还真不愿进去打扰他们的情绪。那个王德海是县里文广新局的副局长，是部队一个正营级干事转业的，吹拉弹唱写什么都会，人又很幽默，满脸络腮胡子，激情澎湃的样子。那一对男女，十有八九就像那对白鹭一般，迟早会弄出点风流韵事，要是哪天抓住他们点证据，非要好好治治许仲英，也宣泄掉这剥夺渡工一职的一箭之仇。

刘松林一分神，脚上的油门松了，手里的方向盘也偏了位。这时只听船上有人急着大喊大叫："'浪里白刘'，船要被打到下游去了！你怎么开的船？！"

"浪里白刘"可是地方人对刘松林的谑称。他也不急，加大了油门回正方向，汽船又走正了。这时他也没好气地叫："有什么大惊小怪的？你们全部掉到河里，我也给你捞出来！不信试试？"他边说边变换着油门，汽船就抖了起来。

"刘松林，你祖上世代英明，莫在你这一代出了报应？你自己丢了渡工的饭碗，难道要把气撒到我们身上？！我们哪个与你有仇有怨？！"见船摇得厉害，这时本村一个过对河的男子生怕出事开始数落开来，"要是我，无论如何也要守住这几辈子的好名声，坚持站好最后一班岗！"

刘松林想想也是，是不是"最后一班岗"姑且不说，这背个骂名，何必呢？纵使是乘客向交通局和乡政府告的状，也没有歪曲事实啊，自从老婆徐东兰瞎了那双眼睛以后，他里里外外一双手，既要打理地里的庄稼，又要安排妻子的吃喝，还要每天十二个小时的摆渡。这样多头兼顾自然急慢了南来北往的过渡客，往往客人要过河了喊破

了嗓子，他还在地里忙农活或者在家里做点家务，也莫怪大家讲闲话还到处投诉。这样想着，心里总觉得对不住乡里乡亲的，也就调正了航向，稳稳当当地把一船人送到了对岸。

借着等客的时辰，他掏出支烟点了走出驾驶舱，看着茫茫翻滚着浪花的夫夷江水，心里的波澜更起伏了。这个南北渡口，和这段江面他太熟悉了。十九世纪中叶，晚清那段波澜壮阔的天国风云卷起，他的祖上，也就是父亲的爷爷加入了江忠源的"楚勇"，驻扎在江北的校场口，点兵授印，水陆兼训，时而在沙地里舞枪弄棒，时而又在水里鼓舟弄楫。这些看似衣衫不整的团练武装，首战全州蓑衣渡，以五百精兵抢占先机，伐木塞河，大败"天国"先头北上部队数万人，成功阻止了洪秀全北上直逼长沙的进军计划，让清廷倚为重器，使摇摇欲坠的晚清政府得以苟延残喘了几十年，也成就了本县"隔墙两制台，隔江两提台，五里七道台，十里八藩台"四品以上文武官员达240人之多的官宦盛景。他的祖上虽是一根独苗，战场上却毫不含糊，杀到南昌时因功擢升至守备，但因念及家中老母，求江公放他回乡尽孝。江是个孝子，也就准了，临行问他有何要求，他是个老实人，只求江公准他回去守住家乡校场口码头专司摆渡就够了。他说："江公凯旋之时，我能在码头上迎住，就是我的三生之幸了！"江忠源给新宁县令写了封信，县令也就准了松林的祖上成了世袭渡工。摆渡的俸银足以养活一家老小，而且这个差事直到民国都在沿用，因为徐君虎当过新宁两任县长，而徐县长的父亲徐登云又和松林的祖公是战场上的生死兄弟，徐县长又与楚勇名将刘华轩的孙女联姻，有着盘根错节的关系。有了这些牵牵绊绊，徐县长自然又是网开一面，即使离新（新宁县）外任，也要给下任反复交代，这样直到松林的爷爷都干着渡工的营生。到了1949年徐君虎从大庸回任新宁，举旗和平起义，因而1949年以后所有民国公职、零散人员原封不动照岗上班，松林的父亲就又顺理成章当了艄公。到了八十年代中期，松林的父亲要退出渡工舞台了，在乡、村两级干部主导下，专门组织南北两个码头所在村的青年，进行了新任渡工的选拔比武，那个场面相当激烈，跟当年襄衣渡的征战差不了几个毫厘。

松林当时还在读高中，为了抢得这个职位，书也不读了。他记得当时有二十个青年参选。在第一轮南北两个来回近一千米的游泳混合比赛中，刘松林力拔头筹并直接将五个选手淘汰出局；接着就是抢救江心落水的"渡客"，那是个灌了泥沙的塑料桶子，十四个青年使尽洪荒之力往下水的地方争抢，只有刘松林一个猛子扎下水往前方三百米的江底堵截，当他把"落水者"救上岸，其他人还在原地折腾，身心疲惫却还打闹得不可开交；最后一个项目是每人携带一袋一百斤的石头从北岸游到南岸，然后撑着船再回到校场口码头。这个项目真正做完的也没几个，等到其他坚持到最后的选手撑着船回到校场口，刘松林差不多睡了个囫囵觉了。

想起这些个悠悠往事，刘松林卵睾子都是劲，他走出船舱，对着澎湃着的江水吼叫："这水上功夫，谁敢与老子叫板，我叫他五体投地，口服心服！"

是啊，他两三岁就跟着父亲在江里拉屎撒尿，四五岁就争着在船上摇橹把子，天热时父亲把他丢到江里解渴，人多了挤不下时他扎个猛子就不见了。他从码头边捡拾起一块石子一个"水上漂"动作就过了对岸，然后不无骄傲地自吹道："刘家前一百三十年吃的是王朝的恩宠，自我'浪里白刘'开始可是凭硬本事吃饭！"

"嘿，许仲英，你想要老子放弃渡工的这份差事，我几十年的工龄，还是交通局地方海事处、乡政府和两个村里签了合同的，哪能说不干就不干了呢？你勒令我儿子月底前回来接班，回不来必须换人，你是料定我儿子不会回来，成心欺负我刘家无人吧！"想起村支书许仲英给自己的"最后通牒"，"浪里白刘"可是又气又恨又无奈。

这个月初，许仲英代表乡政府、河对面两个村的村支两委给了他一个决定：同意把他的儿子刘喜庆从广东叫回来接班，如果月底前回不来，这渡工就要另择他人。眼看只有两天就要到期，这好端端几代人延续不断的渡工职业到了自己手上就要断代了，想当年祖上连官也不当就想着这份旱涝保收的活计，无非是考虑到家门前的差事，既可以兼顾农事又可以养家糊口。这些年乡政府为了加强管理，减少安全隐患，杜绝乱收费，把其他小渡口的摆渡都取消了，只保留了这个过河频率高的渡口，还鸟枪换炮把木船改为汽船，又把渡工的工资纳入了预算，一改原来由乡里补贴、村里凑份子和向客人收钱的做法，每月定额有二千元的收入。这份待遇如果老婆徐东兰眼睛不瞎，能打理好家务，他再给她在农活上打打下手，那是几全其美的事；或者儿子能接了班，自己完全腾出手来干农事，这个家也还是过得下去的。可是，目前呢，儿子是死活不回来，嫌弃这点钱娶个老婆"打汤喝都不够"，铁心要在外面娶个老婆回来光宗耀祖。儿大不由爷，有什么办法？！回过头说，难道儿子不回来，我就不能再搞了吗？我年纪并不大，身子骨还硬朗，每月哪怕儿子没有一分钱回来，我守住渡工这份差事，除了给老婆看病之外，两个老的将就着过日子还是不至于断炊的。前几天听人说向塘这边也就是许仲英的外家有个小伙子急着想抢渡工的挑子，还是她的远房侄子。想到这些，他在心里狠狠地骂了句："许仲英，你逼人太甚！"

心里懊恼不爽，见一时也没有人过河，他便上了码头，到处逛了逛，想打听一下这个许仲英的远房侄子到底是个什么角色。

这向塘村原本并不是楚勇的演兵场，晚清江忠源带着乡勇练兵的时候还是以江北自己村的校场口为据点的。现在县里张扬楚勇文化，加上大桥不通交通不便，就在向塘大兴土木，请作家写了《将军渡记》，镌刻在上码头的当口；又建了将军纪念亭，刻了将军生平榜，还塑了江忠源的铜像。如今的向塘，可是省里的新农村示范村。楼台亭榭古色天香，阡陌纵横四通八达。适逢初夏，郁郁葱葱的脐橙树上银花点点，到处洋溢着浓郁的芳香。刘松林被那层层叠叠的花香与美景包裹了，陶醉了，哪里还顾得打听什么人，要不是有人扯破了嗓子喊要过河，不知他会迷糊到哪里去了。

二

暮色罩满江面的时候，远处的越城岭像一堵模糊的墨色墙也跟着走近了；江鸥争相振翅贴着水面寻觅着食物似的，看着朦胧的天色发出急切的怪叫；只有江岸边的几头老牛挺着已经吃饱的大肚子还要往江里戏一阵水，任凭看牛的大嫂老大不愿地吆喝。刘松林该收工了，他不会漫无休止地加班，夏令时下午6：30，雷打不动要收工。这时哪怕你扯破了嗓子、打烂了电话，他也懒得理你。除非县里、乡里有人把电话打给村里的支书许仲英，她直接派活，而且，次数多了也就不管用了，他也有规定的作息时间。

他把汽船锁在岸边一个水泥墩子上，也就上了岸。这时大家都往家里赶了，他却还要去苞谷地里施一次肥。他喊应徐东兰，三两下就

把肥料往喷雾器里兑好，背着就走了。徐东兰摸索着走出来喊："松林，么咯（湖南方言，什么）时辰了？"

"天要黑了，我去洒肥料，你该做饭了！"松林边走边把话丢在后头。

松林家有三亩多的水田、五亩多的旱地，前些年徐东兰眼睛没事的时候，他们把水田全部种了水稻，恨不得还要种双季，山上的旱土栽了烟叶。但自从徐东兰帮不上手，儿子刘喜庆去了广东，他只能种了两亩田，硬把一亩多好田和所有旱土改种了苞谷。那烟叶又要看苗、追肥、除草，又要打梢、摘叶、上烤、卖烟，种苞谷工序少些，下了种，追了肥，只消打一次除草剂就可以了。这会他是去追叶面氮肥的，他要趁天黑之前，把这一亩多玉米地整完，让正嗷嗷待哺拔节中的玉米秆子一个劲地往上蹿。这些年养殖业衰退，玉米粒子也不值钱，一亩收下来除掉肥料、农药成本也就七八百元的收入；而种烟，尽管这些年村里人一窝蜂盲目跟进，产量超出了国家计划，烟草公司也调整了收购标准，变相发出了限产信息，但除了成本至少一亩还有两千元的毛利。这明晃晃的差异，没有劳力眼睁睁地看着也无可奈何啊！

追完这一亩多玉米田，已是月朗星疏，灯火连村了。他饥肠辘辘，腹中咕咕作响，不由得加快了回家的步伐。

屋里黑灯瞎火的，不是徐东兰节省，而是她根本就没有需要。她摸索着插电煮好饭，又煎了几个荷包蛋，还炒了个白菜。松林打开灯，只见那菜是炒好了，但那电饭锅里的饭却还是泡着的生米，原来煮饭的按钮就没按下去。

"婆娘，吃个球啊！还是生米！"松林冷冰冰地吼起来。

"啊？！"东兰从灶面前蹿出来，就要去摸饭锅，"我明明是按了煮饭的，这记性怕是狗吃了，看把你饿的，真是不中用了……"说着真的就泪眼婆娑起来。

这一哭松林也没有了脾气，他把徐东兰搡到客厅里，开了电视，还把台调到她最喜欢的县台新闻频道。自己从酱缸里取了块米花糖咀嚼着，安心地等饭跳闸。他审视着电灯下的婆娘，心里不禁充满了自责，这个读书比自己多，长相比自己出众，主意比自己周全，曾经根正苗红、说媒的踏烂门槛的山背村里的村花，不是自己使了个"生米煮成熟饭"的手段八竿子也未必属于自己的女人，怎么会跟着自己受苦？偏偏又得了这个古怪的眼病，看似清澈澈的眼睛却什么都看不见，这些年也去了县城最好的医院，花了不少钱，医生讲无力回天了，但他仍一直有个念想，无论如何也得带婆娘去省城最好的医院看看。

饭很快就熟了，松林一不做二不休干脆又弄了个腊肉炒猪血丸子，这个可是喝酒下饭的好菜。村里人的腊肉从年头可以吃到年尾，每逢招待客人或是干了重活，免不了是要大快朵颐犒劳一下的。今天饿了，加上煮饭耽误了，松林就索性善待自己，和婆娘好生奢侈一回。他泡了一缸好酒，专门浸了一根牛鞭还加了包滋阴壮阳补肾的中药，浓浓的酱红色照得见人影儿。他给婆娘也倒了一杯，徐东兰接了酒，脸上就荡漾着春色，她知道松林轻易不给她喝这个酒，只要喝上，就暗示晚上有戏唱了，那头牛要开犁了。她就故意慢条斯理地把个酒喝成根根丝线，让松林那邪恶的念头燃烧成旺火，把个刘松林急得不是催她早点收拾碗筷，就是让她先洗澡。一折腾，徐东兰自己心里也痒痒的，忍不住要笑出声来。她在想，男人这些天心思重——

既是儿子那边犟到底，九头牛也拉不回；又有交通局、乡政府和村里逼得紧，一个月为限还有两天就到期——他却还有心思云雨风月。她看不到松林的表情，但感知得到他心急火燎的样子。她不知道男人对女人的强烈获得欲望是男人的本能还是女人的福利，她总觉得松林在自己身上的那份激情并没有随着岁月的砥砺而消减，哪怕自己双目失明，哪怕自己有了病痛和缺陷。这不正是西方教堂里新婚男女在牧师面前"无论贫穷富贵，无论健康疾病"的现实承诺吗？想起这些，她又觉得自己违背父母的意志毅然决然地跟了他没有亏，值得！因而一旦想起松林做出的那些"心怀鬼胎"的邋遢事，终究还是想恨也恨不起来。

那时，他们同在河对面的四中读高中，松林为了争选渡工的职位中途辍了学，但他没有忘记心仪已久的徐东兰。东兰毕业那年，他找了媒人去徐家说亲，在那些踏破门槛的候选人中，刘松林不是最优秀的。那时，刘松林因为要摆渡，只能收渡后往山背的徐家赶。有一夜，他故意去得晚一点，偏偏要回家的时候又下起了大雨，这就是上天的安排！再怎么不愿意也不忍心赶人家走的徐老支书，就只好留他住一宿。徐东兰一个人住在里间，门下了闩；徐老支书嘱咐儿子黑牛陪刘松林住在外间，还特别交代了要防着他做出格的事。待黑牛鼾声响起，这刘松林从身上掏出事先准备的铁线钩子，把门闩拉开，就进了徐东兰的屋里。徐东兰迷迷糊糊中被刘松林上下其手、攻城略地，她没有叫喊，也没有挣扎，反正就那么被征服了，什么都给了他。然后，肚子就大了，就有了父母的埋怨。这时，徐东兰就自己做了主，把自己的命运托付给了这个当时还没有订婚的男人。

往事如烟，岁月如歌。二十五年夫妻走过来，徐东兰自觉男人还是称职的。今晚的酒下肚，她也有兴致，但她就想舒缓一下男人的情绪，也就挑起了近日的老话题。

"松林，还有两天就到期了，你不再给伢儿打个电话？"徐东兰故意拿渡工的事拖延。

"要说你跟他说，我一开腔就准干仗。"松林悻悻然，兴致败下去很多，"伢儿那里就莫去费口舌了，他已经讲明嫌渡工收入少了，不撞破南墙是不得回头的。"

"那我们就要做好解除合约的最坏打算，既然乡里做了决定，那我们也不能坐以待毙，我们要找乡政府适当要补偿，几十年的老渡工，没有功劳也有苦劳，怎么说断就断了呢？"徐东兰理直气壮，给了男人很大的鼓舞。

"那我们明天就去乡里，找交管站谈判！"刘松林立马就来了劲。

"明天不摆渡了？"徐东兰狐疑地问。

"饭碗都要碎了，还在乎这一天的名声！"刘松林打定了主意，还没有忘记先前的"谋划"，就又催开了，"婆娘，明天还要赶早，快快洗洗睡吧！"

"松林，我觉得还是告诉许仲英一声，免得到时候还讲你擅离职守，"徐东兰还是老成，提醒男人，"也看看许支书什么反应，帮不帮我们说话。"

婆娘讲得有理，刘松林也不含糊，看看表，已经十点钟了，他犹豫了一下，但还是给许仲英拨了过去。

电话响了，但没接，可能睡了。过了一会，许仲英拨了过来。徐东兰赶忙抢了过去。

"哎呀，许支书啊，不好意思，我跟你讲，我觉得我们干了几十年的摆渡工，不管是村里请的还是乡里招的，都在为人民服务是吗？这下我儿子确实是赶不回来，"她话锋一转，"但总不能一脚把我们踢了，总要给个说法——我们明天要请个假，去乡里上访！"

她灵机一变把"谈判"改为"上访"，是想加重语气，给许支书压力。

"徐姐，你莫急，补偿的事我们向乡政府也提过的。这样子，我立即给乡分管领导和驻村支部第一书记报告，你等我电话。没有消息我也告诉你，去不去上访你等我电话再做决定。好吗？"许仲英讲到最后，压低了声音安抚徐东兰。

接过电话，夫妻俩的心情好了许多。经这一折腾，时间不早了，刘松林突发奇想，提议夫妻两个一起去淋浴房洗澡，徐东兰开始还扭扭捏捏，待一丝不挂脱得精光，她狂放得像个孩子，取下花洒对着丈夫一通乱射，两个人尽情地肆虐着、撕咬着、淋漓着、呻吟着……酣畅间，许仲英的电话又猛然打了过来。

"徐姐，明天乡里的领导、驻村扶贫的支部第一书记会亲自下来现场解决问题，你们就别上去了，明天老刘放天假，我叫临时顶班的王静来拿钥匙。你们上午到村部来，有什么想法直接对我们说，好吗？"许仲英说着听到花洒"噗噗噗"的洒水声，就问，"这是什么声音？"

"哦，我们忘记关淋浴了。"刘松林在旁边补充了一句。

"哇，你们在一起洗鸳鸯浴啊？！太浪漫了！"许仲英惊呼起来。

"你们也可以啊！"刘松林说这话的时候，胳膊被徐东兰狠狠地拧了一把。

三

刘松林起得早，但王静起得更早，他从刘松林手里拿走了小渡船的钥匙。他是对面河那个村除刘松林之外唯一考了汽船上岗证的人，平时刘松林请个假，就是他临时替替班。小伙子脾气好，也上进，以往总喜欢到船上玩，没想到他什么时候就去考了证。

刘松林一大早就背了肥料和喷雾器往自家旱土的玉米地里赶，他要趁早将五亩玉米的肥追了，上午就要赶村部，与乡里的领导谈判。这时，天才刚放亮，山野里并没有什么人，只有接替自己的王静早早地守在校场口码头，按着汽船喇叭催着过河读书的孩子们，打破了山村的宁静。

刘松林家的旱土不在一块，且相邻的地里种的都是烟叶，他家的玉米倒成了鹤立鸡群的稀罕物。他听说因为种烟的人太多，烟草公司不好明确限产，就调高等级标准，烟农明显地受了损失，积极性也受到了打击。尽管如此，种烟的收入还是高得多。但他没有工夫，婆娘又帮不上忙，只好广种薄收种了玉米。他弄完坡上的一处地，又要赶往山脚的一块地里去，这时他站在高处，却不经意间被远处的风景迷住了：一连片足有人头高的齐崭崭的脐橙树葱葱郁郁，枝叶上点缀着密密麻麻银色的碎花，树和树之间还没有长满，裸露着的黄土在滴翠的青绿里显得斑驳陆离，一种从未有过的浓郁的馨香让他鼻洞大开。这一块地连绵着起伏在一处当阳坡地里，足有三十几亩。难道这就是许仲英家的那块脐橙示范园？

从苗木的长势看，也就三年左右，但这些脐橙树再过几年，那

可是无限惊人的一个宝库。刘松林很惊诧，他很少路过这片地，也很少这么大白天留意过，只隐约听说村支书许仲英觉察到烟叶种植"即将到头"之后，想要带领村民走出一条发展脐橙产业致富脱贫的新路子。为了鼓动村里人种脐橙，她从对河外家免费挖了苗子送给村民栽种，但邻居兴趣不大，推广的效果不明显。她又狠心把自家的旱地和别人兑换在一处，又叫来挖掘机把自留山也推平了栽上了脐橙树。怎么转眼间有这么大的规模？难道她又流转了别人的土地或是发动了一些人栽种了脐橙？

这个许仲英还真是个女汉子，有担当，敢作为。那时她从卫校毕业，在县中医院做临时工，好好干几年肯定也有转正的机会。但当有人把刘兴法从部队卫生队退伍回家，在校场口村部开起了卫生室，以祖传中草药治肠胃病而享誉四方，十里八乡的村民百姓都慕名而来的事说给她听并撮合他们婚事的时候，她没有犹豫居然就同意了。刘兴法的祖上当过江忠源楚勇的军医，以中草药治疗肠胃病而闻名。这个秘方传到刘兴法这里，除了为他在部队谋到个卫生员的便利，也没有给他带来提干转志愿兵的机会。毕竟现在部队医疗技术好，凭一个"家传秘方"一劳永逸的时代不复存在了。但又是进修又是培训，让刘兴法通过部队的锻造，临床经验也增进了不少，除了拿刀子做手术，什么内外科疾病、中西医处方，都可应对自如了。所以，自从许仲英嫁过来，刘兴法更是如虎添翼，"楚勇军医家传秘方"的招牌被无限放大，让这个村级卫生室做了半个乡镇医院的生意。

许仲英家开卫生室赚了钱，但她扶危济困、乐善好施，村里人看病她减半收费，对贫困户、五保户干脆就不收钱，对行动不便的病人，她还督着丈夫上门亲诊。她的善行义举，在村里被奉为美谈，所以村班子换届时她就被全票推为妇女主任兼计生专干。进入班子后，她积极寻求脱贫良策，在推动烟叶种植中现身说法，并组织亲邻纷纷跟进，如今种植面积蔚为壮观，受益者众多。并村以后，她众望所归高票当选村支书。当了支书，担子更重了，压力更大了。面对常年种植烟叶土地板结，土壤结构改变，加上盲目跟风导致收购政策调整、烟农利益受损等现实困局，她又在为全村的产业调整殚精竭虑。这些年，县里提出了"旅游立县""产业引领"脱贫奔小康方略，借助崀山世界级旅游品牌影响力，倾力发展"崀山牌"脐橙产业。也就是在沿夫夷江两岸如衣如带贴身相随的百余里范围内种植三十万亩脐橙，构织成"百里脐橙连崀山"的生态人文风景；让全县变得四季青黛葱郁，花香果馥，既是游人观光好去处，又是农民脱贫致富的"绿色银行"。而且，每年十一月举办"崀山脐橙旅游节"，如火如荼的宣传攻势，客商云集的无限商机，让脐橙名扬四海、家喻户晓，随着脐橙知名度、美誉度的提升，无形中一果难求、价格飙升。而她一河之隔的外家向塘村就是县里"产业引领"的最大受益地之一。所以，她下决心要让脐橙在校场口村落地，把全村的旮旮旯旯变为脐橙的乐园。为了尽快推进脐橙种植，她不惜与别人换地、租地，还把自家的自留山推了，腾出这三十几亩土地种上了脐橙。而眼看三年过去，她的心血都即将变成活生生的形象教材，那挂满枝头的点点银花，就会变出沉甸甸、金灿灿的果实，那时让果商开着大车小车自己来包园收摘，不信村民们无动于衷，不信村民们不群起效仿！

刘松林这么想着，心里也亮堂了起来。他听说政府给果农的优惠很多，不仅种一亩脐橙政府补贴五百元，还鼓励果农搞网上销售，建电商平台，果农们向县外寄一箱脐橙，政府向邮局补贴五元；如果是

精准扶贫户，扶植力度会更大。前些年脐橙烂在园里无人问，这些年果商主动上门包园，不用果农摘果，价格都有二元多一斤；而那些打包外发的果子，单价早已突破五元一斤了。看来有政府引导，又有广告，还有政策扶植，再不行动恐怕就落伍了。他快速追完肥，背着喷雾器就往许仲英的脐橙园里走，他倒要看看，这些个长不成材、仅过人头的普通植物，怎么就摇身变成金枝玉叶了？

他走进橙园，那些树也还单瘦单瘦的，为了引导树往上长，并保证果子成熟不至于压弯树干，大部分撑了木架子。他也听说脐橙树是个娇气宝宝，不仅要翻土、除草，还要打梢、追肥、保干、杀虫，侵害脐橙的虫也多，打屁虫、介壳虫、红蜘蛛、潜叶蛾等，而脐橙一旦得了黄龙病、溃疡病、炭疽病等病害不仅形象难看，还直接影响价格。看着那枝头密密麻麻的银色花朵，并不是每个花骨朵，就是一个尺寸标准、形态靓丽的脐橙，要种脐橙，学问还多着呢。刘松林这样想着，不禁一头雾水，除了羡慕，就是一阵叹息。

刘松林踟蹰着离开了橙园，这时也不早了，快九点了。他得回去吃点东西，乡里领导和王德海也该下来了。正想着这事儿，许仲英来电话了。

"松林哥，刚才乡里的同志来了电话，省交通厅临时要到乡里来搞'村村通'的检查，原定见面的事要再约时间。"许仲英为了稳住他，又补充了一句，"王德海局长等会会下来，我们可以先碰头。我们等会到你家里来吧。"

刘松林的心咯噔了一下，他想骂娘，但又忍住了，没有应声，就把电话挂了。他在想，既然约好了，未必要来个什么头头，只要有诚意，派个工作人员也可以啊。好吧，你不来会我，那我就去会你！不是交通厅的领导也来了吗？那就一块见见。他满脑子委屈，找出前些天专门写的一个《请求对长期从事摆渡工作终止合同后予以适当补偿的报告》，陈述了"我十七岁开始从父亲手里接过船橹，任劳任怨为人民服务，即使身体小恙，家中有事，也从未无故旷工。只是近年老婆双目失明不能劳动，自己心顾两头，才偶有怠慢渡客，情非所愿，实属无奈。自己身体健硕，体能尚好，还可继续从业。政府若中途置换，我农事不济、老婆残疾，即有失业断炊之虞。请求交通局、乡政府，及对河两村从实际出发，给予适当补偿、照顾为盼……"云云。

严格讲来他干渡工三十年。前二十五年是与两个村里打交道，既无合同约定，也无生老病死的契约；你心甘情愿做事，村里给你相应待遇，今天体格健康能胜任就干，明日垂垂老矣干不动了就撤，互不牵扯、两不相欠。问题就出在后五年，交通局委托乡政府接管了渡口，每年与渡工签一次合同，这一个月两千元工资，却没有界定过星期天的轮休、节假日的加班，何况六十多元一天的工资实在是少了一点，现在农村请个小工，包吃包住没有两百元一天是没人干的。并且这要按照《劳动法》来纠结更是站不住脚。如果要解除合同，除了五年工龄的补偿，外加五年节假日的加倍工资，应该也是笔不小的数目。刘松林没有那么多法律常识，但他坚持只认政府"扶危济困"一个理。他盘算，自己要是不干渡工了，失去了每月两千元的稳定收入，就靠那么两亩水稻、五亩苞谷，原本想攒够了钱带老婆到省城好好看看眼睛，这下怕要成为难以企及的梦想了！而她的眼睛"判了死刑"永远暗无天日，那将少了多少乐趣，平生多少遗憾？！所以他回去催着婆娘快速吃了饭，带好报告，经两公婆再三推敲，最后刘松林拿了张白纸写下两排毛笔字："三十年渡工一朝被踹，贫困夫妇哪

里找公道？！"还不忘把自己的手机号码留在后面。他不想通过渡口到对河去搭班车，他怕王静走漏了消息。而是骑了儿子刘喜庆的那辆摩托车，载着徐东兰绕道西边的通道从远处的过河大桥去了对河的乡政府。

四

到了乡政府门口，刘松林想把个摩托车开进大院的停车坪里去，看门的保安问他找谁，刘松林讲找管渡口的，保安说没有管渡口的，刘松林就把"上岗证"亮给他看，保安看着车屁股上的徐东兰，眼睛一个劲地眨，耳朵竖得尖尖的，料定是个盲人，顿时就警觉起来。

"她是谁？"保安让他们下车。

"她是我老婆。"刘松林笑着，掏出一支烟递过去，"我们找领导有事。"

"今天领导都下乡了！"保安扬了扬手，不接他的烟，"你找哪一个？你先给领导打个电话先约好嘛。"

刘松林本来就是来反映问题的，压了一肚子的气，这下被保安拦着就来了火，他把摩托车横在正门口，下了车，口气就陡了起来："政府部门多了你们这些看门的，把老百姓拦在门外，怎么接近群众？我没有事到衙门来干什么？"他准备再在"看门的"后面加个"狗"，想想又忍了，但口气很强硬，"我不知道管渡口的是哪个部门，也不知道叫什么名字，更不知道他的电话，但我必须见他，请你通报一下！"

见刘松林发了脾气，保安也撑不住了，赶忙压低了声音给人打电话。刘松林削尖了耳朵听到了。

"黄主任，有个校场口村叫刘松林的渡工，有事要找领导，好像带了个盲人婆娘，我拦不住哦。"

"千万别让他们进来，今天省里有领导在我们乡里检查。你让他们在门卫室里等，我就出来。"

党政办的黄主任出来了，他要保安把摩托车推到院子里，他给刘松林又是倒水又是递烟。只有他知道领导的去向，他向刘松林夫妇解释："分管交通的李副乡长今天上午本来计划带交管站的同志到校场口去找你们的，因为临时有领导来我们乡里检查，就改变了计划。"他和颜悦色，极其恭敬地安抚着，"你看这样好吗？你们先回去，你们有什么想法先告诉我，报告也先给我，等李副乡长回来我就要他与你们村的许支书联系，尽快来找你们。"

"黄主任啊，我男人搞了三十年渡工，工作兢兢业业、任劳任怨，生个病痛也舍不得请假耽工，这些年因为我眼睛有病，心里顾着庄稼农事，不得已偶然怠慢了渡客，就有人向交通局和乡里告状，这下又要借故把他换掉，你评评理，有这个道理吗？"徐东兰抢过话头，就数落开了，边说眼圈就潮红了，"许仲英明明知道我儿子去外面打工回不来，偏要以我儿子回来接班做条件，明明是想安排向塘村她的远房侄子当渡工。"

"嫂子你莫激动，"黄主任给徐东兰递去一张面巾纸，轻轻拍了拍她，"这个事我还是了解一点的，乡党委开过会讨论过，刘松林老兄确实是多次耽误摆渡，多次遭到投诉，我们也是考虑到你们的实际情况，尽量向投诉者疏通解释，也尽可能地想保留住他的渡工工作。"他又抚了抚刘松林的肩膀，"事实上，你既要兼顾摆渡，又要搞好农事是不可能的，但你这样的家庭仅仅靠摆渡这点钱又是远远不

够的。所以，除非你把儿子叫回来，在保住渡工的同时，好好调整思路，规划一下家庭产业发展。否则，就只有放下渡工心结，潜心发展产业。当然，我们也会给你们解决一些实际困难，许支书也与我们谈过一些新想法，至于安排她侄子摆渡的事，绝对不可能！会上讲了，新任渡工要公开招考，主考官就是你啊！"

"黄主任，你也别糊弄我们，我有言在先，许仲英要安排她侄子上班，我就不会交班交钥匙！"刘松林把报告交给他，然后言之凿凿地说，"我干了三十年渡工，政府硬是不要我搞，那必须给我必要的补偿，不然我和盲人婆娘就要政府养了！"

"领导会考虑你们的实际困难的。"黄主任快速浏览完刘松林的报告，然后看了看表，脸上掠过一阵惊诧，"老兄和嫂子，你们先回去，我会向书记、乡长汇报你们的想法。好吗？"

"黄主任，不是嫌你的官小，现在不讨到书记、乡长的实话我也不放心，请你给他们传句话，我就在这里等他们！"刘松林见黄主任性急，又知道省交通厅的领导在乡里检查，估计这会该返程回来了，刘松林也霸蛮（湖南方言，霸道）不走了。

黄主任急得像热锅上的蚂蚁，一会给这个打电话问"到了哪里"，一会又催"到了吗"，那可真是无计可施。

一会，刘松林的电话却响了，是许仲英："松林哥，你怎么跑到乡政府去了？不是要你等我和王德海局长来找你吗？你有什么难处和想法，可以先跟我们谈啊，没必要去乡里添乱，李乡长特意安排了的。你在门口等我，我来接你！"

刘松林刚放下电话，这时就见有三辆黑色轿车鱼贯而来，他以为是省交通厅领导的车子到了，立马从包里抽出那张写了"三十年渡

脐橙产业，只等规划批下来，烟叶不做重点，慢慢地让它自生自灭。到时乡里会给一些优惠政策，苗木会免费供应，对扶贫户每亩再给一千二百元的垦殖、肥、药投入，挂果前每年还给四百元的支持。你应该通过电视、广播知道我们县里发展脐橙产业的决心和信心，连省长都在为我们'百里脐橙连崀山'做推广宣传。你们许仲英支书已经搞了三十几亩地的示范园，今年应该初步挂果，有几万斤的收成了。你知道吗？"

"还能不知道？！今早上我特意去那脐橙园里看过，许支书，你那些树也就不到四年的树龄，管得好啊，形势喜人！"刘松林说起脐橙喜形于色，看得出他充满了期待，"如果扶持我搞脐橙，那就对路了，那我也不愁了！"

"刘老兄，你知道我那些脐橙树是谁管理出来的吗？我父亲可是大功臣啊！你要愿意，就给我管理一年脐橙，跟我父亲学学技术，我每月开你三千元工资，平时你去开山垦荒，把明年要栽脐橙树的土地盘出来，一开春你就种自家的脐橙去。"许仲英一直陪着徐东兰喝茶，竖着耳朵当听众，听到王德海和刘松林聊到正题了，就接过话头，"我就希望你是我们村第一个脐橙大户！"

"哎呀，我哪能第一呢？充其量也就步你之后。"刘松林正上劲，生怕机会过去了，"哎，许支书，你可说话当真？"

"当着扶贫队的面，可以就签合同呀！"许仲英示意王德海拿纸和笔来。

刘松林笑呵呵的，嘴里说着"不急不急"，其实心里盼得蛮急切的。

正热乎着把合同弄完，许仲英的手机响了，李副乡长来电，许仲

英按下了免提键："许支书，你们在哪呢？我这边刚把省厅的领导送走，乡党委王书记亲自过问刘松林的事了，指示两点：一是同意他儿子接橹，如果他儿子月底前回不来，按原计划解除合同；二是刘松林解约后返贫的事，加上他老婆残疾，村里要纳入重点帮扶对象，还要对口产业扶持，乡里再想办法从其他途径给予他二万元的扶持。"

"李副乡长，明白了，我现在正在楚勇饭店个人请刘松林夫妇、扶贫队王队长和队员们吃个便饭，等你过来——"许仲英征求李副乡长的意见。

"怎么不早说呢？我正在食堂吃工作餐呢，好啊，我再吃几口，太饿了，马上过来！"听得出李副乡长狼吞虎咽的声音。

徐东兰握着许仲英的手，摸了又摸，极尽友善；刘松林这个七尺男儿，感动得也是泪眼模糊，他装着去洗手间，一个人恣肆地洗濯，恣肆地反思着……

五

到月底这天，刘松林照样起得很早，他6:30就守在驾驶室里，把个喇叭按下去，通知过渡的孩子们做准备。中间村小一度撤掉了好多年，连小学也要到对河的向塘小学去上，早上要载好几趟；自从村小复学，就只有读中学的孩子在对河的乡政府所在地的县四中就读，只要把孩子们催齐，一趟就可以全部载过去。这些年村里的孩子被他整训得一个个像行军打仗的战士，只要听到第一次鸣笛声就会起床，二十分钟后再按一次喇叭就要整装走出家，再过十分钟第三次汽笛响起就全部到齐要出发喽。经他几十年来有规律的培养，村里读过书的、坐过船的，一茬茬的年轻人，没有人不服他，没有人不感怀他。

是他造就了校场口人不磨蹭、不黏糊的豪爽作风，是他几十年来风雨无阻零事故、稳当当地把读书的娃儿送过河，孩子们从未因为过渡的耽误迟到过。即使他婆娘双目失明，他心顾两头，遭到投诉，他也从来不会怠慢读书的孩子，早上这趟渡，那是雷打不动、准时准刻要发出去的。

今天，孩子们格外听话，刘松林还只按了第二次汽笛，大家就到齐了。他们好像专门策划过，一个个默不作声，看到站在船头的刘松林，个个举着单手向他致意，还异口同声地说着："谢谢刘伯！"

即使人到齐了，他还是按下了第三次汽笛。他深情地看着孩子们，嘱咐大家系好救生衣，然后就说："孩子们，我今天把你们送到对岸，下午还在对岸的码头等你们，从今以后，我就完成我渡工的使命了，明天我就退出渡工的舞台了。这些年，做得不对的，得罪大家的，都请一并包涵哦！都坐好，开船啰——"

船慢慢驶出码头，除了马达的轻鸣，分明有"呜呜呜呜"的恸哭声。原来孩子们终于忍不住那份朝夕与共的关切，嘘寒问暖的叮咛，惘然若失的不舍，一个个感动得哭了起来。

刘松林见状眼睛也湿润了。船到了岸边，他停稳船，先下去站在码头边，轻轻地拍拍每一个孩子，然后说了句："我向你们保证，一定给你们选一个负责、有担当、守时、专业的渡工！"

看着熟悉的码头上那墩子边被江水洗刷过的沧桑旅痕，依稀回放着那捣衣石台上女人铿锵的棒槌和那与棒槌一起飞扬的衣角，还有码头石阶上青年哥哥背着撒娇的媳妇一步一吻的嬉爱情愁；再放眼一江像岁月一样翻过不再重复的多情的江水和岸芷汀兰、草色青青的河岸，以及江鸥翻飞、鱼跃虾蹦、微风荡波、日照江阔的江景，终究有

几分不舍,有太多的感慨。

这一天,他就是这么多愁善感地收了工,最后把船锁在江北校场口的码头。当他把船钥匙交给许仲英的时候,许仲英交代了一句:"刘老兄,明天起就交给王静先代班,招选新渡工的告示已经贴出去了,一个星期后公开招考,你是主考官之一,考试的内容交管站的同志会来找你征求意见,最后合不合格你有关键一票,请你履职尽责哦!"走前许仲英没有忘记提醒他,"不干渡工以后,你和我签了合同,没有后悔吧?"

刘松林自嘲地笑笑:"哪能呢?明天就正式去你家脐橙园上班!"

说是上班,其实那纯粹是个概念,是个形式而已。许仲英也没有规定他必须什么时候去什么时候回,干些什么事有多少劳动量,她就希望他能够在自己父亲手把手的指导下,学会什么时候该翻土了,什么时候该摘梢了,哪些虫该撒什么药,哪个季节该施什么肥料。三十几亩地,要说做工,一个人还真是不行,碰到松土除草的季节,如果不另外请人只怕季头忙到季尾都不行,那就只会等着土壤板结被脚印和雨水夯实了,着实影响树枝吸收养分和肥料。根据许仲英父亲的理论,在脐橙未挂果的三五年内,在脐橙园里适当种点矮小的作物松松土综合施点肥,对脐橙树的生长发育有促进作用,同时在前三年内适当减少挂果和控制枝叶往下生长对树的结构和高度有利。就像一个未到花季的姑娘早早地做了母亲,毕竟影响着她的发育。刘松林本身是个闲不住的人,经许老一点拨,他就知道怎么做了。像当下的时令,他该给平地里紧板的园地松松土,透透气;再给那些准备挂果的树搭个撑子,防止压弯了树身;再剪剪往下蹿的嫩梢,美化树的结构,等等。

刘松林是个知恩图报的人，他明白许仲英花三千元一个月的工资请他打理脐橙，很大程度上还是要在他发展脐橙产业的前期扶他一把，既学到技术，还得做足了准备。包括把自留山的树卖掉，再将杂柴灌木彻底杀伐一次开垦出地来，还要尽可能地把一些出外打工的人家荒废了的田地置换出来，签好长期合同，力争也能整出那么几十亩脐橙地来。他想，自己有那么多的事要做，能够附在许仲英家的脐橙园的时间势必也有限，于是总想给许仲英一点什么补偿才是。想来想去，她父亲不是说过未全面挂果的脐橙园可以适当间种些短期的矮小作物吗？他就想到只有种大豆，不仅可在收摘脐橙之前成熟，还因为打凼除草能促进脐橙生长。只是三十亩橙园里种大豆，那得要付出多少个时辰？管它呢！他把想法与许仲英一说，她并不赞成，因为劳动量太大了。但刘松林坚持着要种，她就答应给他请点零工帮忙，还说种子由她出，所得收成俩人各一半。刘松林差点就生气了，他说这还不如不种，平添烦恼。许仲英就依了他，只是一再嘱咐他莫太辛苦，需要零工时尽管开口。

大豆的生长周期短，也耐得低温，因而一般在清明前后就下了种。这时已是初夏，虽然滞后了，但赶在脐橙收摘的十一月收割黄豆还是绰绰有余的。因而许仲英给他喊了几个零工帮忙，刘松林就一天到晚忙着种大豆，连饭也差点送到园里吃。甚至李副乡长带着交管站的同志来找他就渡工选招的事征求意见，也是在脐橙园里定的。他刻意在文化试卷中加了一道"一年里，每天早晨几点钟开第一班船最合适？要注意什么？如果前一天坏了船，你该怎么办？"的题，他就要测试渡工对接送学生的周密安排，这是他对孩子们最大的承诺。另

外，他依然建议增加水上比武环节，测试接替者水上急救应变能力。

从校场口到向塘渡口，只要一天没有大桥的连贯，就少不了这一艘渡船。因而渡工招选正紧锣密鼓地进行着。这个看似并不怎么吃香的渡工职位，工资不高，时间跨度长，原以为启事贴出去以后应者寥寥，但对河两个村很多出外打工的人还是回来报了名，临时渡工王静也报了名。考试分笔试和水上急救比武两个部分组成，成绩各占一半，以折算的总分高低决定胜负。

符合基本条件的十五个选手，在乡政府大礼堂经过紧张的笔试以后，齐聚校场口将军码头，等着乡、村领导和主考官刘松林的水上实战测试。

天，湛蓝湛蓝，白色的云朵奔突着、翻卷着，给紧张的码头平添了几分肃穆的气氛。只见刘松林身穿背心裤衩，黑不溜秋的身子在阳光下更显得强悍与矫健。他向一字排开的十五个选手看过去，目光威凛、冷俨似铁，斩钉一般说："各位，我们这个将军渡可是'楚勇'的摇篮，想当年这里可是水陆并举的演兵场，我们的祖先曾在这里英姿飒爽，今天，作为新时代的楚勇儿郎，我想看到你们吃得苦、霸得蛮的志气，不服输、争上游的风采！现在，将进入两个科目的比赛：第一项，从这个渡口游到对岸的渡口再回到这里；第二项，跟着船从江心的位置跳水救人，落水的人就是我，谁把我找到谁就是胜利者！"

随着李副乡长手里的发令枪"砰"的击响，十五条汉子犹如支支利箭向对岸射去。历经一个来回的比拼，层次和差距也显现出来；在救人的环节，更多人却把目光聚焦在刘松林从船上一个三百六十度的落水动作上，而谁能把刘松林从水里找出来又是这次考试最值得期待的看点。

谁都知道，刘松林是水上的精灵，他可以潜在水底半个小时。但他的蛛丝马迹却被王静死死地盯准，随着选手们救人的号令枪响，王静一个空翻就扎进江心，他料定刘松林往左边潜入江底再往右边前游，但很快一股强烈的水流显示他溯江回游了。王静紧追不舍，在刘松林贴着江底回游十几米后抓住了他的左脚，进而独揽了这个项目的冠军。

王静文化成绩也不错，尽管游泳并不很靠前，但有急救项目的独领风骚，无疑成了渡工的当然人选。又因他早就考取了汽艇上岗证，不用培训就可以直接上岗。

当刘松林亲自把汽船上的桨杆和钥匙交给新任渡工王静的时候，王静单腿下跪，郑重地叫了刘松林一声"师傅"，刘松林也没有推辞，爽朗地应了。但他转念一想：王静是不是心仪这个角色很久了？不然他常常找自己熟悉渡船的知识，还去考了证？

他突然明白什么似的，释然地笑着，抢了拳头轻轻砸在王静身上："小子，'机会总会留给有准备的人'这句话是谁说的？"

六

中秋时节，刘松林间种在许仲英家脐橙园里的大豆就到了收割的季节。这三十多亩地种了不下二十亩大豆，加上天公作美雨水充足，让豆荚颗颗饱满，这一忙活下来，足可收获八千斤大豆，以时下稳定在五元一公斤的收购行情计算，仅此一项应该有不下两万元的收入。而且这大豆具有根瘤共生固氮作用，根茬、落叶多且较易腐解，是良好的养地肥料。橙豆间种，不但改良了土壤结构，还减少了脐橙的化

肥农药投入，改善了作物生态环境，也直接提高了种植效益。收割大豆的大忙季节，许仲英请了小工，自己也脚下生风似的忙了公家的事就往地里跑，杀起豆秆也像当年上山砍柴杀草挣工分格外起劲，尤其是在自家晒谷坪晒干豆秆，需要扬起旋转的禾槤捶打豆荚，她那倾俯前身撅着屁股一前一后有节奏的律动，让过往路人禁不住伫立着不愿挪步，不时左右变换的禾槤杆子把她那丰满的胸部挤得颤颤巍巍的，好像就要从衣服里跌落出来，而那两扇浑圆的屁股仿佛就是两个开心的小猴，看着禾槤圆圆地画着圈落下又圆圆地画着圈扬起，就像那"哐当，哐当……"重复着的落地的声音是它们吟咏出来的诗行。

有了大豆间种且丰收的成功，刘松林心里无比欣慰，他觉得只有这样每月领着许仲英发给自己的工资才心安理得。毕竟这几个月来他把自家的自留山卖了一万多元钱，又请了挖掘机开出了十几亩荒土，连栽脐橙的凼坑都挖好了；又通过流转签了十几亩荒土的合同，加上自己的田土，差不多就有四十亩可以栽种脐橙的土地。他能大部分时间干自己的事，还能领别人开的工资，这是打着灯笼也找不到的好事。因而，他也就使出分身之术不分白天黑夜，挤出时间也得把许仲英家即将成熟的脐橙管好。

脐橙园里挂果的树达到三分之一，这些年纪轻轻的"妹姑娘"，过早地承载起做妈妈的责任，那密密的橙果挤满了她们的腰肢，依然稚嫩的肩膀在喜悦与惶恐中摇曳。刘松林走进橙园，手拿钳子和铁丝，对那些挂果较多撑子松动不稳的树进一步加固，看着已经沉甸甸的果子，也充满了期待和挂牵。按照许仲英父亲的交代，在前期脐橙花即将谢尽的时候专门打了保果的天然芸苔素和尿素，后面间种了大豆以后又一起追了一次叶面绿肥，这期间果子坐实了，但大豆收割后虫子较多，加上该防范侵犯脐橙表面的介壳虫和雄成螨，这些家伙一旦盯上果子，果子表面就会起疙瘩，严重影响形象，应该全面杀一次三唑锡。但杀药又不能只杀挂果的树，要是顾此失彼那就前功尽弃，所以工作量也是相当大。这一阵，为了及时保果杀虫，他就又是加了几个连班。

刘松林这天把最后一桶药杀完已经天黑了，往常他会把生产工具送到许仲英的屋里再回去，但考虑到第二天还要继续用，他就把剩下的药物和喷雾器背回家。因为刘松林要照顾徐东兰的吃喝，所以即使加班，许仲英也不管刘松林的吃饭问题。但有一点，只要哪天刘松林给她家做事，她和老公刘兴法总会打个电话催他快点收工，叮嘱不要一个人搞得太晚。但今天却有点反常，一直没有接到他们的电话。

他刚把桶子放下，徐东兰就摸索着走了出来，急切地说："松林，我听人讲许仲英生病了！刘兴法今上午就陪她去了县城，现在还没回来！"

"啊？！早上我去拿杀药的工具他们也没讲啊！难怪晚上也没给我打电话。"松林赶紧就拿手机给许仲英拨了过去，电话接通了，是许仲英懊悔的声音，"哎呀，松林哥，你今天在给脐橙杀药吧，看我忘到哪里去了，你收工了没？千万莫搞了，一个人早点回去哦！"

"仲英，我回来了，你到底怎么了？早上也没听你讲，怎么突然就生病了？告诉我，你没事吧？你要兴法接电话！"刘松林急死了，那口气不容置喙。

"松林哥，应该也没什么大病，正在进一步检查，可能要到省城去才能确认……"刘兴法接过手机支支吾吾说。

"到底哪方面？像个娘们似的，讲不得？不方便？你站开点讲

嘛!"刘松林硬要刨个底。

"是乳腺上有个瘤子,没事的,前几日不是打豆子吗?突然顶起来有点痛,这不是要确认嘛。"感觉刘松林也没回避许仲英,直接就说了。

"那还犹豫什么,赶紧去省里大医院检查啊,这还能耽误?!"刘松林好像比刘兴法还急,"家里我去打招呼,你们只管去检查、去治疗,我明天就把你嫂子牵到你家去,给你们守屋。抓紧啊,别耽误,如果今晚上有车,今晚就走!"

刘兴法唯唯诺诺地应着,说话的声音慢慢地也有点哽咽了。

刘松林第二天就把老婆牵到许仲英的家里,诊所关了门,但许仲英有个八十多岁的婆婆要照顾,徐东兰就摸索着帮办饭做家务,还把杀回来来不及收拾完的豆秆叉出来放在晒谷坪里晒,等刘松林打完药回来搋豆子。

省城终于传回消息,通过彩超、核磁共振和穿刺,基本确诊许仲英得的是乳腺癌,保乳治疗的风险很大,需要做双乳切除手术。手术前要做全面检查,离排期还有两天空,许仲英就带着刘兴法找到医院眼科的一个老专家,向他咨询徐东兰的眼睛是否可以治疗,老教授说凭空也讲不清,你干脆视个频吧。许仲英就给刘松林发微信,让他找到徐东兰用视频通话,老教授要刘松林配合把他老婆的眼睛翻起来,问了些情况,最后不太肯定地讲了句:"应该还是可以治疗,你要早过来才行。"

喜出望外的夫妻俩听到教授这样说,激动得泪眼婆婆,紧紧地抱成团。他们把脐橙园的药打完,把豆子收好,把许仲英婆婆交给一个亲戚,就马不停蹄往省城赶。

刘松林和徐东兰到长沙那天，正是许仲英手术后的第三天，手术很顺利，许仲英也恢复得可以。只是活检的结果还没出来，术后的治疗方案还没有定下来。刘松林带着老婆去看了眼科的老教授，通过检查，谢天谢地，她这是近视引起的视网膜脱落导致的失明，通过手术治疗，复明的几率还是很大的。夫妻俩一合计，只要有百分之一的希望也决不放弃。

徐东兰的眼睛手术出奇地成功，揭开纱布的当儿，她把眼睛紧紧地闭上，她不想睁开，她生怕眼前依然是一片黑暗。然而，当一缕温煦的日光强烈地跳跃在眼前，她绽开了笑靥，张开了双臂，疯狂地把刘松林抱住，抡着拳头在男人背上捶了又捶，嘴里喃喃地说："男人，我以为这辈子再也看不到你的模样，我们为什么不早点来看医生？！"她突然放开松林，跳起来说，"我要去看看仲英，她在哪里？快带我过去！"

许仲英活检结果出来后，确定了要继续化疗的治疗方案。起初，许仲英多少有点低落的情绪，当见到徐东兰活蹦乱跳地站在自己床前，顿时云开雾散，瞻前顾后的狐疑，郁郁寡欢的顾忌，全都化为乌有。

重见天日的徐东兰像换了一个人，惯于主导男人的天性也再放异彩。她见两个女人拖着两个家，就大胆地建议刘兴法和刘松林回老家去各忙各的事，由她照顾许仲英进行化疗及后续的治疗。两个男人尽管都不放心，但也没有办法，一个开着诊所，一个正橙果压枝千头万绪。纵有千般不舍万般不愿，但见徐东兰形同常人、信心满满，也就一步三回头地走了。

徐东兰的眼睛经过几天的消炎治疗也就办了出院，她也就成了许

仲英的专用陪护，不必楼上楼下跑来跑去，直接把东西清到了许仲英的病房里。她每天带着许仲英去医院旁边的公园里散步，一个被暗黑尘封多年的乡村女人，她对大都市的新奇向往，对公园里植物花草的浓厚兴趣，对过往行人的极度热情，给了许仲英无尽的乐趣，激发着她积极配合治疗、乐观面对病魔的斗志和勇气。正是有了积极向上的求生的祈望，她的化疗效果也出奇地好。

村党支部第一书记王德海也经常打电话问候她的病情，但他从不主动谈工作的事，怕影响她的治疗，这让许仲英多少有点失落。这天，关于村里脐橙产业发展规划的事一直未得到乡里主要领导的批复，她有点急不可耐了，就主动给王德海打电话。

王德海正在开车，说了句："妹子，先安心治病，工作的事再说吧。"就把电话挂了。

许仲英越发茫然，这一病，人就废了，闲了。不行，乡村发展就是国计民生，有个作家不是写了本《乡村国是》吗？作为贫困村，只有选准产业发展方向，才能快速实现脱贫的目标。她转而又拨起包村领导李副乡长的电话，但李副乡长的话同样是王德海那番话的现炒现卖。

许仲英低下头，呆呆地坐在病床上，眼睛失去了神色，心里按捺不住地急躁。突然，她又把头昂起来，猛甩着一头秀瀑，疑惑地问徐东兰："东兰姐，这乡里该不是要免我的职了吧？我这一病，他们就把我当残疾人了；而且我这生死未卜的，万一哪天呜呼了，还要找副板子（棺材），怕担责任吧？"

"哈（湖南方言，傻）妹子，不准你说丧气的话，这不治得好好的嘛，什么七里八里的！"徐东兰在许仲英的肩膀上轻拍了几下，继续说，"我想，乡里主要考虑你的身体，先好好治病，治好了病，才有工作的本钱啊！"

"不行！我们村的脐橙产业发展刚厘清个头绪，我这一病，只怕就会耽搁了！"许仲英无限惋惜地叹了口气，"徐姐，我得给乡里立个生死状，让他们没有包袱，全力支持我把产业搞起来，即使我倒下了，我也才会闭上眼睛！姐，你给我找笔和纸来，我这就写个报告——"

"哈宝（湖南方言，傻瓜）妹子啊，你病还没好，还管得了什么产不产业吗？！"徐东兰说着眼里就红了，湿了，但她拗不过许仲英，还是不情愿地去医生办公室弄了笔和纸来。

许仲英把凳子横放倒，正好可以坐在病床上。她凝思良久，便在纸上写道：

关于允许我带病继续工作并承诺生死自负的报告

尊敬的乡党委、政府：

　　我名许仲英，校场坪村党支部书记，乳腺癌中晚期患者。我不知道上天会给我多少时日，但我深知自己在扶贫攻坚中的责任和本村脐橙产业脱贫发展中的角色作用。我请求乡领导允许我在本届三年剩余时间里继续工作，真正把脐橙搞起来，让村民尝到甜蜜的果香，得到实惠。如果任期内身体不给力，倒在扶贫事业上，我郑重承诺：不需要为我承担一分钱的医药费，我和家人也不会找乡、村要一分钱的补偿……

许仲英一边写，徐东兰站在一旁看，那重若千钧的字眼，砸得她喘不过气来，她无奈地在病房里转着圈，禁不住涕泪横流，放声哭了起来。

正尴尬地僵持着，突然门开了，却见李副乡长、王德海还有村里的班子成员全部站到了许仲英的床前，原来之前他们正在来看望许仲英的途中，不想在电话里细说，是合计着要给她一个大大的惊喜。

离开组织、离开乡亲差不多半个月了，这短短的时间，对她来说好像漫长的半个世纪，她急不可耐地想知道这些时日乡里对村里的产业发展规划的意见，几个重点扶贫户今年的收入和补贴是否落实，王书记答应刘松林的补贴从哪个渠道拨付，王静新任渡工工作的情况如何，四组的通组公路是否签了合同……一连串的问题和关切，仿佛那是悬在公路两旁随时要掉落的石头，只有得到完全清除的确切信息，她才会轻松，才会放心。

王德海把知道的情况一五一十告诉了她。李副乡长接过话头说："你们村关于发展脐橙产业的规划，乡党委、政府集体研究通过了，表示全力支持！首期发展一千亩，明年年初会争取资金确保免费向你们村供应五万株脐橙树苗。"

许仲英眉头舒展，神色雀跃，她从凳子上猛然站起来，大家急忙把她按住，她却呵呵笑着说："李乡长，既然乡里重视，我今天有两个请求，请您考虑——"她清了清嗓子，"第一呢，就是感谢领导和同志们关心我的身体，我想请你们给书记和乡长带句话，我想继续工作，至少把任期干完，我要看到校场口的旮旮旯旯遍地都是脐橙的那一天。我这里有一个'生死状'，"她把刚写的报告交给李副乡长，"就是请乡里打消顾虑，继续支持我！"

　　李副乡长接过"生死状",展开一看,那满纸真诚与泣血诺言,让他也有点把控不住情绪,他环顾四周,眼睛早就潮红了,他把报告递给大家传阅,自己背过身,擦了擦眼睛,再回过身来看着神情凝重的众人,说了句:"仲英啊,看你想到哪里去了,怎么会呢,不会有事的!"

　　"哎呀,看你们这帮男人,简直是脆弱!我是给政府解除顾虑才写这个东西,真以为我对自己的身体没信心?才不呢!来来来,我还有个请求呢——"许仲英见大家心事重重,迅即笑呵呵地调节气氛,"请您考虑给我们村增加一个脐橙产业发展专干的编制,待遇和村秘书相同。如果有困难,您先给编制也行,等我们村成立了脐橙产业发展公司,我们从公司收入里面支出也行。我想,必须进行公司化运作,以村集体+贫困户+大户+村民家庭种植单位构成,按现代企业管理制度落实股权构成和企业治理。公司要负责脐橙的技术指导、冷库贮存、统购统销,要建电商平台,有微信公众号,有统一的商标,有公司网站。"

　　"许支书,那你想推荐谁做脐橙发展专干呢?"李副乡长怕她说得太多太激动影响身体,就从中间把她的话接过去了。

　　"刘松林啊!"她依然很兴奋地介绍着,"你看——他有技术,这一段跟我父亲当徒弟,什么都学会了;有干劲,一个人整出几十亩脐橙地,又开山垦荒的,又找村民流转的。我们村里要大搞脐橙,就需要这样的实干家!以后,要成立公司更需要有想法、有经验的人参与经营管理。"

　　讲到刘松林,在场的人都看着徐东兰,见她复明如初,无不表示祝贺。

"许支书，你先安心把病养好，村里要发展脐橙，有很多事情要做，刘松林表现不错，我把你的意见带回去向书记、乡长汇报后再定，我个人表示同意。"他又看看王德海和村里的班子成员，他们都微微颔首着。

许仲英的眼睛睁得很大很亮，她欣慰地走近窗台，凝视着湘西南的方向，眼前浮现着这样的画面：自家的脐橙园里到处挂满金灿灿的果子，果商把车开进了机耕道，出钱请村民收摘脐橙，村民们一个个欢呼雀跃，发出艳羡的赞叹；刘松林干劲十足地上门发动村民抓紧把荒山和闲地整出来，告诉他们政府的扶持政策，还把县里的决心和河对面向塘村如何吃够了脐橙的甜头讲给村民听，又带着村民去参观了向塘的脐橙园，亲身感受了村民们家家种脐橙、户户有果仓的丰收喜悦……她忘记了自己病重的身体，身心早已飞越了千山万水，带着诚如清代诗人施鸣皋的"风吹红叶胭脂色，雁叫空林橘柚香。此后相思云树隔，好凭飞梦到君乡"的美好心境，回到了日思夜想的夫夷河畔、波涛不息的将军渡旁……

（原载于2019年9月《湖南文学》杂志）

掰　腕

掰腕，这种一度在部队流行的简单而明快的决斗方式，往往可以解决常人认为复杂而棘手的现实问题。但这两个曾经并不相干的退转军人，相逢在深度贫困的扶贫一线，他们能用那富有艺术个性和生动情趣的办法解开实际工作中一针见血、令人头痛的麻纱事、烦心事吗？

——题记

一

黄大牛还真是一个怪人，他那个养殖场偏要建在大塘水库的尾子上，前不着村后不着店的。他的场部是个吊脚楼式的两层铁皮屋，下面是黑山羊的羊圈和关鸡鸭鹅的围栏，他以为守住一个瞭望台，不仅那满塘鱼虾可以一览无余，而且在三面靠着山的水库尾子上只要一声呼哨，那只牧羊犬就可以把成群的黑山羊放出去召回来，还有那漫山遍野蹦蹦跳跳的纯种土鸡，吃的全是山上的虫草，每只就那么两斤左右，宰杀之后放在锅里一煮，那原汁原味的清香整个大塘村都沉浸其中了。不过，他总算也有失算的时候，2017年夏天的一个深夜，大塘遭遇了一场百年不遇的大山洪，也就两个时辰的工夫水库就满了，要

不是那些个鸡鸭一个劲地往二楼他住的被窝里、铁皮屋的顶上窜，他还沉睡在炸雷也炸不醒的呼噜里。好在他那几年兵也没有白当，如果他不把自己住的"牛窝"建在高出水库拦坝平面的"碉堡"里，他那天晚上就连同那些羊圈里没有挣扎出来的"羊兄羊弟"一起呜呼了。

经历了这次灾难，大塘村人以为这下黄大牛该撤出水库尾子，在自家屋后的山上安营扎寨了，没想到这头犟牛居然改变了泄洪口，把口子置于羊圈的水平线之下，依然我行我素地把个瞭望台整修加固之后，茕茕孑立地守在那个三面环山、背风向阳的老地方。

又到周末了，黄大牛一大早就张罗开了，他叫"长工"黄小二宰了几只鸡鸭。今天是个特别的日子，他老婆欧倩例行要从城里他入股的民办学校回来陪他两天，他得准备好，既要让老婆乐此不疲，留下好的念想，还要在夫人面前体现他"牛大人"的调度有方。没想到八点多钟南航扶贫队的村党支部第一书记曹劲松带着两个扶贫队员和村干部一行六个人上门找他征求扶贫工作的意见来了。他整天孤独惯了，只要有人找上门，他就来劲，非得留着别人酒足饭饱再走。

"哎，什么都别说！没见我宰了鸡鸭？炕上还有猪手和腊羊排，喝杯酒再说下文！"黄大牛那个真诚的蛮劲，硬是叫曹劲松推托不得。

"牛大人，我们是早上一碗面一杯水惯了，何况也用过餐了，哪能再吃下饭呢？"曹队长没有早上吃米饭的习惯，加上喝酒的顾虑，硬是不想吃他的这个早饭。

"曹队，我是当兵出身，一句直话——你要不吃这个早饭，那你就走吧！我不留你！"没想到他黄大牛下起逐客令来了。

曹劲松这次来就是要就重修鸭婆桥的事来寻求黄大牛支持的，怎么能被他激将着走呢？前几日，他把公司总部的测量专家叫了下来，专门就鸭婆桥扩宽后桥东绕村公路的走向做了勘测，认为必须把原来从黄大牛家老屋往左绕道的老路改道往右取直直行，既可以节省成本，还可以让更多户头受益。他已经领教过黄大牛的父亲钻牛角尖的厉害，有他"大仙"顽固不化的"风水说"做支撑，要撼动他让步让地方，比登天还难！正是在"大仙"那里碰了一鼻子灰，才想到"曲线救国"来找黄大牛。曹劲松一听黄大牛那句"当兵出身"的话就来精神了："牛大人，既然你也当过兵，那我们就是两个粗人，我也当了十几年兵，那就这样，看样子你大我几岁，牛哥，这顿早饭我们实在吃不下，我们再串串门，等一会来吃中饭行不行？"

"你还好意思说当过兵？！哪有这么婆婆妈妈的？不就吃个饭吗？我又不求你帮我什么大忙，纯粹也就是个礼尚往来，充其量我下次到省城你请我吃顿饭扯平了！我现在办好饭，总还得要点时间，弄好了不就吃中饭了吗？"他说着就朝村支书黄平华努努嘴，"平华徒弟，我喊你徒弟，又要当一回师傅了。你给我做证，我倒要和我这个不搭边的老战友掰次腕，你可要公平公正哦，你是我的徒弟，他是你的第一书记，谁赢了，谁说了算！不过，我要赢了，不仅你要给我办饭，还要陪你师傅我和我战友喝几杯酒！"

黄平华曾经跟着黄大牛在深圳布吉的水果批发市场当过保安，黄大牛向所有队员传授过武警的擒敌拳，所以都叫黄大牛师傅。黄平华尽管当着支书，但在黄大牛面前还是俯首帖耳的，包括租这口水库搞养殖，都是按着黄大牛的意图在办。这会儿，他也明知中午不准喝酒的纪律，但既然吃饭也是为了工作，大不了再向乡领导请示一下。也就硬着头皮向曹队长壮胆说："曹队，你上吧，我们给你加油！"

掰腕，对曹劲松来说再熟悉不过了。想当年，在部队训练之余或是饭间休息都要组织战士们掰腕练肌肉，甚至有时搞活动拉歌分不出胜负，就从班里选一两个大力士来决出高低。他本人个子不高，但敦实有力，又常常练腕打沙袋，自认为也是实力派"大腕"。但站在眼前的黄大牛人高马大，又主动邀战，真的不知道他的实力如何。但凭着自己年轻七八岁的优势，他心里多少还是有几分把握。

黄平华把个放碗的桌子拖出来，地本来就不平。黄大牛选了个低处的下手，侧了身子把左边的大腿紧紧地贴在桌腿上；曹劲松人矮一些，却虚站在高处。黄平华一声令下："开始！"两个人就较上劲了。只见黄大牛全身贴着桌腿，使尽洪荒之力，拳头的肌肉硬邦邦地鼓突着，额头上青筋暴露，脸上顿有汗珠滚落下来；再看曹劲松，拳头微微摇晃了几下，随即就稳住局面，僵持着，拼争着……旁观者也越挤越近，狂呼"加油！"，约莫四分钟过去，突然黄大牛身子一沉，曹劲松的手开始有点摇摆，慢慢支持不住了，黄大牛一声"嗨——扎"过后，就结束了掰局。

黄大牛胜了以后旋即背着手走了，那架势，赢得也不轻松。只有曹劲松尴尬地笑着，嘴里还在嗫嚅着什么，倒是黄平华发了话："师傅，这一局有点不公平，你人高反而站在下手，地面不在水平线上，应该换个位置加赛一局！"

"平华，我人高不站下手，难道还站上手？曹队也没异议，你啰唆个鸟，还不快点去给我办饭吃！"黄大牛说着，就把桌椅板凳往铁皮罩着的坪里拉，招呼着大家坐下，然后又把在山上放羊的黄小二呼回来帮着烧茶端水，自己就坐在曹劲松的对面，等着和他套点当兵岁月的近乎。

　　两个人先从各自的部队聊起，那些军营中的过往趣事，把听众们逗乐了。黄大牛曾在广西的一个武警中队里当兵，他们守卫的看守所建在公安局的宿舍旁边，那岗楼正对面的家属楼有个漂亮的小保姆，她忽闪的身影是战友们舒缓情绪的美丽风景，很多战友在她友善的目光中度过了峥嵘岁月；而曹劲松转业前却是西北某火箭军的营级指挥员，他们常年行踪不定地游弋在雪域与戈壁，十四年远离都市与女人的坚守，把初心化作导弹美丽而精准的弧线，巡护着家国的安宁。曹队转业后分到省城的航空公司，在地勤部门做管理。当接到省里分派深度贫困村任务时，曹劲松又毫不含糊地主动请缨，抛妻别子，带着队员们来到了这个烫手的、极度贫困的山旮旯里。

　　两个人聊得热乎，这边黄平华主导的饭菜也差不多上齐了。见就要开席，曹劲松赶紧把话茬转到正题上。

　　"牛哥，你在大塘土生土长，你最了解大塘人需要什么，我们讲扶贫要真刀见血，立竿见影，那你说说，大塘村当务之急该怎么扶？"这人一熟，曹队长也急不可耐寻根究底起来了。

　　"老战友，不瞒你说，我也是个直人，从不转弯抹角。依我说，这大塘村扶贫解决两件事就烧了高香了。"他卖了个关子继续说，"那就是重修鸭婆桥和恢复大塘小学！至于其他的，都是大塘人卖肉——搭头！"

　　讲起鸭婆桥，曹劲松头就大了。他刚来那会儿，就有人跟他讲："谁把鸭婆桥修好了谁就是活菩萨！"这就是20世纪60年代大塘人民支援国家大建设——大水江水库留下的伤疤和无尽的痛。那时邵阳大圳管理局要建一个集发电、灌溉多功能于一体的大水江水库，大塘村民不仅整体向高海拔的山上移民，还无私地投工投劳无偿支援国家建

设。水库修完以后，大塘村最好的水田成了水库的淹没区，村民们无怨无悔，只要求国家在水库上游架一座桥，方便进出六里开外的稠树塘镇。桥是修了，就是眼下的鸭婆桥，一个有三个石墩、高达二十多米，而桥宽不足两米，且没有护栏的人行便桥。桥的对面还有一个组，几百人生活，而桥东仍有几个小组的山地，田土又散布在桥西，一条仅能满足步行和推着单车行走的便桥，诉说着大塘村民无尽的哀愁。这不足二百米的屏障，不仅是大塘发展的肠梗阻，也是老百姓心里一道难以逾越的天堑！

曹劲松陷入了沉思，而这时支书黄平华的菜也上齐了，只听他一声吆喝："大塘清水煮土鸡、血酱辣椒鸭、萝卜炖羊排、腊猪手煮猪血丸子，四大盆全上齐了，开饭了——"

"牛哥，你和我想到一块去了！这鸭婆桥不重修，什么扶贫都是假的，这是一张牛皮，皮之不存，毛将焉附？"曹劲松越说越有劲，"我们公司已经派人来做了勘测，鉴于原来桥东的老路又逼仄又弯曲，专家建议鸭婆桥修通后桥东的公路要裁弯取直。所以初步方案是要从你家老屋的右边推出一条三米五的路来，与原来的老路在大塘小学旁边对接。"

"哈哈，大快人心事，新建鸭婆桥！只要曹队操心修桥，我黄大牛第一个举双手赞成！"黄大牛想都没想就接了话。

手里端着菜的支书黄平华看看众人，又盯着他师傅黄大牛说："师傅，如果桥东要把村道拉直，要切你家责任山的山脚，你爷老倌（湖南方言，父亲）不一定讲得通，你做得了主吗？"

"趁现在我还没喝酒，我再表个态：我会全力支持，毫不含糊！"但他突然话锋一转，来了句，"至于我父亲那里，曹队，我们都是当兵出身，还是老办法——掰腕决定！今天不是不服吗？下次再找个场合。你赢了我，我全力帮你；你要输了，你自己去摆平我父亲！"

"好，一言为定！谢谢牛哥！"曹劲松等的就是这句话，只见他站起来，伸出右手，越过桌子，紧紧地握住黄大牛的手。

黄大牛从"碉堡"里抱出一坛子米酒，里面泡了几条羊鞭，酒里弥漫着猩红的酱色的腥膻。

曹劲松连连摆手："牛哥，这中午严禁喝酒，有禁酒令的！"

黄大牛奚落他："我这是开春的酒，你还要在大塘开展工作吗？只要不喝倒人，所有喝酒的责任我一人全挑了！"

"曹队，这将在外还是讲点'入乡随俗'吧。"支书黄平华接着又对师傅说，"不过，酒可以喝一点，但不能斗酒。你要霸蛮，我们就不喝了！"

曹劲松还是不放心，找了个大一点的杯子，倒出两斤米酒的样子，然后把个酒缸子藏了起来，回头对大伙说："六个人，就这两斤酒，多一口都不行！"

"好！听曹队的，"黄大牛拍着胸脯说，"工作上只要用得着我牛大人的，尽管开口！"说完，开始给每个人倒酒。

"师傅，曹队的计划是修鸭婆桥的同时要启动大塘小学复学，力争下学期如期开课。话先讲在一边，这边一开学，师傅娘子可要回学校来上课哦。"黄平华眼睛盯着师父不放，生怕他犹豫了。

"她是大塘小学的人，自然要回来上课！"黄大牛依然眼睛眨都不眨一下就表了态，但又笑呵呵地补了一句，"需要我做工作，还是掰腕做决定。赢了我，我摆平我老婆；你们输了，你们自己去做

工作。"

曹劲松上前在黄大牛的肩膀上拍了一掌，忍俊不禁地说："你这个牛大爷，实在是牛！！"

其他人也跟着笑得肚子生痛，喧闹中，一场饕餮大战拉开了帷幕。

二

一顿酒饭下来，黄大牛的豪爽大气和好酒贪杯的本能展现得淋漓尽现，老是嫌酒不够，不尽兴，要不是徒弟黄平华多次劝住，他非把大伙整趴下了才放手。这阵子，大家一散，他正好趁着酒兴睡了个囫囵觉，待一觉醒来，差点误了接老婆的大事。

他现在养的这些个鱼、羊、鸡、鸭、鹅，也不图有太大的收成，纯粹是体现一种虚无的成就感。他完全可以去县城老婆所在的民办学校当他的甩手董事，在那个民办学校里他投了一百万元。自从他老婆从村小借调到他投资的学校，他就没有参与管理，全部交给了老婆欧倩打理，既拿工资，还享受每年两次分红。现在学校在校生有几千人，老婆每月少说也有两万块钱的收入，儿子大学毕业在长沙打工也有收入。他闲来没事，加上他没读什么书，常常喜欢早晚在学校走同边正步，被老婆多次奚落，此后就铁了心回老家养这些畜生。他养的这些个东西，除了方便自己和一帮酒肉朋友们享受之外，还要让老婆心生羡慕。与其让老婆每到周末就想起大塘孤零零的"牛佗"，还不如让她想起那令人鼻洞大开的土鸡的清香和色香味俱佳的血辣子酱鸭的大餐。

欧倩是当年隔壁村里的村花，高中毕业之后要去复课考大学的，没想到被黄大牛带了轮子（湖南方言，下了套），不经意间就被黄大牛弄大了肚子。如梦初醒后的小欧横竖不从，闹着吵着要堕胎，黄大牛的父亲却像个罪人似的，左打主意右想法，最后找支书给她占了村小一个幼师代课指标，慢慢就转了民办，又转了正，成了正式的公家人。而黄大牛不仅没转干，三年之后就灰溜溜退伍回来了，这让他老是在不断进步的老婆面前有一种不对称的负罪感、压抑感。

也正是为填补夫妻之间的鸿沟，黄大牛退伍后调动了所有战友的关系，当过保安队长，也去香港人在越南开的赌场里看过场子，还给深圳的老板当过保镖，但都没有咸鱼大翻身，没有从根本上解决从属的、低薪的地位，直到有一天深圳布吉水果批发市场的大老板听说他在越南看过场子，就拉他入伙管理治安，调处南来北往水果商的矛盾，答应给他高薪。但黄大牛终于脑壳开了窍，他拒绝了高薪，决意从中要了六年的股份，这样才慢慢积攒了上百万资金。直到有一天县里有一个民办学校公开招商时，他抽出股金和积蓄，那一百万现金足足占了学校百分之五的原始股份。从此，糊涂了近半辈子且一直挺不起腰身的牛佗，终于翻身做了"牛大爷"。那一天，他把股金本本往夫人小欧面前一甩，说了句："管好了，这辈子的吃喝，就是它了！"小欧低眉顺眼了，连看他的眼神都柔软了，更不敢在牛大人面前大呼小叫了。

就比如这周末，老婆必须回来，也是他黄大牛定的铁律。除了有土鸡土鸭好吃的伺候，关键还是要宣示主权，"婆娘婆娘呷饭上床"。

这不，到了星期五的下午，黄大牛也就像村里那些接孙儿孙女的留守老人一样，早早就得守在村里唯一一条便捷的通往县城的通

道——鸭婆桥头，等着驾车回来，又只得把车停在桥对面的亲戚家里的老婆过了桥，坐着自己的摩托车回养殖场。

说黄大牛怪，还怪在他一根筋，他可以把个摩托车骑得前轮离了地，就是还没学会开汽车，一个驾驶证的科三考了五六次还过不了，后来干脆就放弃了。犹如他在部队走正步，一听到口令就甩同边手，整个新兵连不管如何严厉的教官也没能把他矫正过来。集训完毕分到中队，只好把他放在后勤班。所以当兵三年，他喂猪、种菜、酿酒、做饭，什么岗位都干遍了，就是没有正式上过训练场、带过兵、上过看守所的哨楼站过岗。

都说小别胜新婚，为了早点见到婆娘，黄大牛骑了摩托车一路狂奔，从他的养殖场到鸭婆桥也有五六里路，他就一溜烟工夫骑到了桥头。到了桥头也不熄火，看样子他还想逞能骑过去。但一想到这桥上曾经掉下去的人畜，身子也不禁打了个寒战。只得从摩托车上下来，把车掉了个头，放稳，就往桥中间走去。

暮色已经笼罩在大塘的田垄里，远处的大水江水库碧绿的水面像一面上了水汽朦朦胧胧、云烟氤氲的镜子；那些环绕在水库周边花花绿绿的钓鱼的岛就像缥缈在云海里的降落伞，灵动着，招摇着；而那水面上穿梭着的几艘乌篷船，管理人员站在船头，不住地给鱼投草喂料，忙碌中爆出丰收的喜悦，禁不住对着鸭婆桥上熙熙攘攘的人群喊出几句浪荡的、粗犷的呼号……

黄大牛对着远处水库里狂躁的库管人员骂了句："就你们张狂，没有大塘人民的无私奉献，也就没有什么大水江水库，更没有你们这些吃饱了撑的闲人！"

他朝桥下看了看，春天里的鸭婆江只有汩汩流动的一股小溪水透迤着向下游的水库流去，桥与地面的强大落差让站在桥面的他更有了颤颤巍巍、头晕目眩的后怕感。这时过桥的都是去对面接从镇上的中小学放学回来的孙子孙女的留守老人，他们唯恐孩子们过桥时不小心掉到桥下去。黄大牛背着个手，在大桥上走来走去。他想：修了新桥之后车可以开到他的养殖场，也不要每逢周末来这桥头接婆娘了；自己无论如何也要把驾驶证拿到手，这就叫"车到山前逼修路"啊。

　　而修通了桥，最大的受益者还是黄大牛，他的家就在桥东头的口子上，一马当先的第一幢屋。当年移民时，他的家是在移民规划内的，但他爷爷横竖就是不搬，还与指挥部签了合同，如果涨大水时淹了屋，国家是不承担责任的。其实这么些年过去，涨再大的水也淹不到他家里，究其原因，他爷爷是个风水先生，黄老爷子观察过，他们屋西北连着水库的方向是一个低于水平面的壑口，再大的水也别想堵住他的家。当然，最最核心的机密，还在于他家后面有个"宝"形靠山，用他爷爷的话说："土储无价宝，地生有道财。"只要为人走正道，"小山"也会帮忙搬。农村有个说法，"小山"是个山神，专门接济那些勤劳敬业的人。有人就猜测，黄大牛屋后的山上就是"小山"托身的地方。也有人们不信，但掐指一数，黄家祖祖辈辈自从住到这里起，确实就没有缺过粮草，不由得都将信将疑起来。

　　黄大牛看着自家的大屋，想起那些神秘的祖传的家史，竟然把老婆也忘到爪哇国了。直到欧倩背着大包小包从超市买回的油盐酱醋生活用品，走到他的身后，一脚就踩到桥面喊了句："牛大爷，你在发什么呆呢，神经兮兮的！"

　　黄大牛身子猛然弹了起来，待回过神，"咑秋咑秋"地自我安慰了好一阵，接着就大呼小叫起来："我的娘哎，你要把我的魂吓出窍

了，要是掉下桥去，你就是谋财害夫的潘金莲，我下辈子可要做你的爷老倌！"

"没句正经话！欠揍！"欧倩一巴掌打在黄大牛的背上，顺势把所有东西推给了他，撒着娇独自一个人朝桥东头先走了。

看着欧倩摇着碎步筛着个肥臀过了桥，黄大牛微微绽开了笑靥，嘴巴和鼻子差点扭结在一起了，鼻翼洞开着，眼里就全是那两扇有着无限诱惑的"蒲团"。他越看越迷离，居然"嘿嘿"地笑出声来。娘们，想当初，我牛大人不就是看中你前凸后翘的身材嘛，俗话说"厚蒲团，多生双"。想当年，他到了部队，脑子里整个就是欧倩的影子，他和小欧是隔了两个年级的校友，那时候已经显山露水的小欧在学校的大小文艺活动中出镜率蛮高的。黄大牛到了部队就开始谋划怎么抱得美人归，他那时在武警中队的后勤班，为了当副班长，他可是起早贪黑任劳任怨，等他副班长一到手，他就开始托媒人去欧倩家里说亲，放出溢美之词："那伢子表现很好，当了小官了，快要提干了。"媒婆还添油加醋怂恿着欧倩，"不信你可以去看看，部队欢迎着呢！"而那时欧倩正好高考落榜，准备去复课再战，心想这黄大牛就要提干了，我不考个大学还配不上他，就决定去部队看看，接着再回来复课。结果一到部队，见他独自住着单间，还一天三顿全是好吃的伺候，战士们"黄班长黄班长"地叫，心中的疑惑就落了地。三天过后，他一顿"花言巧语"竟然就把欧倩搞定了。

欧倩也没等黄大牛跟上去，没有直接回养殖场，而是径直回了自家的老屋。这就是婆娘的贤惠，心中时常记挂着老人。大牛见了更是喜不自胜，赶紧推了摩托车追上去。

三

　　黄大牛的父亲黄一先，他的父亲给他取这个名字时就是奔"一仙"两个字来的，那意思是"半仙"还不够，必须是"大仙"。他不仅继承了父亲看风水的那一套衣钵，还外学了一些奇门怪术，比如"判断失物方位""遁形脱身""钝物化水""向天求雨"等等，说得神乎其神。但这个人爱钻牛角尖，人称"黄大仙"和"牛角尖"，是大塘出了名的死疙瘩。

　　当年还是黄大牛对象的欧倩被媒人怂恿着去了部队，被黄大牛带了轮子之后，挺着个大肚子在家里寻死觅活的，扬言要堕胎打掉孩子。"牛角尖"也明白欧倩是在逼他这个爷老倌，要真堕胎也早就堕了，还需要如此张扬？其实大学也不是那么容易考的，能逼着黄家想点法子弄个轻松的差事那才是最真实的想法。放横使蛮恰恰是"牛角尖"的长项，只见他天天把支书的家门堵住，抬出"军属"和"高才生"的两块牌子，横竖就要占住村小学学前班代课老师的空缺。村支书说："你一个外乡未过门的媳妇怎么说得过去呢？堵不住村民的嘴啊！""牛角尖"灵机一动，就动员儿子与欧倩把结婚证办了。欧倩肚子日显增大，又有代课老师的差事等着，什么条件也没提，几乎是赤裸裸地嫁到了黄家。

　　"修桥和修路有什么关系？你修你的桥，我过我们的路。四五十年都是这么过来的，他们来了就要改路了？""牛角尖"对着欧倩数落着，声音越来越大，"我听说了，他们已经测量好了，要挖我们的自留山！哪个敢动我的山，我就赌了这四两老命，你爷爷临终前就交代一句话'守山有责'！"

黄大牛老远就听到七十多岁的父亲已经和老婆就自留山的事扯开了，这"牛角尖"的关口只怕是必须跨过去，否则这条路裁弯取直就是一句空话了。

"爷老倌，这山也不是我们的私产，是集体的，我们只有使用权。集体需要了，那还不让道？再说也不是白白挖你的，要补偿的。何必纠结呢？"大牛听父亲嚷开了，便迈开大步在禾场外就接了话。

"你就是个牛犊子，败家子！""牛角尖"听到大牛接了话，就从屋里出来，指着大牛放低了声音骂，"'人长一张脸，屋活一山风'！这要从右边一挖通了气，我看你还能养鸡养鸭吗？你还能翘起卵子当学校的甩手掌柜吗？你那崽还能在长沙打工领高薪吗？没有这纹丝不动的风水什么都是空想！"

"不要动不动就什么风水，满脑子封建迷信！人要通情达理、顺应形势，那才叫顺风顺水，那才会讨人贵气。"黄大牛居然敢说"牛角尖"封建迷信，看来是壮着胆了。

"我看你就是个牛哈宝，在爷老倌面前也没大没小的！"欧倩也听不下去，责备起大牛来了。

"你这个败家子！今天看来扶贫队和村干部是找过你了，前几天他们找我，我就没同意，没想到几滴马尿灌下去你就憋不住了！""牛角尖"瞪着一双愤怒的眼睛，那神情要吃人似的，"我问你，听说下学期大塘小学也要复学了，你也同意欧倩回来上课了？"

"她是大塘小学的老师，现在那是借调的，这边要复学，她还能不到位？"黄大牛理直气壮地说。

"你个畜生，看我不收拾你！""牛角尖"顺手操起一根棍子就要追打大牛。

"爷老倌，你要讲点道理，莫讲没什么风不风水，就是有也得以集体利益为重！"黄大牛边说边走，回过头又应了句，"你几十岁了，怎么蛮不讲理了？！"

"爷老倌，你莫气了身子，让我回去好好收拾他！"欧倩见势不妙，怕父子俩真干起来，她把买的水果留下，便赶紧拉着黄大牛撤回自己的养殖场去。

回到养殖场，欧倩就向牛伲发了难。别说那一桌狼藉的残渣剩菜和堆满的杯盘碗筷，原本杀宰鸡鸭是为了等她专享的，现在留给她的就是些吃剩的羹汁了，何况刚刚在"牛角尖"那里还积攒了擅自要她回村小教书的气。欧倩把个脸阴沉着，眉头锁紧了奄拉着，一直就没有露出过笑脸。

黄大牛见老婆不高兴，便张开厚厚的嘴唇，憨憨地恭维着，却还是唤不回老婆多云转晴的"天气"，干脆就把在山上放羊的黄小二呼了回来，帮自己先把桌子碗筷收拾了，然后继续宰鸡杀鸭恭迎老婆大人。

欧倩堵了气，也不掺和他们的活计，一个人爬上"碉堡"的二层，倒头就躺下了。她在想：如果村小正式复课了，自己把县城自家民校的工作辞了，不仅每月的收入和学校的管理跟踪不到，还好端端每月至少要损失两千多元，这些费用来自学校七七八八的补贴和学生上门要求补课的辛苦费。而如果自己在乡里请一个代课老师，即使自己承担工资，那两千多元开出去也绰绰有余了。而这么简单的算式，他黄大牛怎么就不开窍呢？

黄大牛和黄小二正在给鸡鸭拔毛，好久没有听到欧倩的动静，小二就动员黄大牛去看看，免得生出什么意外。大牛就洗了手，还不

住地擦香皂，又偷偷地用牙膏在牙齿上涂了又涂，再漱了几口水；然后用手堵了哈了几口气，确认口里干净了，就喜滋滋地轻轻爬上小阁楼。见欧倩躺了横床，他把门一带，和衣就扑了上去；欧倩顺势一滚，躲开了，却被牛佗抓住了胸罩的带子，再将她压住，就要去解衣服的扣子。欧倩强行挣脱了，在大牛身上抢了一锤，骂道："大白天耍流氓，婚内强奸也可定罪！"

"妈拉个巴子，还婚内强奸，我就要强奸一次看看！"黄大牛说完，就把欧倩当胸的扣子全解了，又把里面的紧身衣往上拉，就去后背解胸罩的扣子，于是就露出了一对白花花的东西。黄大牛也不急于去解自己的衣服，他的看家本领就是吹吸那一对劳什子。欧倩哪里动得……只可惜那摇摇欲坠的铁床的挣扎和女人快乐的呻吟，让单身公黄小二吧嗒吧嗒着嘴巴，望眼欲穿地停了手中的活计，后来为了发泄嫉恨硬是把原本要留给欧倩的完整鸡腿剁得粉碎。

床第之欢的最大好处就在于化干戈为玉帛，欧倩原本准备刀光剑影地数落与谩骂，此刻也成了强弩之末的轻描淡写。

"你个榆木疙瘩，长个脑壳总也晓得算笔账，我在县城一个月除了工资之外可以多拿两千多元，我拿这笔钱在大塘请个人代课足够了，工资还可以原封不动。"欧倩怨怼地看着大牛，心里不平地说，"最关键还在于我们在学校投了资，没个人跟踪看着，心里也不踏实啊！"

"你与村小签了合同的，你是骨干老师，怎么能请人代课呢？"大牛压低了声音，推心置腹地讲道理，"我们民校实行的是股份制企业化管理，学校管理已经步入正轨，更多的人'监督式'地看守，对学校的发展不利。而且，你现在通过补课挣外快，难道不知道这是违规违纪？教育部早已三令五申，你还不收手？！"

"补你个脑壳！整个城区的主课教师哪个不在补课？！又不是老师要补，是学生家长找上门要补，这周末的大好时光，我要不回大塘，一天可以挣好几百哩！"欧倩埋怨说，"就你不分青红皂白，一派胡言！"

"我还不清楚？你们把知识重点放在课外补，逼着家长跟风求补，不补就跟不起，作孽呢！"黄大牛反而越说越气愤了，"你要继续执迷不悟，连我都要举报你们了！"

黄大牛这句话一说，可就捅了马蜂窝了。只见欧倩腾地从床上跳将下来，穿衣的时候把黄大牛的一个铁皮水杯顺手推在桌下，滚在铁皮板子上"咣当咣当"地响，她狠气又一脚把它踢到楼下，然后拿了自己的包，下了楼梯，头也不回地窜出铁皮屋。

黄大牛穿好衣服，把皮带勒了又勒，肚子一鼓一鼓的，他把个拳头攥紧朝铁皮屋狠狠砸了过去，那铁皮就凹进去一个坑。他不急不慢地下了楼，朝欧倩走的方向恶狠狠地白了一眼，放出一句熏得死人的哑语："今天老子不放了这泡尿，她要敢走，我不把她的'欧'字倒挂了？！"接着对小二喊了句，"小二，随她走吧，你把砍碎的鸡鸭兜了给她送去！"

四

这个夏天，雨水出奇地少，已经快一个月没下雨了。这种天气对地里的庄稼不利，但却是修造鸭婆桥的最佳时机。趁着日头好，鸭婆桥的打桩、浇灌正在紧锣密鼓地进行。而东头从黄一先家右边的山脚推土取直的方案因为受到"大仙"的公然反对，一直还没有实质性的

进展。

曹劲松有一天亲自带着村支两委的干部上门做"大仙"的工作，他依然是那一句话："千百年来的老路你不走，偏偏要动我家的风水！如果我家有个什么三长两短，你们负责吗？比如人有病痛、牲畜不顺、家道滑落、收成减产什么的，你要敢做保证，签了字画了押，你就动！"

支书黄平华凭着与他儿子黄大牛的关系，平时也把他当半个爹，就轻车熟路地说："爷老倌，大牛哥今天没来，我老弟替他说句话，这南航修桥修路修学校，还要帮我们搞脐橙、办工厂，几百万地投在我们村，图的又是哪一项？这鸭婆桥您是领教过的，多少血泪多少苦楚，您老人家是第一见证人，难道我们让出一点山角角，有那么难吗？"

"平华老侄，你去问你爷老倌，1966年移民搬迁那一年，你那年还没生出来，你家搬进那个新屋后老是不顺，你死去的奶奶附在你娘老子身上发话，说前面有个石窝窝老是拦住她的视线，不是我给你家化解了，只怕你也没那么顺利产下来！"黄一先越说越邪乎，"这不是迷信，是事实，信则有，不信也有！"

"爷老倌，迷信迷信，一迷就信！我们今天为百姓做事，没那么多可迷信的！我们只有信仰，群众利益，群众需要就是我们的信仰！"黄平华说到这个份上，快到摊牌的边缘了。

"平华，我把话撂到一边，你们要执迷不悟，那可就有血光之灾！""大仙"干脆把话亮明了。

曹劲松听得分明，看来这个"黄大仙"是准备舍命相搏的，再僵持下去，恐怕连回旋的余地都没有了。他赶紧制止黄平华继续发话，又和颜悦色地去安慰"黄大仙":"大伯,先不急先不急,有话好商量。"

"我就不信那个邪!"没想到黄平华突然又这么来了一句。

"那就等着看,挖土机掘土之日,就是血光殉祖之时,我这把老骨头为了保卫祖居之地,值!""黄大仙"已经亮明了观点,听得大伙瞠目结舌。

曹劲松嗔怪地看看黄平华,示意大家撤退。再坚持下去,恐怕没有什么好结果。

离开了"牛角尖"黄一先的老屋,有人提议去找黄大牛,曹劲松心里咯噔了一下,他想,黄大牛有言在先,要他去做他父亲的工作,少不了还得一场掰腕的恶战,看来不赢了他是断然得不到帮助的。只是,也不知道这黄大牛有治他父亲的良药吗?这样想着,曹劲松心里也是七上八下。

黄大牛就是那个老套路,热情好客,好酒贪杯。客人来了,不管什么时候,也不一定要赶在饭点上,他总会整出个理由来让人陪他喝那么一杯。

曹劲松干脆也不阻止黄大牛的饭菜安排,但他见了面第一句话就说:"牛大人,公路取直的事,你爷老倌那里好像要以身许家,来蛮的了。你讲咋整啊?"

"要我帮忙?"黄大牛一副玩世不恭的样子,"我有言在先,先掰腕吧!"

黄平华知道这一战在所难免,老早就在选地方。他一定要主持公道,不能像上次那样,让师父大牛占了便宜。何况这次的成败,决定了师傅对他父亲的影响,也就是说曹队必须赢了他。他在场部两排

房子的空旷地里找到了一块平整的地面，又把那张吃饭的餐桌抬了过去，接着自己亲自站到上面试着摇了摇，确保稳靠、扎实以后，就把曹劲松和黄大牛喊了过去。

黄大牛选了正北方的位置站定，曹劲松只好站到南方。

随着黄平华一声"预备"令下，两个人两只巨手就握在了一起。黄平华看了看双方的姿势，然后用自己的双手校了校胶着的两只手，发出了"开始——"的口令。

曹劲松双脚站成了马步，四平八稳地立住身子，把个拳头杵在那里，一动也不动；黄大牛站成了弓步，一只手死死地抵住桌沿，把个头探向自己的拳头。一分钟，两分钟，三分钟，黄大牛的手开始摇摆了，脚也颤巍巍地晃动了，脸涨得通红，青筋一条条地暴露出来。只听得曹劲松一声"嗨——扎"，黄大牛疲软的大手就被弹压在餐桌上，而曹劲松却轻轻地吐了一口气，神情自若地微微绽笑着。

"师傅，还要不要加赛一局？"黄平华见黄大牛输得彻底，故意问他。

"输了就输了，还加个鬼赛啊！男子汉要拿得起放得下，输了，下次掰回来！"看样子，牛大人还真服了，"既然输了，还说什么，我爷老倌的工作我去做！"

"兄弟，你准备怎么去做啊？他要是油盐不进怎么办呢？"曹劲松反问他。

"曹队，你们什么时候动工？他要捣乱，我把他绑了！"牛大人说得轻巧，但听起来却有点不近人情。

"那不行，这种简单粗暴的做法对待老人，他心里怎么服气？"曹劲松并不赞同。

"那就这样，我要我儿子把他接到省城去玩几天，等工程搞完，再让他回来！"牛大人又想了个软办法。

"这比绑他好一些，但他回来了还会找我们闹啊。"曹劲松百思不得其解，陷入了两难境地，"哎，你们谁知道大仙平生最大的愿望和追求是什么吗？"

这可把大家难住了，一个个挠头抓腮，不知所以。

"要说大仙最大的追求，他看得最重的应该是保住他法力无边的一世英名！"还是支书黄平华心细，一语中的，"这个老爷子，一生研学巫术，在方圆十里内小有名气。但前些年我村遭遇百年不遇的大旱，比今年旱得还严重，大家求他把千秋寨的杨公老爷（杨再兴的神名）抬下来降雨，他的名声就在那一次全毁了，不仅雨没求着，差点让他金盆洗手把所有的劳什子全扔了，真的是名声扫地！"

曹劲松突然眉头向上弹跳了一下，神情十分兴奋。他把右手的食指猛然在桌上敲打了几下，大声地说了句："有了！"然后站起来，拉着牛大人和黄平华走出了养殖场。

两个人一头雾水，急忙向曹队讨要"锦囊妙计"。

"我用人工降雨成就他一次'法力无边'，与他做次全力支持开山的交易。"曹劲松笑了笑，"正好今年这次大旱我已经向公司做了汇报了，公司已经同意再不下雨就动用人工降雨方案，确保一千三百亩水稻渡过难关。"

"我去找他谈判，让他心悦诚服！"黄平华激动得跳了起来。

"不，你去不合适，你们谁都不合适，必须我去！我是外乡人，并且脱了贫就会走，不会卖了他。"曹劲松早就成竹在胸，连细节都勾勒好了。

三个人会心地一击掌，哈哈大笑起来，这笑声穿透了朦胧的夜幕，与黄大牛那些牧归的黑山羊"咩咩"的合唱形成了共鸣，给蛙噪蝉鸣的夏夜增添了无尽的乐趣……

五

曹劲松与"黄大仙"的谈判出奇地顺利，诚如支书黄平华所言，"黄大仙"把"法力无边"的名声看得比家道命运，甚至身家性命还重要。当曹劲松答应他确保在第二天会出现风起云涌、天昏地暗，并下起瓢泼大雨的天象时，他当即就应承说："只要你守口如瓶，不四处张扬，成全我'呼风唤雨'的名声，我现在就答应你裁弯取直、推土挖山的计划！"

曹劲松揶揄地问："风水不要了？"

"老侄，我一生所修之功还守不住自家风水，那还算什么'大仙'？"言下之意，那所谓的风水对他来说也是可以把玩的。

曹劲松总算轻松地舒缓了一口大气。

雨终究没有落下来，这大塘村一千多亩生态水稻正在正苞拔节的当口上，如果再不全力施救，恐怕就有功亏一篑的危险。大塘村自从向海拔较高的山上移民后，把上好的良田让给了水库淹没区，重新开发的耕地全靠天上下雨，新建的山塘也只能靠天水蓄积。而这么久滴雨未落，连黄大牛守着的小水库也见底了。很多人为了抗旱，不惜代价从大水江的水库里分段往上抽水，但随着水库下游灌溉需求加大，大水江水库也吃紧了。更多的人无能为力，眼巴巴地看着长势葳蕤的禾苗日渐颓废萎靡，再不下雨就有全面失收的可能。

曹劲松主导的人工降雨和"黄大仙"主导的向天求雨几乎同时

进行。

航空公司的人工降雨是近年增设的新业务，技术层面上已经很成熟了，就是向高空的暖云撒播盐粉、尿素等吸湿性粒子促使大云滴生成从而形成或增加降水。这一场雨如果按商业运作搞下来至少也得七八十万元。而为了大塘和附近村落的抗旱保收，曹劲松所在的航空公司在所不惜。

至于民间"求雨"，求不求得到本是没谱的事，那是无奈而无助的举动，也是农村常有的大法事。这大塘一带敬的是千秋寨的杨公老爷杨再兴。杨再兴是湖南省新宁县崀山人，南宋岳飞大帅麾下的骁将。在北上抗金之前，与当地一个汪姓姑娘结下"杨汪之约"。杨在小商河捐躯之后，汪姑娘投水阴许，终成眷属。因而当地在九龙山顶建千秋寨，汪夫人和杨原配马夫人左右相侍，专供万民纪念。至今感天动地，香火不绝。

这一天，每家出男丁一名，家中男丁多的，多多益善，到二十里外的九龙山顶抬杨公老爷和马、汪二夫人神像。

三声地铳惊天炸响之后，大队人马像迎新娘一般敲锣打鼓，浩浩荡荡出发。人们身背柴刀、足穿草鞋、头戴斗笠，冒着烈日，走在山涧的羊肠小道上。没人说话，无人打哈哈，一脸严肃。直到下午太阳落山才回来，肚子快饿扁了，把杨公和马、汪二夫人放在早已搭好的茅棚里，上香点灯好生伺候。

翌日清晨，善男信女们在茅棚四周跪了一地，主持者正是"黄大仙"。他顶礼膜拜，口里念念有词，然后出了茅棚，走在蜿蜒的田间小路上，各个田垅、河道、旮旯凡有田土的地方都转到，让菩萨了解灾情，洞察秋毫，以便掌握第一手材料，上天庭向主宰世界的玉皇大

帝及有关神仙汇报。

夜里，更是盛况空前，棚子里挤满了看热闹的伢妹，打打闹闹、嘻嘻哈哈。这时只见黄大仙挑选了五个少壮青年坐在板凳上，手心朝天贴在大腿上，紧闭双眼；然后又出来五个彪形大汉手持铜锣对着坐在板凳上的人使劲敲，那"哐——哐——哐"的锣声震耳欲聋，山摇地动。

黄大仙脚踏五行八卦位，不住地转悠，袍裾一掀，跪在三尊菩萨前占卦。待"阴、圣、阳"三卦均顺利占得后，站起身，对着五人撒了三把米，抄起背在身上的牛角号轮番朝着他们猛吹，那阴森恐怖的"呜呜"声，让人浑身起鸡皮疙瘩。然后用凉水含在嘴里猛漱几口，一口泡沫狂喷在五人的脸上。五人中有四人败下阵去，只有一个后生经受起了考验，坚持下来。

只见后生慢慢地脚手微摇，接着像打摆子一般浑身颤抖，进而屁股离开板凳手舞足蹈起来。这就是"杨公老爷阴灵附体"了，接着便迎来了一地虔诚的跪地磕头之声。

接着就是一段关于天旱的对话：

"杨公，今年这天怎么了，个把月没下雨了，请您禀知玉帝，快救苍生啊！"

"干了多少田塘？怎不早讲？"

"远近干旱无数，几近失收啊！"

"勿急勿急，我当禀告大帝，开天放水！"

…………

黄大仙继而又说："好在杨公向玉帝禀明了实情，玉帝派遣纠察灵官下来证实，责怪了灶王菩萨，明日之内就会普降甘露，大家放一百二十个心，回去睡安稳觉吧。"

第二天"奇迹"终于发生了。

早上送杨公老爷和马、汪二夫人回千秋寨时还碧空如洗、晴天朗朗；回途中即刻阴云密布，电闪雷鸣，狂风大作，接着就下起了倾盆大雨。

有了这次"法力无边"的现身说法，早就失去"大仙"光环的黄一先，终究还是找回了昔日的体面和荣耀。唯其如此，他也践约没有去给桥东通村取直的工地捣过蛋。那些天，他要么把自己关在老屋里，要么去城里晃悠，要么找远处的同行或徒弟侃大山，对屋后右边角落里整天耀武扬威的挖掘机，装着漠不关心似的。

六

"六一"这天，南方航空公司落实扶贫扶志计划打响了第一炮。这也是大塘村最热闹的日子。经航空公司领导同意，所有待岗的空乘、地勤人员，分乘三辆大巴来到大塘村，与村里流落他乡读书的孩子们结对认亲，畅叙未来。这也是大塘小学即将复课的前奏和总动员。

这边紧锣密鼓地筹备复学，把个黄大牛也弄得紧张兮兮的。他急的是原本答应了曹劲松要把老婆心悦诚服地劝回来到村小上课，并且自己亲口说要通过掰腕来决定谁来做欧倩的工作。他已经铁板钉钉地断定自己是必输无疑了。通过两次掰腕决战，他早已了解对方实力了。第一次要不是自己站在低处，暗暗地借助桌子发了点力，恐怕早就输得体无完肤了。第二次的决战让他讳莫如深啊！看曹队那硬邦邦的铁臂，杵在那里一动不动的，已经明显地胜自己一筹了。因而，即

使再战一局，不仅面子上翻不了本，而且会把自己的颓势暴露无遗。他就想，与其等掰腕决了胜负再行动，还不如早做打算，把老婆的事主动摆平了，落一个既讲感情又深明大义的好名声。

这样想着，黄大牛就常常为欧倩的事茶饭不思。本来嘛，原来欧倩雷打不动每周要回来过周末的，但自从上次黄大牛讲错了话把欧倩气走以后，这个憋不住劲的牛大人偏要自己破了规矩，竟然在第二周的周末亲自宰了鸡鸭送到学校里去了。欧倩就顺势找了个每个周末要补课的理由，把以前的规矩倒过来了，变成牛大人每到周末去学校陪老婆一天了。这规矩一破，让黄大牛越想越不爽，悔得连肠子都青了。

这欧倩好像是铁了心不会回村小上课了，上周回学校时，正好航空公司的空姐空少来村里搞"六一"活动不久，牛大人开门见山就讲了几大回村小的理由，但欧倩就是死活不上他的船。

"我跟你讲，你是村小的老师，没有理由不回去，请个代课老师敷衍塞责，对不起组织对不起党，更对不起大塘人民啊！"牛大人说的实在也有理有节，"想当年，你还不是大塘人就占了大塘小学的编，然后转民办转公办，大塘人可没有愧对你啊！"

"又要惹我骂你，不是你把我肚子搞大，我会赖着你黄大牛吗？哦，你连累得我大学梦破灭了，找个代课老师的职打发我，要不是我发了狠，说不定早就被你大黄家踹出门了！"欧倩数落起来也犹如放连珠炮，"想当年，我挺着个大肚子，你还体谅过我的痛苦？我丢人现眼到处求爷拜爹，弄了你们村小学学前班代课的编，你以为是你们家的本事？！"

"到如今全是你的功劳了？颠倒黑白，还有没有天理啊？！"牛大人也开始起了高腔，"人要讲点良心，说话也要傍着点边！欧倩，你扪着心问问，我没有在部队混出个名堂，我低三下四求娶你，总觉得你吃亏了，我设法弥补差距，要不是我甩出一百万入股民校，你说，你何曾把我平等看过？"

"放狗屁！"欧倩骂出来，但总算语气软了点，"我恨得生铁成了钢，恨得浪子回了头，这也有错了？"

"婆娘，我给你罗列了几个不是，你看对吗？"黄大牛反倒理性起来，得了理语气也放低了调，他扳着手指数落起来，"自从你进了城，我们夫妻就分了居，这给我造成了多少精神损失？这是一；你长年在课外补课，违反教委规定，也给家长和孩子身心带来了无量损失，这是二；如果不回村小上课，质量无法保障，给村民带来多少损失？这是三；你长年不归，村民以为你在外面有外遇，你的名声受损，还把我也带了进去，都以为我能忍气吞声、安于惧内，对我的名声却是很大的打击！这四条，可不是儿戏哦！"

"牛大爷，我就是有外遇了！你还激将我不是？有本事你亮出来啊！你想改变现状是吗？那好，有唯一一个办法——你不是动不动就掰腕嘛，那我们就约定，下个星期来学校，你要有本事就自己上，没信心可以喊个人顶，我会叫个人，灭了你的威风！如果你胜了，我心甘情愿回村小教书；如果你输了，那就由不得你了！"没想到欧倩来了个"其人之道"。

"好啊！这可是你自己提出来的，还讲么子，那就等着呗！"黄大牛一讲掰腕就来劲，他不在乎输赢，但他太在乎这种形式和过程了。

回大塘这些天，黄大牛特意找了曹劲松，把欧倩放的话与曹劲松

讲了。曹队觉得事出蹊跷，一个女人家主动挑战掰腕，她定是有合适的人选，有必胜的把握。她既然抱定了不想回村小的打算，势必有了充分的筹划。他想，这可不能小觑了。曹劲松仔细分析了黄大牛的实力，认为黄大牛除了有轻敌心理外，还有战法和技巧上的缺陷，必须一一克服。

那几天，曹劲松几乎天天和黄大牛切磋扳腕技巧，把自己的看家本事都贡献出来，还带着黄大牛在方圆十里内找实力派"大腕"实战，让黄大牛几乎脱胎换骨，从技法到战法，从暗功到借力，真正提升了几个层次。

等到周末这天，黄大牛到了自己入股的学校，一进门老师和学生们就众星捧月似的，对他投去了会心的目光。他正诧异间，却见操场上一副"思源学校体育运动会——实力掰将黄大牛与大力士李大抢掰腕对决赛"的标语和标语下一张两人的巨幅拼图夺目抢眼。他找到欧倩一问，原来学校正在举办运动会，她把黄大牛和后勤的李师傅扳腕对决报进了比赛项目，不显山不露水地既要丰富比赛的内容，还暗暗地成就她的一段决定。这娘们，有心机！男人胜了，她有面子；男人输了，她可以轻描淡写，置之事外。黄大牛也不愠不怒，觉得也还得体，自己的学校，作为董事之一，自当出份力气。

比赛开始时，黄大牛仔细看了看对手，曾听人说过这李师傅力大如牛，拉菜的三轮车上坡熄了火，他一只手可以将车子拉上坡；看他矮墩墩的身材，全身都是肉，足有二百斤的重量。只可惜没跟他交过手，不知实力如何。黄大牛给他递了支烟，轻轻甩了下手，憨笑着说："李师傅，我是临时抱佛脚，今天才得到信息，看我刚刚手还有点伤痛，你可要手下留情。"然后抱拳致意。

这是牛大爷的一个缓兵之计，他想麻痹对方。

李师傅接了烟点了，打了个蛮大的哈哈。

这是个三局定胜负的赛制。黄大牛想：第一局还是让出去。

李师傅坐定，急着把一只山一样的大手拄在那里；牛大人接过，握紧，对峙着。随着裁判的一声令下，李师傅求胜心切，不住地施压；牛大人调动了腕、臂、身子、腿脚的力量慢慢抗衡。约四分钟，势均力敌；牛大人也不进攻，也不求胜，僵持着。李师傅用尽了所有臂力，想结束对决；黄大牛还想逗他，继续将通体各部位的力调剂了一遍。李师傅通身红紫，青筋暴突，有点熬不住了；这时，牛大人让手摇摆，装作力不能支的样子；李师傅乘势将牛大人的右手按了下去。

稍事休整，各自喝了瓶水，接着就是第二局。

牛大人依然先将通身的力量调剂了一遍，把李师傅熬成了困兽。然后一声"嗨扎！"落下，珠落玉盘一般，轻松地取了一局。

1∶1平局以后，第三局变得扑朔迷离起来。李师傅大概看出牛大人深藏不露的老底，决定调整战术了。只见他坐直了身子，双脚狠狠地抓向地面，一只手暗暗地贴在桌棱，开始借起力来。牛大人知其想打持久战了，便想速战速决。他把所有力气运在抓李师傅的拇指和食指上，再发力，就听到对方"哎哟"一声惨叫；再发力，那只山一样壮实的大手就"嘭——"的一声瘫软在桌面上。

几千双眼睛注目下的赛场，顿时山呼海啸，一片欢腾。

欧倩微笑着朝黄大牛走过来，竖了个拇指在牛大人面前晃来晃去，说了句："牛大爷，这还差不多！"

"回村小的事，不用我再费口舌了吧？"黄大牛得意地看着

欧倩。

"你说呢？"欧倩说完居然鲤鱼翻身似的抛了个媚眼走了。

黄大牛皱起眉头，一头雾水；旋即又绽开笑靥弹了一个响指，这娘们，到底她是愿我败呢还是愿我赢呢？难道她是故意设了这个局，要在全校师生面前显摆她男人的拳巴子？

七

曹劲松把大塘村的三件喜事挤在9月1日村小开学这天公布，是想向外界释放一个扶贫、扶智、扶志的强烈信号。这是南航兑现扶贫承诺送给大塘村民最大惊喜的时刻！

大塘小学历经六年停办之后正式复学了。为了督办复学，"南航人"别出心裁，不仅为新修校舍助力，还发动全员为学校的"爱心书屋"捐书、捐文具，而且赶在开学的当天再次拉来空姐、飞行员们为盛装复学的大塘小学的孩子们上好"开学第一课"。

这一天也是鸭婆桥和通村公路正式通车的日子。省航负责人和县、乡领导亲临桥头剪彩，几十辆各式车辆披红挂彩、锣鼓喧天，依次从桥西开过桥东，沿着拉直的新路在大塘村小集合，参加完学校的开学礼，又奔村部参加大塘村生态农业公司的揭牌仪式。

原来"扶贫扶智"计划只是大塘百年大计的第一步，为了大塘村整体尽快脱贫，曹劲松在大塘村"荒漠化严重"和"资源匮乏"上动了心思，提出了"产业升级促脱贫"的思路，并选准了大塘高山生态稻米作为产业升级的主要发展项目。又在确定重点产业后，成立了大塘生态农业发展有限公司。村民可以自愿参股，贫困户可以直接以土地入股。还注册了"大塘村"商标，开通了微信支付二维码和专业网站，还在省会农贸市场设了展销专点，客户只要一扫二维码，就可以买到大塘村的高山大米、大塘红薯粉、红薯干、高山蜂蜜等生态农产品。

欧倩因为在回村小问题上的积极表现，被镇联校任命为大塘村小的校长。她这些天与南航的空姐空少们打得火热，还带着这些帅哥美女走村串户与他们结对的孩子们搞家访，忙碌得不亦乐乎。

回到养殖场后，刚拿了新驾驶证的黄大牛多次提出要给她开车当师傅，却被欧倩奚落了一顿："你那个形象，寻思着想看那些美若天仙的空姐吧，去去去，我怕你晚上净做白日梦呢！"

"欧校长怎么没一点自信呢！我牛大人纵使有想吃天鹅肉的心，也没那个吃里扒外的胆。不就是心疼我的心肝宝贝，给老婆大人鞍前马后嘛！"这牛大人自从老婆回了大塘小学，他是打心眼里高兴，夜里做梦也是甜的。这人啊，心境决定语境，同样一件事，高兴了说出来是蜂蜜，赌气了说出话来就是放出去的利箭。

"哎，牛大爷，我问你件事，今天我听村里干部跟我说了，这次参加剪彩的县领导看了我们的养殖场，直接发话了，说是不能圈着个水库围养山羊鸡鸭，既不安全，又不利于水库的整治，必须搬出去？"欧倩突然问他。

"有这个事！本来曹队长先前跟我讲过一回了，但村里跟我签了合同的，还没有到期啊。今天是哪个要你给我传话了？"黄大牛一脸狐疑地问欧倩。

"可能就是传话的意思吧。是黄平华跟我讲的，他不好意思跟你讲，因为合同就是他上任后与你签的，但曹队与他提过几次了，他一直也没与你正面谈过，要不是这次县领导严肃地提出来，他也没打算

急着办这件事。"欧倩恍然大悟似的点点头，接着用商量的口气说，
"牛大爷，你一个大男人，曹队也开口了，何必纠结合同呢？多大一
件事嘛，想想过去的这些事，哪件事不是你鼎力支持的？"

"这是当家人的事，你少掺和。"黄大牛根子里的那些大男人
的残余又开始泛滥了，"我黄大牛为了村里修路和村小复课，当仁不
让，鼎力支持。但水库里开养殖场的事没那么严重，县领导走马观
花，放个屁走人，村里就把鸡毛当令箭，那为何当初要跟我签合同？
现在你想毁约了，问过我建场部花了多少钱，前年洪灾受了多少损失
吗？说过给我多少赔偿吗？管他是谁，哪个县领导说的要哪个县领导
亲自来找我！"

"不得了了，什么大不了的事啊？那值得了几个钱？把这里拆
了，把养殖场开到自己老屋背后的山里去，屋后照样可以围栏养羊、
养鸡，你要想养鸭养鱼，可以到鸭婆江里去拦网养啊。还要县领导来
找你，你真把自己当牛大人？！"见男人犟起来，欧倩也来气了，
"你平时该讲原则时是没原则，一杯酒下去就掰腕解决，什么事都掰
腕，完全凭意气用事，该不会又要曹劲松过来掰一局？"

黄大牛看着欧倩数落起人时嘴皮子快速翻飞的样子，她只要眼睛
里有一丝笑意，那个小酒窝就十分灿烂，话语再重也犹如春风拂面，
让你恨不起来，气不起来。牛大人又想起她来部队那会，留着两条羊
尾巴，额头上一绺黑黑的刘海，每次问他事情，眼睛睁得老大老大，
傻乎乎地总是"是吗？是吗？"地问，正是从她新奇、探秘的求知欲
望里，读懂了她的纯净，他才会迫不及待地想拥她入怀，想把她含在
嘴里，深入肌肤，直至融入他的骨髓……

欧倩好像看出黄大牛思想的异动，突然灵机一动，笑着说："你

不是刚拿了证手痒吗？喏，车钥匙给你——"就把钥匙递了过去。

"你该不会在贿赂我吧？县领导的话这么重要吗？"黄大牛开心地笑了。

"你说呢？我是大塘小学的校长，你是校长的先生，你把我劝回来，别人求着我了，我遇到难处了，难道不该给我点面子？"欧倩的小酒窝终于绽开了，特别妩媚。

"婆娘，我牛大爷掰腕可不是任性的，你给我数一数，哪一次不是作古正经（湖南方言，一本正经）办了大事？！"黄大牛把婆娘一把抱过来，开始啃那两个小酒窝了，"好嘞，那就听你的，谁叫你是我老婆呢！但程序还是要走的！"

"什么程序？"欧倩也不推辞，就势滚在牛大人的怀里。

"掰腕啊！"牛大人好不容易腾出嘴巴来应了句。

"那曹队长要输了怎么办？"天真的欧倩还没有进入情境。

"傻瓜，这个输赢就该我来主导了，我包输还不行吗？"说完就用嘴巴把欧倩的嘴堵住了。

天边出现了一抹红霞，牧归的黑山羊"咩咩"叫着陆续回到场部，见了主人如此忘情的样子，一个个怔怔地看着，羡慕着；与它们一起错愕的，澎湃的，还有与它们朝夕相伴的黄小二，他也极其投入地分享着，居然没有发出丁点声音……

（原载于2020年第6期《湘江文艺》）

千秋寨寨王竞夺记

长眠在河南临颍的岳飞麾下名将杨再兴（？—1140年），归顺岳飞前，在家乡曾有一段聚啸山林、占山为王的历史。这段不光彩的往事，转瞬即被他精忠抗金、捐躯小商河的铁血壮举湮没了。往事如烟，杨再兴断然想不到，约900年后的今天，家乡人民在纪念他的阴寨——千秋寨发起了一场乡村振兴、决战贫困的"寨王"争夺战。这是一场没有硝烟却又斗智斗勇的较量！

——题记

一

我们上班的时间定到上午九点，很多起得早的村干部可以做几个时辰的劳动，而这段时间我也会带着两个队员做点家访，走村串户认"亲戚"，力争"让看见自己的狗狗都能摇尾巴"。这天我想带我们省文旅厅扶贫队的两个小伙子，去唐调家里看看，会会这个"智多星"，听听他关于乡村发展的意见。前一天的会上，村秘书李晓亮提到他，这大半年的，我们还真脱离群众了，这么个人物，我居然没打听到。

　　我们风风火火地吃完早餐，刚准备动身，只见汪家大院一个村民火急火燎地赶过来拦住我说："符处长，不好了！汪祥夫和汪支书打起来了！"

　　"怎么干起仗来了？"我一边急切地问，一边催队员们一起往现场赶。

　　"打起来了，先是汪祥夫把支书拖起来，接着两个人扭打了好一阵，结果家族长出面了，家族长要在家的汪姓劳力把汪祥夫捆起来，但大家都是跟他干消防活计的，没人动！这不，家族长要我来找您啊！"

　　我们到了现场，汪祥夫正两手叉腰，明显占着年龄和体格优势，对着疲惫不堪喘着粗气、瘫坐在椅子上的汪德正趾高气扬地说着："你以为你是谁啊？支书怎么了？算个球！你想废合同就废合同？还要不要法律？！"

　　家族长老汪站在他们中间，见我们过来了，遇到救星似的，赶紧示意汪祥夫不要说话。

　　我走近汪德正，见他鼻子上有点血迹，就问："汪支书，有没有受伤？谁先动手打的人？"

　　汪德正一脸委屈的样子，差点哽咽起来，对我说："符处长，我也只是讲'你回来，你占着茅坑不拉屎，这个合同也该终止了，再霸着，全村人民也不会答应了'，他一大早就从城里赶回来，把我从被窝里拖出来……"

　　我用威严的目光扫遍了汪祥夫全身，然后用不容置喙的语气正告他："汪祥夫，终止合同的事是村支两委的意见，你可以不同意，但你不可以用黑社会的那一套殴打干部，阻碍国家文物得到更有效的

保护！"

我咄咄逼人的态势多少把汪祥夫震慑住了，只见他那双叉在腰上的手慢慢放了下来，桀骜不驯的眼睛开始游离起来，僵硬的身体开始摇摆不定。我继而转身对队员小赵说："叫派出所的同志过来，东汪村出现涉黑涉恶性质的殴打村干部事件，请他们马上过来！"

"奇了怪了！我们兄弟吵个架，家内事务，怎么就涉黑涉恶了？你吓唬老百姓吧？！"汪祥夫尽管软下来，但嘴巴依然强硬，"符处长，你见多识广，但也不能把我当三岁小孩对付！我即使没在外闯荡十几年，也在部队虚度了几年光阴，真正是'狗眼看人低'！"

我没有计较他的出言不逊，倒是猛然怔了一下，不为别的，就为他说的"在部队虚度了几年光阴"。此前知道他是退伍军人，但他却不知道我也是退转军人，我突然间为自己的信马由缰而稍感后悔："汪祥夫，不瞒你说，我曾经也是个军人。"

"那还讲什么？不就两个粗人嘛！"汪祥夫兴致高涨起来，"那就简单了！"

他的话音刚落，家族长首先反应过来，他连忙拉起汪祥夫朝我作揖讨好："哈宝崽，你逞哪门子能嘛，还不向符处长认错！"然后笑如莲花地拉着我的衣角，"符处长，这个事就在村里消化算了，千万不要上纲上线了！"

"阿叔，既然符处长也是军人出身，那就没您老人家什么事了！"汪祥夫一把拉开家族长，闪电般冲到我的面前，"我是在武警中队当了三年兵，上士军衔，掰腕还是格斗？由你定！我要赢了，我定；你赢了，你说了算！"

"那就是一个体系，武警中校，支队政治处主任任上转业。"见他那么坦率，看来免不了一场恶战了，我把双手合十，来了个请便的动作，"由你选吧！"

这时晒谷坪里挤了不少人，大家屏住呼吸，等着我们拉开一场决斗游戏的大幕。我心里明白，汪祥夫应该和我年纪相当，四十喇当岁，但个头比我高了好多，又当过上士，该是军事骨干，我这万一输了，是不是该卷了铺盖走人啊？怎么在东汪村立足呢？

"那就格斗吧！"不容我细想，汪祥夫已经拉开架势，大概以为我政工干部出身，都是花拳绣腿。只听他"啊——"的一声，骄横恣肆地一个箭步抢了拳头冲过来；我迅速站成弓步，眼睛看准他的步伐，然后虚迎一招，快速闪身躲过，再翻过身子紧跟一步，一脚踩住他的左脚腕，他"哎哟"一声一个趔趄差点倒地，但他一手撑地一个反身动作，就与我正面相对；他的拳头雨点般打来，我应接不暇，互相对击了十几个回合。他力大如牛，攻势正酣，我想，如不设法巧取，时间拉长，我是必败无疑。于是虚与委蛇，佯装后退；他以为我不堪一击，追我的步法渐渐凌乱。说时迟，那时快！我猛然一闪身抓住他的右腕迅疾往后一扣，他多次想回抽破招，但无奈已被我死死压住。这是擒拿术的制胜法宝，扣与破扣只在瞬息之间，他一时轻敌，故而被擒，也在情理之中。

他单膝跪在地上，已无还手之力；见他未作挣扎，我也就松了手。

他从地上站起来，双手作揖："符处长，兵无戏言，悉听尊便！"他真诚地放下架子，心悦诚服的样子，"我太冲动了，不该粗暴对待我堂兄，您说的终止合同的事，我同意，我的人今天就撤出来，我会全力配合村里以千秋寨旅游带动全村发展油茶观光产业的

计划……"

"好的，谢谢支持！"我突然想到病还没好熨帖的刘世亨，就说，"还有刘世亨的事，他跟了你八年，现在病倒了，按照劳动法你是要给他发工资的。你把这些事处理好了，你就是个好同志，我们下一步要面向全村招聘千秋寨寨王，你同样可以来竞聘！"

"真的？"汪祥夫眼睛瞪得像个桐子壳，微微颔首，"好的，符处长，我知道怎么做了。"

二

终止千秋寨合同的事，还得从我前一天参加完县政协"'四个四十万亩'农业支柱产业布局调研论证会"说起。

没想到县政协能出面邀请省里的农业专家，就县里的农业产业布局做出这么科学的指导。他们通过充分调研，认为：除了广泛种植水稻，该县东西方向沿夫夷江两岸气候温润，是发展脐橙产业的好地方；西南方向山高林密，适合发展楠竹和竹笋产业；而西北方向却丘陵山地众多，适合发展油茶。并建议四个产业并驾齐驱，每个四十万亩的规模，这就是所谓"四个四十万亩"目标。

我是省文化旅游厅驻东汪村扶贫队的队长，属于省代表队成员，又有那么多省城的专家莅临，被邀请列会是情理之中的事。

散会后，我开小车离开县城，沿夫夷江北岸逶迤而行，很快便驶入了"百里脐橙连崀山"的产业带纵深。时值金秋，西北乡宛然饮了一壶美酒，沉浸在弥望的醉色之中。沿途的脐橙树缀满了黄灿灿、沉甸甸的果实，旷野暗香氤氲；那些负重的枝丫，看上去显得有些娇喘吁吁，令人艳羡的同时，不免又生出几分怜惜。

车子离开省道，向西北方向的山道行进，进入了东汪地界。遍地金黄的色彩戛然而止，沿路尽是无边无际的灌木丛林。随着海拔升高，气温明显低了很多，山道弯弯、道路凹凸，极目所触，除了满眼的翠色，便是秋之将晚的寂寥与萧瑟。

一路上，我边开车边在思索，东汪村地处县境西北，正在这个规划的油茶产业带上，如何顺应形势，利用好政策红利，鼓励农民种植油茶，把两千多亩荒山变为油滴滴的"绿色银行"？我还没有一个完整的思路，正准备到村部和我的两个队员合计合计，却见天色已晚，正好要从村支书汪德正家门前经过，干脆就先会会他再说。

这个东汪村，也就2000多口人，因为交通不便，离城镇较远，没有一样叫得响的产业。很多农民总认为家乡是穷山恶水，外面才是金山银山。这里守着的一个省级文物保护单位千秋寨，是远近闻名、香客不绝的著名人文景点。文化和旅游机构合并前我管过文物，还曾经给千秋寨拨过50万元的维建经费；机构合并以后，我又管着旅游景点建设，所以很自然就被县扶贫办"吃了点菜"。

我把车子开进汪德正家的前坪，还没下车，车门就被一个又高又大的汉子堵住了，我定睛一看，喔？刘世亨！眼神黯淡、面色颓废，看他邋邋遢遢的样子，胡子拉碴、衣服油渍渍的，60多岁的年纪好像古稀老人似的，全然没有往日在寨上神飞色舞、左右逢源的模样。他是千秋寨上的专职和尚师傅，其实就是个巫师，巫师和和尚还是有区别的。他怎么堵在这里？不是上个月中了风还在恢复吗？这人性子急，又是中风患者，可不能让他激动，万一整出个意外来，可就收不了场了。我先把车窗玻璃摇下，轻言细语地喊了声："老刘，你找我啊？"

他口张开，眼睛一个劲地眨，看着我好一会，才挤出一句断断续续的话语："符……处长，寨上翻……天了，我……等你半天了……"

这时汪德正走了过来，先数落他的不是，然后把他拉开，让我开了车门。

"符处长，是这样的，刘世亨还在养病，就急着去寨里上班，汪祥夫没同意，他就横竖不干，吵着要这个那个的。"汪德正接着就去拉刘世亨，"你还在恢复期，中风这种病，恢复时间越长，好得越熨帖。只要身体好了，他要炒你鱿鱼，我和符处长给你做主！"

"他讲……病好了……也不要……我了！我是……13岁就上了寨，想一……脚踹开……没有10万……块钱……想都……别想！"刘世亨走路还有点不稳，一激动眼睛就直翻，"我今天……就是来……告状的！"

我拍了拍他的肩膀，示意他少说话，要相信组织，我表示一定会给他一个满意的结果。他这才冷静下来，慢慢地像个幽灵似的，躲到汪支书的火塘里，听汪德正向我介绍他反映的情况。

刘世亨专门写了个文字材料，那架势，闹不好真会到处去上访的。他列举了自己在寨上工作的历程，其他就尽是些捕风捉影或不着边际的东西。比如拨款的使用，钱是拨给县文物局的，监管使用主体是文物局，他汪祥夫充其量也就介绍个队伍去做工程，用与不用，决定权在文物局；把写了名字的装修板子装在杨公老爷的头顶，这是"雁过留声""到此一游"的普世心理；至于伤风败俗，那就是偏见了，谁规定女人不能到菩萨面前做服务了？既然村里承包给汪祥夫，怎么用钱怎么用人，自然就是他自己做主啊。我见一时半会也没法跟刘世亨讲清，就坚持先送他回去，待进一步调查核实，包括他的上班与否，连同补偿问题一并解决。刘世亨也没了脾气，见我要亲自开车送他，也就偃旗息鼓地上了车。

三

我是心里掩不住事的人，在村里扶贫的日子，常常灵感一来就把扶贫队员和村班子成员召集来商量个没完，眼下正好从县里带来好消息，加上千秋寨的事，我督着汪德正把大家召拢来，连夜开会商定方案。我的鞭子把汪德正抽得没脾气，他催我先扒口饭，我一回神，哎哟，肚子真咕咕叫着造反了。我一边吃饭，他就风风火火地一个个打电话，把大家约在村部集合。

村里干部和两个扶贫队员都到齐了。我先通报了县政协调研"四个四十万亩"的事，并请大家就油茶种植谈看法；然后就千秋寨的经营管理抛出"打破传统、改变体制，文化引领、产业联动"的基本思路。这个球一抛出去，就有人接招了，一时热闹非凡，村部像煮开了水的蒸锅。

首先发言的是妇女主任李小莲，她个子很高，瘦单瘦单的，前些年在集镇开了个门面专做花炮批发生意，经营了几年赚了个门面。她两口子起早贪黑，没事的时候方圆几十公里到处去发名片，还在各村设立了联络员，只要有红白喜事就向她报信，生意做成了不忘给别人信息费。他们也厚道，从不冒（湖南方言，欺骗）东家，花炮用了什么牌子什么型号写得一清二楚，还承诺如果比别家卖得贵，十倍退款。谁家要了货，他们车子送上门，先不收款，见证了质量，待好事做完了，口服心服了，他们再把垃圾带走，顺便把钱收了，做得辛苦

但有口皆碑，几乎个个回头、滴水不漏。她是村支两委换届时全票当选的妇女主任，当了村干部，家里的生意损失不小，但她乐此不疲，店里请了个帮手，生意照样红红火火。

"符处长，我的外家就在隔壁县的大塘村，那是个移民致贫的深度贫困村，前些年开始垦植油茶树，现在漫山遍野没有一颗杂木，清一色的油茶树，人均有两亩多，眼下已经见效了。他们村里成立了统购统销的油业公司，还有几个小榨坊，年产茶油几十吨了。这个茶油品质好，销路好，现在在城市居民中已深入人心，对于家家户户而言都是必需品，是一个好产业，我举双手赞成！"李小莲看了看众人，见大家想听下去，又接着说，"我们这一带的土是酸性土质，山山岭岭除了千秋寨高一点，一般也就千米以下，基本上都可以种植油茶树。油茶树三年可以挂果，五年可以采摘，每亩有7000元左右的收入。"

"小莲，你讲得没错，这个油茶病虫害少，寿命又长，又是常绿作物，只要挂了果，一本万利几十年，真是'绿色银行'！"村秘书李晓亮抢着拳头击打桌子兴奋地站了起来，"你们可能不知道，退休的唐调已经在千秋寨下面的自留山上栽了好几十亩，他把相邻几户的山地流转出来，现在几个外地商会的老板开始认购他的油茶树，势头好得很。他那片茶树应该有三年多了，该挂果了！"

"'唐调'？"我有点狐疑地站起来，睁大眼睛扫视众人，"什么情况？说来听听。"

"这个人不简单，他退休前享受调研员待遇，所以都喊他唐调。他是县里首任山区开发办主任，当开发办主任之前，他是现在崀山景区所在地的乡长，那时候计划生育、征粮征购压倒一切，但他却偏偏喜欢往崀山的山上转，他的心思在那些奇崛、嶙峋的怪石上，那些犯了规要罚款的农户，他不罚他们现金，他要他们去给崀山修亭台楼阁、梯子栈道，慢慢地他给那些石头取了恰如其分的名字，然后就开始卖门票，卖票的收入除了用于上缴任务，就用来给干部职工发奖金。"李晓亮说到这里，用余光瞟了瞟汪德正，然后不无懊丧地说，"唐调对千秋寨的管理是有想法的，多次批评过汪祥夫杀鸡取卵的做法！他有一套详尽的运行方案，但一直不愿与我们对接。包括在寨上修建财神庙、药王庙，在寨顶烧龙头香，他已经在寨下建了一个'西乡名流纪念馆'。讲句实话，今天如果符处长不提出千秋寨和油茶产业联动的想法来，我也懒得讲出来……"

大家把目光对准了汪德正，好像山雨欲来似的，气氛一下子凝固起来，分明有人想说话，似乎在等待一种推进的力量。

"怎么了？想什么就讲出来啊！连讲出来的勇气都没有，怎么推进工作？"我知道撕破脸皮的时机到了，他们在等我强硬的支持，"作为驻村工作队队长，我也是村支部的第一书记，刚才李晓亮秘书说到唐调对千秋寨的想法，我认为很专业，很可行。千秋寨要发展，就是要勇于冲破一切阻力，排除一切困难！"

会场顿时像决了堤，气氛热烈起来，无不把矛头对准了汪德正，大家一致认为，千秋寨要发展，必须要从氏族主导的阴影中走出来。

汪德正自顾自抽着闷烟，把个头枕在椅背上，听大家数落，短暂的沉寂过后，他站起来，从抽屉里摸出一份合同，走到我的旁边，我接过来，他也没等我看完，用两根手指敲着桌边："各位，我在这里表个态。尽管汪祥夫也是我五代内的堂弟，签了十年合同，还有两年没到期，但我向大家保证，这个合同毁定了，从今天晚上起与他终止

合同，明天开始上山接管千秋寨，所有的麻纱事由我负责摆平，不要公家添一分钱的违约金，下一步面向全村公开选拔寨王！”

说完，他拔腿跨出会议室，独自一人先走了。

夜色已经很深了，宽阔的田野里只有稀稀拉拉的蛙声东一声西一声没精打采地鼓噪着；四周农户的灯光也熄灭了，旷野里只有汪德正手机的亮光在忽明忽暗地前后划动……

没想到，汪德正当天晚上回去就给汪祥夫打电话，要他回家解除合同，才出现了本文开头汪祥夫大清早找汪德正兴师问罪的一幕。

四

宋将杨再兴并不是东汪人，又怎么与千秋寨扯上了关系？而刘世亨自小就上了寨，何以又落得个寨王没当上还被汪祥夫排挤的田地呢？

杨再兴是湖南省新宁县崀山盆溪人，南宋岳飞大帅麾下的骁将。追随岳飞前，他有一段先在八峒瑶山造反，后又随叛将曹成落草为寇的经历。被岳飞捕获后随岳家军精忠报国北上抗金，忠心不二。杨再兴北进转兵途中路过东汪，村民开仓蒸粑热情相送。此时人群中有一个汪姓女孩出落得如花似玉。杨得见大惊，忙对甲长汪五说：“我若凯旋，必回来娶她！”又望着万峰独尊的九龙山顶说，“我若此去抗金杀敌后生还，请在那山顶立阳寨让我与汪姑娘安身相守；若马革裹尸，也请劳心建一阴寨让我歇脚！”这便是“杨汪之盟”。

杨再兴自此挥师北去，壮怀激烈，屡建奇勋。最后在小商河战役中，往来如入无人之境，单骑独踹金营，宰杀金兵二千有余。因寻金帅兀术未果，被大军围困，身中箭雨，英勇捐躯，焚尸后得箭镞二升。汪姑娘终日翘首以盼，等候佳讯，不想噩耗传来，恸哭不已，涕泗滂沱。心想生不能与杨将军完婚，只能以死殉情。便寻向进村口的江底山岩洞，以身阴许完成夙愿。后东汪村人便遵杨再兴所嘱，在九龙山顶建千秋寨，汪夫人和杨再兴原配马夫人左右相侍，专供万民纪念。

刘世亨是千秋寨的元老级人物，13岁那年，正是"插红旗寸土不让，大跃进分秒必争"的年代，"人定胜天"的豪情壮志撑不饱食不果腹的肚子，他父亲在劳动中晕倒再也没有起来，他母亲偷偷地把刘世亨送到千秋寨做巫师的远房亲戚那里，拜亲戚做了师傅。只是他永远有个当寨王的梦想，但这个梦一直没实现。他师傅圆寂那年正好赶上崀山开发。崀山以丹霞地貌闻名于世，最后还连同国内四个丹霞景点捆绑申报成世界自然遗产。但专家们一直不满足于崀山人文景观的缺失，于是就想到了千秋寨。

县里层层上报，从县级文物一直到省级文物，拨了钱修了路，也修了后寨，扩大了建筑规模，还广泛收集了杨再兴的有关文物。基本成型以后，县里交给文物所管理。但文物所哪有人愿意守着这个"孤岛"，就交给乡里；乡文化站接手后，因为没有征地，多次被东汪村所在组的村民诟病和质疑，站里也就个把人，人手又少，终于答应委托村里管理。到了村里，可就成了唐僧肉。起初，刘世亨愿意一年向村里交一万元管理费，剩余的钱再用于扩大规模和寨舍维修。但很快就被冲烂了，首先是汪氏家族不干，他们认为：要承包也得汪姓人氏先挑。于是汪祥夫与村里签了十年合同，每年上交一万元管理费后，顺理成章就成了千秋寨的寨王了。刘世亨空怀千秋寨的振兴梦，却落得个被颐指气使的角色，要不是还有那么几把刷子，早就被汪祥夫赶

下山去了。

　　我突然又想起我第一次上寨的情景来。那天是农历初一，寨上鞭炮喧天，锣鼓齐鸣，香火袅袅，梵音琅琅。杨公正殿里杨再兴在中央端坐，马、汪二夫人分列左右，观音娘娘率众菩萨居左殿，十八罗汉及百面菩萨居右殿。香客们先要拜杨公老爷及马、汪二夫人，再自左往右一一拜叩。香客来朝，不外乎许愿与还愿，只要讲明目的，都由刘世亨一一禀明杨公，在香客和神明之间，刘世亨就是使者，他那一套滚瓜烂熟的经文与礼数，娓娓道来，绝无吞吐，让香客和观者肃静而怡然，听来就是个享受。他那从容和熟练的拿捏，让你对菩萨有了敬畏的同时，还有了融和的亲近；你若是来祈福消灾，顺水推舟中，你便顺着他的思路承诺拿什么来进贡，什么时候准时会再来；你如是求取功名，他会把中国的重本院校一一列举，还尽往好里说；尤其是那些还愿的，灾消病散之后，在他的怂恿之下，犹犹豫豫间，直选着红票子往捐款箱里放……

五

　　说起汪祥夫，我突然想起上次和汪德正在县城开会，他向我说起汪祥夫的传奇经历，我禁不住对他跷起大拇指。正好汪祥夫在县城一个大型超市揽下个消防工程，我们就趁会议的间隙专程去他的工地看看。

　　他原来在部队当兵，退伍后在省城当保安。大部分"保安哥"把宝贵时光打发在棋牌游戏上，而他却变闲为宝，利用闲暇，考上了中级消防施工证书。后来在省消防总公司挂靠了一个部门，靠战友和部队首长的推荐，从几千元的小工程做起，哪怕是大公司看不上的小工地或是其他公司需要返工的、不赚钱的"硬骨头"，他都不嫌不弃。慢慢地积累了经验，锻炼了队伍。他先是拉了自家的三个亲兄弟，随着工程增多，三个兄弟各带出一班人马；接着外家兄弟和堂弟弟又不断加入，使队伍膨胀到20余人。随着名气和实力的增强，他的业务已经扩展到广州、深圳、长沙、株洲、湘潭等地，县城和周边城市本来不是他的重点方向，但碍于人情，慢慢地也接了一些，尤其是承包了千秋寨之后。他在深圳的业务很火，从一家民营医院的消防工程做起，慢慢地成为样板工程，一家伙，以收费合理、服务周到赢得了口碑。那家医院留了点尾款未结，给他留了几间房子，他就以此为据点，交给老婆驻守，装修成工人的宿舍和业务管理办公室，签约、验收、结账那一摊子事就成了老婆的专职。随着消防管理的从严推进，县级市场也大了起来，他是真的忙不赢了。从此，他就把千秋寨委托彭叶叶管理，自己一天到晚，脚没怎么踩着地，长期在业务点之间穿梭。他长期要固定二十几号人，管你有事没事，包吃包住每天要发200元；忙时还要从点工梯队里叫人，那得要300元一天。因而东汪村的汪家院子住的大部分是他汪祥夫的用工重点。

我和汪德正赶到那个工地时，汪祥夫正在指挥工人师傅搬材料，他戴个黄色安全帽，高高大大的个子，还腆着个大肚子，一副指挥若定的样子，把他的那些个工人整得一个个服服帖帖。见我们找来，他立马把管事的组长叫过来。

"材料先进场，只有一个月工期，超过一天，扣日工资一倍的罚款！你自己掂量好，给我长点记性！"汪祥夫虎视眈眈地看着他，"晚上加点班，千万别喝酒，加班时间喝酒喝一次罚200元！"

然后把帽子一摘，交给组长，冲汪德正喊："哥，领导来了也不

早告诉我，我去酒店包厢里等你们。"

"这是省文化旅游厅的符处长，我们村党支部的第一书记兼驻村扶贫队长，专程来看看你。"汪德正把我介绍给他。

我们握着手，他霸蛮要留我们吃饭喝酒，但见他实在太忙，一会儿工夫接了无数个电话，我们就只在他工地上转了一圈，大致了解了他的生意和千秋寨的管理情况，便执意离开了。

但等我们开完会，我想就千秋寨的发展找他谈谈的时候，他却又到深圳去了。

眼下，刘世亨对汪祥夫咬牙切齿的，我也百思不得其解，就问汪德正："汪祥夫和刘世亨有些什么解不开的冤结呢？"

汪德正神秘地笑笑，讲了一个尽人皆知的故事。

那是一个漆黑的夜晚，连星星都懒得出来值更了，月亮更是压根就没出来。刘世亨那天夜里浑身燥热，横竖不安宁，脑海里整个都是彭叶叶的影子，那个浑圆的身子和蓬勃的胸脯，还有对他若隐若现的暧昧……他索性刮了胡子，用香皂洗了，还把杀蚊子的六神花露水喷了一身，就壮着胆子下了山。山路空蒙，但一路上他还是设想了几种结局……就凭平日的脸熟，怎么也不至于吃个闭门羹吧。想着想着就到了，一条大黄狗窜出来凶猛地叫着，刘世亨只说了一句："大黄！"那狗就摇着尾巴贴着他的裤腿俯首帖耳不叫了。这条狗常常跟着彭叶叶上千秋寨，刘世亨为了讨它主人喜欢，有些好吃的总会留给"大黄"，因而也就格外亲切。刘世亨到了门口，就迫不及待地敲门，并轻声唤了句："叶子！"

屋里突然亮起了灯，一个男声警觉地问："哪一个？"接着拉开房门，就追了出来，刘世亨哪里料到这阵势，以为彭叶叶的老公回来了，就没命地跑。跑着跑着，一只鞋子掉在水塘里，他想去捡，那人还在追，他只好一瘸一拐地继续逃。夜色很黑，他突然灵机一动躲到一个柴垛里，等了半个小时才钻出来。他惊魂甫定，真的心有不甘，就打着手机电筒回头看究竟，终于在一个空坪里看到汪祥夫的那辆雷诺越野车！娘卖乖的，贼喊捉贼！

他那个千仇万恨一股脑全涌上来，也不知什么灵感促成了一个馊主意，他用手握成一个喇叭，歇斯底里地喊："抓贼啊！彭叶叶家遭贼了！抓贼啊——"

一片院子的狗都狂吼起来，村民纷纷穿起衣服爬起来朝彭叶叶家奔去。只见一个黑影从叶叶的后门窜出来，绕了一个圈，然后埋头奔向那辆雷诺越野车，慌里慌张地消失在茫茫黑夜里。刘世亨见好就收，把村民引向相反方向，放了汪祥夫一马，给汪祥夫几乎见光的裸身留了一条薄纱。

这是汪祥夫和刘世亨之间从未外宣的秘密，也是汪祥夫对刘世亨又恨又气又有几分无奈的根由。

我也奇怪，既然是他们两人的秘密，何以又弄得尽人皆知了呢？

六

九龙山，其实不是一座山的山名，而是整个九座山的统称。是地壳运动形成的九个褶皱，它们呈东西走向不断延伸，像九个亭亭玉立的姑娘，一字儿舒展开玉臂，齐刷刷地跳着妙曼的舞步，那庞大而开阔的裙裾，便是山南山北的坡地，是村民赖以群居的福地。

今天是汪祥夫正式把千秋寨管理权移交给村里的日子。汪祥夫主动一次性补偿刘世亨养病期间的各项补贴一万元，并同意无条件提前

终止千秋寨承包合同。

我们兵分两路。一路由汪德正、村委会主任与扶贫队员小赵、小唐去与汪祥夫搞交接；一路由我和秘书李晓亮、妇女主任李小莲三人，沿着山北通寨公路到达千秋寨的停车前坪后再折转山南的公路，专程去拜会崀山开发的功臣唐调。

站到千秋寨的停车前坪，已经踏着了九龙山的肩脊，举目望去，其他八座山峰都一览无余，晴空朗日之下，峰峰竞耸，大有争相来朝之势。远处时有晴岚缥缈，让伟岸的山头也有了少女般的柔情；那些像骆驼，像烈马，像巨乳，像睡美人的山峰越发生动而俨然，让人生发联想，不忍挪步。

"符处长，你看，山下就是唐调的茶园，现在已有三十亩的规模！"李晓亮一句惊呼，把我从无边的遐想中拉回来。

南坡是并村前原千秋村所在地，从东汪到千秋另有一条乡道通达；当然，翻过千秋寨也可以，尽管近一点，但成本会大得多。我顺着李晓亮的指点看去，九龙山的南坡有一爿成梯式的茶山，那些郁郁葱葱的茶林还没有盖满黄褐色的土地，茶树枝上开着花骨朵，散发出沉郁的芬芳。我们被这绿色牵引着，竞相往茶园奔去。

茶园就在通寨公路的旁边展开，大约在半山腰上，左边是一口水塘，右边便是茶场的场部。门前有两根擎天石柱，那是民国期间有"神童"之誉的李培根写的一副对联：

五岳倦游成小筑，
万方多难此频登。

这副对联是培根先生在看透了省长何键真面目后，不愿与之共事，毅然辞职回乡过起逍遥的田园生活时，为乡贤、县救济院长陈清腴在千秋寨下建的别墅所题。李培根12岁考中秀才，17岁东游日本求学法律，是早期同盟会会员。学成回国后在多地出任县长，赵恒惕主政湖南时，曾任省党部首席常务委员兼省府委员、省司法厅长。他辞官回乡后，频登千秋寨，灵感一来，常留墨宝。最著名的莫过于取句贾岛《寻隐者不遇》的题联：

采药人何去？

寻师我又来。

唐调重拾李培根先生的这副对联，可见他对历史文化的敬仰和对当地人文资源的熟悉。一对石柱像是两棵迎客松，分立在大门的两侧。进去便是一座占地约400平方米的全杉木仿古建筑，朝门上书"西乡名流纪念馆（筹建）"。进得馆内，坪内有一座威风凛凛的杨再兴塑像。塑像约一丈多高，杨再兴策马提枪怒目圆睁，而那马也鬃竖蹄飞，恰似单骑独端金营时人吼马嘶的壮怀激烈。前坪里停了不少车，来了不少客人，唐调自己正在为一拨客人做义务的讲解。我们没有挤进去凑热闹，偏开他们图个清静，一间间陈列室看过去。尽管资料还不算多，但已经初具雏形。西乡的重要人物如抗金名将杨再兴、楚勇鼻祖江忠源、老虎县长徐君虎、民国省府委员李培根、五四学生领袖夏明钢、黄埔一期少将詹庚陶、七村团总何文聘等，有照片、族谱、档案复印资料、相关书籍、书画墨迹等。看得出唐调花了不少精力，投入了很多财力。见他一时半会抽不开身，我们大致浏览了一圈，与

他打了个招呼就去旁边的油茶观光园看油茶。

名流纪念馆的左侧有一个拱形的门楣，上书"千秋寨油茶实验观光园"。穿过拱门，是一条水泥的甬道，沿甬道有很规则的横竖通道，可供游人通行。晚秋临冬时节，这一片茶树长得不高，有的只及我的膝盖，有的高及我的腰，最高的不过一米五左右。每一棵茶树的叶子青翠欲滴，叶边上有细小的齿片，估计大多也就是三年的树龄。

整个油茶园足有三十几亩，全部用挖掘机平整出梯土和人行观赏通道，一块块一片片，阡陌纵横，条块相接，一眼望去，绿意盎然，煞是壮观。三面都没有围栏，看那架势，是准备随时向周边扩张。

正当我们看得投入，进到茶园纵深处时，唐调风风火火赶了过来，他一脸疲惫，但掩不住笑意："哎呀，符处长，你是无事不登三宝殿，真不凑巧，刚才那拨客人是金城书院组织来的，全是在广东那边发展得比较好的老乡，是东莞新宁商会的杰出代表，他们已经签约认领了三千棵油茶树，也就是注资入股油茶开发，不瞒你们说，我现在这些油茶树，早就不是我的了！"

"唐调，真的对不起，来东汪大半年，只听说您的大名，可还是第一回打照面，我们工作没做好啊！"我上过千秋寨，去过老千秋村的农户家家访，可就是没见过唐调，没想到他这么大能耐，不仅大张旗鼓流转土地搞油茶，还用"飞投"形式搞招商引资，闯出一套产业开发的新路子，"唐调，您搞名流纪念馆就是对千秋寨人文资源的丰富发展，也是与油茶观光、产业发展遥相呼应的组合拳。我们今天一班人马正在千秋寨搞移交，承包合同终止了，下一步就是要把经营主动权牢牢掌握在村支两委手里，让千秋寨旅游观光和油茶产业焕发异彩，增加人文景点、扩大油茶种植面积，是当务之急啊！"

"符处长，早就该收回千秋寨的承包权了！讲句实话，没有收回千秋寨，我是不想掺和你们的，"唐调抿紧嘴唇，眉头皱得很紧，很是不悦地说，"千秋寨承包了八年，就倒退了八年！好在你们把它收了回来，否则，你们将是历史的罪人！守着这么好的资源，不在旅游和产业上做文章，靠出外打工，几辈子也别想把东汪村的面貌翻过来！"他看了李晓亮一眼，无奈地长叹一声，接着说，"我是金城书院的副院长，以前的人脉关系都在那里，我的一大帮朋友推着我回乡搞油茶和名流纪念馆，讲句实话，千秋寨搞不起来，我搞了何用啊？这就对了，符处长，还是驻村扶贫政策好啊，你们不来，千秋寨不可能有明天……"他说完，语重心长地拍拍李晓亮的肩膀。

"唐叔，符处带我们专程来听您的高见，您有什么见解要毫不保留地贡献出来喔！"村秘书李晓亮见缝插针，"千秋寨收回后怎么管？是村班子齐抓共管，还是村支两委领导下分工协作目标管理？景点建设在村里无钱投入的情况下，是否可以采取合作或者入股形式？实行谁投资谁受益政策？"

"恕我直言，千秋寨的发展关键还是班子建设问题，寨王要竞选，村支两委班子也要改选！"唐调郑重其事地握着我的手，还在我的手心里轻轻捏了一下，"这需要乡、村两级有壮士断腕的勇气！"

我朝李小莲和李晓亮努努嘴，看着他们都意气风发的样子，我向唐调会意地点了点头。

"对于德才兼备、年轻有为的人才，要大胆使用！"唐调继续给我打气，"只要利于工作，乡里应该会全力支持。如有必要，我也会跟乡领导去说。"

"您要继续出谋划策，还要全力动用资源哦！我认为，您那些商

会呀，书院呀大胆去活动，我们把千秋寨岭南岭北全部种了油茶，全部让他们去认购，不够了，我们去邻村搞流转！"我再次握紧他那双粗糙的大手，"有您的支持，我们信心百倍！"

第一次近距离看他，原来他的鼻子又高又大，那双眼睛也很有神，笑起来的时候，那肥厚的嘴巴洞开，俨然千秋寨上的弥勒佛。

七

对于东汪村的发展，我大致厘出了一个头绪：补充血液微调村支两委班子，千秋寨实行管委会领导下的目标管理，油茶产业以政府补贴加社会认购方式推进，鼓励村统筹前提下的民办人文景点建设。我把初步想法与唐调、乡里的主要领导通了气，达成了共识。一致认为，先营造氛围，让能干事、有想法、有能力的人亮亮相，便于发现人才，水到渠成地先完善好村级班子和发现合适的寨王人选。

我给妇女主任李小莲布置了一个任务，让她深刻领会乡、村两级关于东汪村发展的"四步棋"，写出鼓动性的宣传标语和短文，采取粉刷和农村广播的形式营造氛围。她拟了几条标语如"你种油茶我买单，商会'飞投'要点赞""种茶榨油观摩风景，一箭双雕提振精神""村级班子要完善，德才兼备你领先""千秋寨上风雷急，寨王争夺较高低""人文景点欢迎投资，集体所有个人受益"……言简意赅，切中精神，我又鼓励她每句写一段诠释性的美文，在广播里不断地播放，收到了很好的传播效果。

我又把干部简单做了些分工，汪德正和村委会主任以驻寨管理为主，李小莲带着扶贫队两个小伙子守村部搞宣传，我和李晓亮配合唐调搞招商引资和土地流转扩种油茶园。时光在慢慢细细地流动，东汪村也变得暗流涌动、波谲云诡起来。

第一个爆炸性消息是汪祥夫炸响的。

汪祥夫给他的消防安装工程队二十几个员工分派了硬任务：每人回村里至少种五十亩油茶树，不管用什么方式，贩种也好，流转也罢，联营亦可，他每亩个人扶植2000元帮扶资金；成立东汪村油茶开发合作社，所有的油茶户以茶园入股，签订包销协议。他动了真格，每人预支两万元，放假三个月，暂停接纳新工程，全力以赴回家开垦新茶园。他有几十号人，又是召之即来、战斗力强、作风过硬的"汪家军"，一家伙就把全村带起来了。那些个农户看到"汪家军"开山辟土，也纷纷找到汪祥夫，要求依样画葫芦，给2000元一亩的扶助金。他照单全收，还事先跟人家签了包销合同。一时大家无忧无虑、心神坚定，整个村子全是挖掘机的轰鸣，锄头砍刀的交响，把一个渐入寒冬的山乡，闹腾得暖烘烘的。

第二个爆炸性消息是李晓亮引爆的，也可以说是唐调成就的。

我把村秘书李晓亮放到唐调那边帮忙，完全是看好他灵泛敏锐的特质。没想到他比我想象的还要极致，他勤快上心，只要唐调的朋友过来，陪酒端茶他是熨熨帖帖、无微不至，唐调是看在心里喜在眉梢，他不管县城书院那边有什么会议、活动，或是会客闲聊，都把李晓亮带在身边，犹如贴身秘书。而这晓亮也不放弃任一机会，与所接触的诸色人等都成了朋友。直到有一天，上海同乡会的几个大佬专程来名流纪念馆拜访唐调，晓亮既是讲解员又是服务员，带客人看了村容村貌，又爬到千秋寨拜杨公老爷，有个老板说了句："财神、药神、观音应该单独建殿，分开叩拜！"

他突然灵机一动大胆地推荐说："要是各位老总能在这里投点资

修个庙殿，不仅会得到菩萨保佑，还会在这里有个念想，得到应有的回报！"

"对啊！要是能像崀山云台寺那样有个烧龙头香的地方，那才刺激而特别！"另一个老总附和道。

唐调不失时机，抢过话头："千秋寨敬的是杨公老爷杨再兴，近千年香火不断，有由头，有亮点，值得期待，值得拥有！"

众人你一句我一句，居然就达成了共识，还在山下的纪念馆住了好几天，硬是把可行性方案拿了下来，还和村里签订了投资协议。

第三个消息却是刘世亨炸响的。

他本来还在养病，汪祥夫为他养病，还专门付了一万元休养费，他女儿女婿也建议他在家安度晚年，不要再外出抛头露面。可是，当他听说千秋寨要建几座庙殿，还要烧龙头香的消息，居然话也说得圆，手脚也不麻了，好端端能上寨上班了。汪德正怕他旧病复发，就专门给了他一个任务，让他整理研究拜药王、财神、观音的经文，为三个专殿新张做好准备。他作古正经收集了经文，还亲自捉笔誊写，并理出了一套切实可行的权威程序。用他的话说："给菩萨做点事，有病也消灾了。"

一波未平，一波又起。没想到，另一个谁也没张望到的爆炸性消息被汪德正和村委会主任引爆了。他们双双找到我和乡政府。前者以工作压力较大，缺乏创新思维，要求在二线工作，请求辞去支书职务；后者纯粹就请求提前退休，让出职位，便于村里及时补充新鲜血液。

那么，面对他们的真诚与坦率，我和乡里也要照单全收吗？

八

如果不是故事情节急转直下，我差点就被汪德正"带了轮子"。

那阵子，李小莲负责村里的宣传，还主动上门做说客，让那些犹豫不决和瞻前顾后的农户彻底放下了包袱。最直接的广告效果，就是她把自己外家的油茶园和榨油坊拍了视频和实景照片，还主动把自家的四邻八舍都组织起来，大胆与汪祥夫签了协议，领了每亩2000元的启动资金。尤其是汪祥夫用现金补贴农户开山种油茶并签约包销产品的事迹，经她一张扬，一传十、十传百，居然就签了1600多亩，汪祥夫为此付了现金300多万元。汪祥夫随即以签约的茶园成立合作社，成了县里推广油茶种植的大功臣。县委宣传部的新闻办主任带了省市县三级的记者把东汪村穿成了织布机上的梭罗，一家伙，长枪短炮的，李小莲和汪祥夫走到哪，记者们就跟到哪，电视里、报纸上全是东汪村的新闻。我就正要推千秋寨旅游，暗示他们有事没事多往千秋寨上跑，多给千秋寨上镜头，一时间，汪祥夫的小车里总有李小莲的影子，车上车下出双入对，也就让人嚼烂了舌根，编出不少关于他们的绯闻来。

有一天，李晓亮突然把关于他俩的两张照片发给我，一张是在车上，角度是斜着从下往上照的，构成了汪祥夫用手往李小莲的身上摸的画面；另一张是上寨子爬上大殿的石阶时，汪祥夫走在前面，用手拉住李小莲的对面照，显然是互拉的场景，背景就是千秋寨。我仔细看了照片，心存疑惑，然后问李小莲，她说：前一张是坐在前排的她，老是插不上安全带，汪祥夫替她拉了一把带子；后一张正好是她爬累了，主动要求汪祥夫拉一把，拉上那一级台阶就放手了。

　　但这两张照片，很快就在村里传开了，并且铁板钉钉地指认汪祥夫和李小莲有一腿。而且，双方的配偶都得到了这张照片。李小莲的老公找到村部，当着我的面发脾气，明确提出不让她干下去了。搞得鸡犬不宁，不得安生。

　　这照片到底是谁拍的？而传播这张照片的目的何在呢？

　　汪祥夫和李小莲都一致肯定拍照者就是彭叶叶，并两次认定她在现场。彭叶叶，就是刘世亨所说的汪祥夫的"话胡子"（情妇）。她的老公常年在外打工，她在家替汪祥夫看寨，刘世亨病休期间是她临时接替菩萨"使者"的角色，打卦、传话、讲好话，因为她有几分姿色，又是汪祥夫的"话胡子"，讲得好不好就不重要了。前阵子，突然汪祥夫把合同终止了，村支书汪德正和村委会主任上山守寨了，她就自然下山失业了。为了重回千秋寨，她不断使出看家本领，与汪德正勾搭成奸，好不容易又夺回了"使者"角色。慢慢地她发现汪祥夫冷落她了，不搭理她了，成天与李小莲走在一起，便把账算在李小莲头上，导演了这出报情仇、雪爱恨的闹剧。

　　他们说得有板有眼，但我却认为背后必有主谋。便选了个月寂星寥的夜晚开了车摸上寨，和扶贫队员小唐、小赵来会会刘世亨。他乐于以寨为家，肯定住在寨上。

　　冬天的千秋寨寒风怒号着，回廊上的旗幡发出噗噗的撕扯声，吊灯画着圈不由自主地抖瑟着。管理人员把我们带到后院，强光灯下，刘世亨正在后殿里抄《观音经》。

　　刘世亨终究还是一个直人，终究是个有正义感的人。他知道我的来意，只见他把小唐和小赵呼唤开，令他们各守住一个口子看住来人，然后神神秘秘地走回来，把手机打开，点开一个音频文件：

"……你把那两张照片发到群里去，最好让李小莲的老公看到，要让她老公站出来反对她做村干部，他们生意做得好好的，做什么村干部！她要不当了，我就推荐你小叶子做妇女主任……"男声分明是汪德正。

"你不是和村委会主任都写了辞职报告了吗？"彭叶叶好像和汪德正靠近了，发出窸窸窣窣的声音，呼吸也紧促起来，"哎哟，讨厌！如果到时候汪祥夫找我算账，我就把你讲出来……"

"你这个憨包妹子，汪祥夫要是还想到你，怎么会和李小莲打得火热？我写辞职报告，就是为了坐稳寨王的位置，这叫'以退为进'。我支书都不干了，他还能少了我寨王职位？你就安心给我做压寨夫人吧！哈哈……"汪德正显然在彭叶叶身上斗了个嘴巴，只听到一阵嘬吸声。

"哎呀……你和汪祥夫还是五服内的堂兄弟，你就不管不顾了啊？"

"他那个势头怕是要当支书村委会主任了，他什么时候管过我的感受？"汪德正总算是露出了狐狸尾巴。

"我要去上班了，怕人家讲闲话……"彭叶叶说。

录音也就戛然而止。

我喜出望外，笑着对刘世亨说："这个音频可以发给我吗？"
他坚定地点点头。

九

投资庙殿的几个老板也动起真格，钱都按进度打了过来，我们被倒逼着要尽快把寨王选出来。

那么，是先改选村级班子还是先选寨王？经验丰富的唐调建议：反其道而行，打乱原计划，先选出寨王，让想入非非者措手不及，在公选寨王环节自动淘汰，断其念想！是啊，汪德正根深蒂固，当了近十年支书，他手里发展了那么多党员，他要人为设障，怎么都会把清水搅浑。唐调这一招够狠，让诸色人等站出来，是骡子是马遛一圈就知道，没个真本事也架不住阵势，让觊觎已久的人自己退却。然后把选出的寨王作为村支两委补选的候选人，自然更替，水到渠成。

年龄55岁以下，有大专以上学历的汪德正、汪祥夫、李晓亮和李小莲，以及几个在外打工的大学毕业生都回来报了名。

主考官由我、包片的唐副乡长、刘世亨、唐调、村委会主任，组成单数评委会，扶贫队员小唐做主持，小赵做记录。

这次竞选是精彩而令人期待的。我就是想让选手通过思想碰撞绽放光华，既展露才华，又能综合他们的金点子，为东汪的发展服务。

这一天，寒风凛冽，水田里结了一层薄冰，村道两旁的树叶也裹上了一层晶莹的白衣。村部彩旗猎猎、横幅招展，年关将至，很多打工的青年男女都归巢了，考场内外站满了看热闹的群众，他们嬉笑着，调闹着，把一个肃杀冷冽的隆冬喧闹得热烘烘的。

首先登场的是村支书汪德正。他正襟危坐，眼睛在主考席上游移，见大家也肃穆端坐，便四周看看，但并没有人给他喜乐友善的回应。

小唐首先介绍了汪德正的简历,然后请他就千秋寨的经营管理阐述自己的想法。

汪德正毕竟当了近十年的村支书,又清楚政策形势,稍作调整,就回到了正题。他说得头头是道,其实也没什么新意,都是些大会小会上的套话,我就打断他提问了:"请问汪德正同志,千秋寨的基础设施和配套景观做起来以后,你准备怎么组织客源让游客到你千秋寨来?"

汪德正想都不想,不假思索地说:"酒香不怕巷子深!我们有千秋寨的老牌子,又有独具一格的龙头香,只要舍得做广告,不怕别人不来!我想,通过大家微信、微博,县内外的报纸、网站做点广告,这叫花小钱办大事,四两拨千斤,不怕别人不知道……我们成立管理公司,卖门票,收入全部进公司,公司董事长是村支书,总经理是村委会主任,我们只管做事,待遇从经营收入里提取一定比例作为管理人员的工资。我的年经营目标是保底50万元。"

刘世亨耐不住了,他提问道:"汪支书,请问你龙头香将怎么烧?卖多少钱一支?一年卖多少支龙头香?"

提起龙头香,汪德正顿时眉飞色舞起来:"龙头香就是有钱人烧的,一支平均总要千把块,一年卖1000支如何?"

刘世亨真是个怪才,他一不小心,就给汪德正挖了个坑。只见他揶揄着说:"汪支书,你还没当寨王就瞒产量,这1000支香就是100万了,你还把目标定在50万元,分明是想多拿超产奖励啊!"

全场禁不住哑然失笑,场外的群众居然笑着起哄。

其他评委又问了几个问题,汪德正显然情绪低落了很多。经过短暂的统分,最后综合得分:8.90分。

中间经过了几个毛头小伙的忽闪登场，没经几个回合，就草率收场。得分都在8.00分以下。

接着是李晓亮的出场。他的演讲很精彩，也很会调控场面，是难得的帅才。

在轻松和谐的氛围中回答完几个评委的问题之后，李晓亮的最后得分是9.50分，目前的最高分。

接着是最让人期待的汪祥夫登场。

"……很遗憾，我承包千秋寨这八年，让千秋寨倒退了八年！如果时光可以倒流，我愿意用搞消防工程赚来的钱，先把庙殿建设起来，把龙头香搞起来！近段时间，我设法在弥补我的过错，我已经花了300多万元现金补贴油茶种植户。如今，千秋寨的南北坡地，处处是神采奕奕的油茶树，不消三年，也就是这个季节，就是我们东汪村富得滴油的日子！

"应该说，我并不缺觉悟，只怪符处长的扶贫队来晚了，有时候潜能也是需要激发的，思想也是要碰撞的！我们抱着崀山和千秋寨的金娃娃，却到处找生活，到处流离失所、寄人篱下，这个感触太深刻了……我们要把杨再兴纪念馆打造成刘氏宗祠、'楚勇重臣纪念馆'那样的人文景观，其实只有一步之遥。我们的前辈唐调开发的'西乡名流纪念馆'和'油茶观光园'就是两个掷地有声的例子，下一步我们的茶园就要与他的'飞投'团队做衔接。我想茶园的经营与千秋寨管理应该有一个大的村办企业来统筹，别以为我为油茶产业预付了300多万元就会捆住村办企业的手脚。我表个态，我这些钱，就算我先借给村民的，也算是我这些年对村民们的一个补偿！"

汪祥夫说到这里，我们评委团队都齐崭崭地站起来，报以热烈的掌声；所有场内场外的群众都跟着鼓起掌来，有很多人甚至就喊出："寨王汪祥夫！寨王汪祥夫！"

我的眼睛差点就打湿了，我看看众评委，唐副乡长接过话筒说："汪祥夫，我还是想听听你具体的统筹经营方略。"

"我的初步设想是成立一个'千秋寨旅游产业发展股份有限公司'，包括村民的油茶园，以后新建的龙头香、财神殿、药王殿、观音殿等，还有唐调的西乡名人纪念馆、油茶观光园，都折算成相应比例的股份，由公司统筹保底经营，股东按股份享受分红。旅游产品的开发和销售、各条块的用工面向村民招聘，请县旅游部门针对员工进行短期培训，让外出的村民返流成为新农工。营销上，还得借鉴崀山旅游的先进经验，尽可能把千秋寨捆绑进崀山的分景点，或者把旅行社请进来招商合作，把市场抛给他们，我们只专注管理和服务的提质升级。当然，很多思路还不尽完善，有待各位专家领导的修正指导……"

没有人再提问题。然后亮分，9.90分。

最后一个是美女李小莲出场。

她站起来，看看全场，温婉地说："与其说我是来参选的，不如说是来支持参选的。前阵子，有人制造了我与汪祥夫的绯闻，把纯洁的工作关系庸俗化了，企图阻止村里的发展，从而浑水摸鱼。当一段铁铮铮的音频还原了事实真相之后，我老公也坚定了支持我的信念。我在这里表个态，寨王我就不当了，但只要组织还需要我，村民还满意我，我就会一如既往、不折不扣地完成本职工作！"

汪德正听得脸红一阵白一阵的。李小莲讲完了，大家你看看我，我看看你，不知是打分呢，还是算弃权。村民都已鼓掌了，只见她

朝我们嫣然一笑："我弃权！"

会场上顿时鸦雀无声，唐副乡长站起来，看看场内场外围得水泄不通的群众，兴致很高地说："村民同志们，汪祥夫还是有点毛病的，比如行为粗暴，比如作风问题，这些我们都知道，但金无足赤，人无完人，我也希望他能扬长避短，不要辜负大众的期待！"他继续扫扫台上，笑了笑，"那么，把千秋寨交给他，你们同意吗？"

现场异口同声地呼应着："同意——"

我点点头，其他评委也点了头。接着，唐副乡长清了清嗓子当众宣布："本次寨王竞选结果——汪祥夫当选！"

窗外叽叽喳喳地飞进来几只山雀，嘴巴冻得通红通红，它们站在窗台上，把尾巴高高地扬起来，张大嘴巴好像在说："谁当寨王呢？"几个年轻人也把嘴噘起来，学着它们的样子，用哨子长长地吹着："汪祥夫啊——"逗得现场异常热闹起来。

（原载于2020年第3期《中华文学》，原标题为《千秋寨》）

泥湾渡脸谱（扶贫组章）

麂　霸

泥湾渡人的名头有书号、奶号之分，要想甩脱奶号的羁绊，是要点出息的。就拿李正麂来说，娘肚子里生出来时，哥哥叫鹿狗，他就叫麂霸，他父亲过世早，没爷的孩子贱就贱些，可这名字太容易被诨名为谐音的"鸡巴"了。不过，他在消防部队当兵那年月，回来探亲时那普通话字正腔圆的，好事的乡邻为他当月老，介绍了几个姑娘家，他开口就问"哪个单位的"，大有提干吃国家饭的阵势，让媒人和姑娘家羞愧难当。那谁还敢叫他"麂霸"？老人们喊惯了改不了口，还得看他眼色，赶紧做自我批评；小屁股们要是不听话只要一句"李正麂来了"，准能把他们震住。

李正麂刚退伍回来那阵在附近村寨"起厂"，就是开移动武馆授徒。他们那时的消防部队在武警体系，除了要熟悉消防业务还习练擒敌拳，他那个拳确实打得好，不仅虎虎生风、势不可挡，还招招制敌。因而，他在四邻八乡桃李满天下，处处可吃到"油饭"（农村油比菜贵，受人尊重的人才能享用）。后来，再不讲普通话的他，降格以求，在"起厂"的王家埠，找了个很早没娘的林子为妻。

林子本来蛮贤惠的，人高马大，是田地里的一把好手。按理，一个在外赚点活钱，一个在家操持稼穑，日子还是顺当的。但好景不长，好日子居然被麂霸的哥哥鹿狗打碎了。有一天，林子和鹿狗的婆娘为争一块父母留下的菜园子大打出手，鹿狗婆娘哪里是林子的对手，鹿狗就帮婆娘复了仇，硬是把林子的左手腕打折了。麂霸回来找鹿狗评理，被鹿狗指着鼻子骂道："黄眼狗，没有父亲那年月，哪个把你当根'鸡巴'？还不是我撑起你的天！你今天敢在老子面前叫板，你那点子花拳绣腿，看我不揭了你的老底！"

鹿狗从小就跟了个拳师学艺，这点麂霸是知道的，不知是怯场还是念在兄弟情分上，麂霸没有为林子泄出那口气。林子一气之下扔下女儿玲玲就回了娘家，再没有回头；麂霸带着家伙闹到王家埠，被王家几个愣头青赶出来，以后就再不敢造次了，拖了几年就把离婚办了。

自从林子回了外家，麂霸就老老实实在家种了几年田，等女儿初中毕业去广东打工了，他就开始去县公安局当保安。听他自己说，是国家正式安置的，套了"带病回乡"的政策。人前人后，他都是以"公家人"自居，自然又赢回了"李正麂"的大名。

真相是扶贫队进驻泥湾渡以后，才大白于天下的。原来，麂霸并未正式安置，只是每月领到"带病回乡"的几百元补助金，他也仅仅是保安公司派在看守所的保安，月收入就千把块钱。他家里的房子早就"四面楚歌"，田土荒芜多年，产业几乎归零。村党支部第一书记兼扶贫队队长特意找到看守所，核实他的情况，并问他有什么难处。

"正麂老兄，你也是奔六的人了，长期在看守所干下去怕不合适了，要趁早回去把家庭建设搞起来，不能打肿脸充胖子啊！"队长苦口婆心地劝导他。

"队长啊，我就只剩这一张皮了，被你这一揭，我是没脸了！"麂霸说着说着就涕泪纵横起来，"你们要是不找我，我还真打算干几年找家养老院躲起来，了却残生。我哪有脸回泥湾渡啊，我老婆与我离婚后就嫁在隔壁村，他们又生了两个崽！我不编点谎话，麻醉一下自己，我何得安生？我行尸走肉，骗骗自己和嫁在隔壁村的林子还不行吗？"

麂霸终于被扶贫队长劝回了泥湾渡，按照他的实际情况，不仅落实了精准扶贫户，吃上了低保，还按人口面积盖了安置房。扶贫队长又鼓励他把屋前屋后近一亩田土围住种植脐橙树，然后在园子里养土鸡，还承诺在城里为他找个专店挂钩销售。麂霸还真干了起来，他的脐橙和养殖业，政府按产业扶持政策给了奖补。潜能激发了，干劲更足了，只是日子长了，他不甘心那店家生硬硬从中盘剥了一大截。他居然又动员在外打工的女儿一家帮他去县城销土鸡，一家两代搞起了产业链。

女儿女婿在城里开了个"老兵土鸡专卖店"，因材质正宗、原汁原味，不禁深受欢迎、大行其道。有人就撺掇他们开个餐厅，主打土鸡牌。两个年轻人，既要卖土鸡，又要开饭店，自然少了人手，他们便想把母亲林子接到城里帮忙，只是没有告诉父亲麂霸。而这时的林子，已经又是另外三个孙儿孙女的奶奶了，而命运却并不好，她的现任老公得了尿毒症。林子经女儿女婿同意，把老公也带到城里，既可以平时一起到店里打下手帮忙，又方便她老公去医院透析。

斗转星移，一年过去了，林子的老公安然地合上眼睛。临终前，他把林子和玲玲的手拉在一起，那眼神无比温存，他一定想说："你

们去找麂霸吧，我把两个家就托付给他了。"他知道，麂霸多次在漆黑的夜晚，像个幽魂似的，在他家周围游荡；他在外打工那些年，也听说过麂霸与林子幽会过，林子也一直是麂霸心坎里的痛。

玲玲做通母亲的工作后，发微信试探父亲："爸爸，你一个人养鸡蛮辛苦的，我给你请一个帮手吧？"

麂霸隔空自嘲地说："养那么千把只鸡，还请个帮手，开了工资—— 一锅豆腐只剩豆腐渣了。"

"不要工资哩！人家是看重你的人格魅力呢……"玲玲卖了个关子，"就差你表态了！"

"哪有咯等（这等）好事？你怕是你林子娘……"

"就是我娘！"

"啊……"

"王阿毛"

王成良排行老满（最小），戏称良满爷。谁也没想到，他会做了招郎公，成了泥湾渡李府成大爷倒插门的上门女婿。那年他从部队退伍回到九龙山千秋寨脚下的东汪村，那是个靠天吃饭的地方，遇旱必荒，有热心人念在他父母双亡后，三排老屋被两个哥哥占了，他上无片瓦下无插针之地，就动员他到泥湾渡入赘。

李府成大爷有三千金，秀秀是老大，萌萌是老二，爱爱是老三，每个就只差那么一岁，还比较齐崭。但水色质地可不一样——老二老三那身段像夫夷江的水蛇柔娜婉约，肤色也像浇了泥湾渡的水似的，嫩白润泽；而秀秀呢，眼睛晦暗无神，身子直硬无韵。探试那天，三朵花都在家，良满爷老拿眼睛往老二身上瞄，心里不禁旌旗猎猎。但媒婆子却把老二、老三哄出门去，对良满爷道："满伢子，你也不用东张西望，就是面前这个秀秀姑娘，我觉得也还般配，算是你家坟山屋场管起事了！"

还有什么说的，认命呗。想起千秋寨下面的十年九旱、食不果腹，而这泥湾渡千溪百圳、河汉纵横，是十里八乡有名的粮仓，也算是从糠箩里跳到米箩了。而况，这成大爷利用泥湾渡便利的水运条件早就开起了废品收购点，日积月累，集聚了蛮大的气场，泥湾渡上下十里八村的收购点都往他这里送，而他只消把废品装上船，往下游的邵阳一卸，就可以换回白花花的银子。

良满爷在李府一直直不起腰，秀秀和秀秀娘太强势了，李府每天进账的零头碎票，压了一钱柜，久不久就要到邵阳化零为整，到底挣了多少钱，良满爷是一概不得问不得看的，他每天只问秀秀要一包烟钱，每餐要一杯米酒喝，其他什么都不管，成了李府彻头彻尾的免费长工。即使儿女两三个，他在李府的辈分也不低，有人喊他爷爷叔叔，他依然在李府的红白喜事中坐不到上席和排头凳，依然处于被颐指气使的地位。这情势，直到成大爷满七十那天才彻底翻过来。

成大爷有钱，但向来小小气气，在李府没什么威信，也没什么人缘，家族上就想给他穿次小鞋，让他长长记性。时间离良辰越来越近，而没人捧场，没人近边，没人呼应，那又如何是好？成大爷急得像煎烤着的蚂蚱。良满爷心中暗喜，终于轮到自己派上用场了。他们有个战友协会，同时一个火车皮拉到广西的有百来号人，这些兄弟可是一呼百应的"巴铁"，如今见他内外受人欺，依然活得那么窝囊，就想为他争口气。见他召唤，就全来了，那阵势，让泥湾渡人长了见识。会长是个五大三粗的汉子，对成大爷说："叔，家里的权杖也该

交接了，不要低估了良满爷的能力，老是把他当长工使唤，你就一辈子别想扬眉吐气！"

成大爷多喝了几杯酒，眼睛醺红醺红的，当着大伙的面就把秀秀和秀秀娘喊拢来，当即宣布："从今天起，钱柜钥匙和家里事务一概交由良满爷做主！"他居然连良满爷的真名"王成良"也叫不出来，弄得良满爷的那帮战友一个个笑得前仰后翻。

自从战友们为成大爷长了脸，良满爷在李府的地位水涨船高。他不仅众望所归被选为李氏家族的家务长，有什么瓜藤柳叶的麻纱事，都得他来调停；而且幸好他接了家里的决策大权，解了李氏的危机——没承想自从泥湾渡的上下游各修了几个电站以后，通邵阳的水路走不了船，失去了水上优势，也就失去了集约功能，这李氏"破烂王"的名头也差点要改弦更张了。那么，良满爷能担此大任吗？

良满爷接手李家的"破烂"事业后，除了一两个村子往这里送货，其他集纳点已经把废品送往更方便的地方了。先天优势的失却，良满爷也无力回天。但他无时无刻不在想方设法，真把他急得卵痛。

转机来自他大女儿倩倩的婚姻。这个大姑娘在广东打工，认识了同厂九江市鄱阳湖边的一个男孩子，两个人私订终身。良满爷急得喊娘，赶紧带着秀秀去江西视探。这一探，倒是收获不小，女婿家在一个靠湖边的围子里，放眼鄱阳湖，良满爷这个从水边出来的汉子，也有了小巫见大巫的自卑，那茫茫水乡，简直就是水天泽国。"相马"的事放在一边，他却发现了一个天大的商机。原来这湖边有无数养野鸭的水围子，规模大小不一，网格相接，船楫穿梭其间，船歌与鸭鸣唱和。良满爷收过鸭毛，一眼就瞧出端倪：变废为宝只在举手之间。这些鸭子除了就地加工，大多就消化在九江、南昌的集市，只要跟踪住这些鸭毛，那是多大的产业？他把秀秀打发走，自己就在亲家公支持下扎了下来。先是租地方收鸭毛，再买机械搞加工，通过除尘、洗净、脱水、分类、除铁等工序，把粗劣鸭毛析出上好羽绒。秀秀在家里照开老店，但重点以鸭毛收购为主，凸显了重点，把湖南、江西两地连成一线，形成了源源不断的供应链，也就确保了羽绒加工厂的正常运转。

良满爷把鸭毛生意做大了，人们谑称他"王鸭毛"，但毕竟也是个成功人士，于是脑壳开窍的就用了"阿"的谐音，喊他"王阿毛"。女儿女婿也成了他厂里的股东，生意可不是一般好。他是苦出身，就念着泥湾渡的那些难兄难弟，便选了几个贫困户维系在他的产业链里。有的专门在家乡搞收购，有的直接到江西搞收转，有的固定在他的厂子里。他还大胆设计了一个帮扶模式，就是让他们能独当一面，成为他产业链上的独立供货商。

眼下，泥湾渡有六个贫困户已在湖南、江西分设鸭毛收购点，"王阿毛"给他们垫付了启动金，签了长期供货合同，解除了他们的后顾之忧，使他们成了他一手扶持的铁杆合作伙伴。

去年县里表彰扶贫攻坚先进人物，"王阿毛"榜上有名，没想到新闻铺天盖地没有篱笆，江西九江方面的记者也跟了过来，又把他评为感动九江的新闻人物。他笑得合不拢嘴：怎么这好事也凑堆，一不小心就"连中两元"了？

鹿　先　生

鹿先生是什么时候恋上酒的？应该说是他的婆娘友枚跑了之后。真是祸不单行，他前些年逞强把老弟鹿霸的婆娘林子打出家门，没想

到几年之后，他自己的婆娘在广东打工，跟一个四川人跑了。他现在是爬起来就要喝酒，哪怕早上煮碗面条，也要用酒和着下肚，面条上撒几颗花生米，就能"咪西咪西"一个早晨。

鹿先生天资并不差，自认为书是读少了点，但那也是因为父亲死得太早，他要供弟弟和妹妹读书，就自己辍学了。他要在队上挣工分，表决心，还凭表现入了党，做上队里的称草员、记工员。那时节，耕牛是宝贝，出耕的牛是要特别犒劳的，扯草喂牛是要兑工分的。尽管只读了初中，但也算半个知识分子，因而这个奶号叫"鹿狗"的小伙子，也收获了"鹿先生"的雅号。

鹿先生有点喜欢讲大话，做事也大大咧咧的，有人就叫他"白话佬"。别人找他借钱，他明明拿不出，也说："你来，我借你。"结果人家来了，他急得在堂屋里打转转，摊开两手说："你要早来一天就好了。"

队里一个水塘的塞子缺了，大漏，他争先走在前面，说："这有什么难的！"仗着水性好一个猛子就扎下去，被漩涡吸住，最后几个人用绳子扯，才把他拉上来。

最长记性的事，还要数那年从泥湾渡放排去新化，本来他不是掌舵人，却偏偏喜欢"充凤头"。树排到了凤凰滩，这可是个险滩，曾经走武汉的船帮十有八九要翻船，因而从凤凰滩跑武汉的要么血本无归，要么富得流油。他抢过篙头要做排头兵，以为闹着好玩，唾手大叫："看我怎么收拾它！"只见那树排到了滩头，像蜿蜒咆哮的长龙，随着水势盘卷着，差点就要前后咬着了，一旦首尾相碰再卷几圈，再怎么扎实的排也会散架。还是掌舵的急中生智，甩手将带钩的锚往岸边一抛，有人紧紧抓着使劲，有人撑篙转向，费尽九牛二虎之力，才驶离漩涡脱了险。这次总算把鹿先生的胆吓出体外，服了输！

婆娘走了，两个儿子也早早辍了学，居然又被他婆娘友枚撺掇着到她和四川男人的厂里打工去了。欺人太甚，屋漏偏遭连夜雨，行船偏遇打头风；自己走了人，还拔老子的根！自此，鹿先生也就与杯为伴，对酒当歌了。有人劝他要看在儿子分上，发点狠，把房子建起来，不愁婆娘和儿子不回头。他两手一摊说什么："天要下雨，娘要嫁人——随他们！"不仅悲观懒惰，连田都不种了，而且跟着一个和尚师傅四海云游起来。哪里死人放鞭炮，他就暗暗高兴地哼起了《忏悔经》；毕竟死人的事也不常有，后来他干脆找到附近纪念杨再兴的一个阴寨——千秋寨，这里香火旺盛，签卦灵验，他跟"寨王"套近乎，成了"寨王"的跟班，终于天天可以"咪西"点小酒了。

如果不是扶贫工作队搞精准扶贫，泥湾渡人差点把鹿先生忘记了。村委会主任给他打电话，劝他下山："鹿先生，你是能干人，称先生的人，儿子还得找媳妇，你不要让自己形同鳏寡孤独，你不振作起来，屋檐水会点点滴，以后儿子都跟你到寨上讨酒喝！"

"关我卵事，他们跟他娘吃香喝辣，哪还管我鹿先生的生老病死？！"他越想越气，差点泪眼婆婆起来，"这么多年，也没人给我寄分钱，也没人给我打个电话……"

"鹿先生，崽都是你自己的骨肉，不要把他们往外人身上推！你没给儿子们提供一个安稳的后方，他们怎么回来？"村委会主任循循善诱，"你要搞好了，不仅儿子会高兴，你老婆照样会留恋你的热炕头！"

这一说，真把鹿先生唤醒了。他不久就下了山，把酒也戒了，把老屋收拾好，田土全部复耕复种，还养了不少鸡鸭牲畜；扶贫队动员

他修屋，承诺给他几万元的补贴，他一机灵，主动给儿子们打电话，征求他们的意见。儿子们来了神，立马就往家里汇款十五万元。

鹿先生赊了点建筑材料，自己亲力亲为监工还兼做小工，花了半年时间总算把个占地200平方米的三层小洋楼封了顶。

农村建房"上梁"或"进火"是必须闹一闹的，他盘算了，趁还欠了点款，干脆先"上梁"，既可以把政府的补贴搞到位，又可以接点人情收点礼，还可以让儿子们回来看看，吃了定心丸，往后也就铁心顾着"大后方"。坐定了黄道吉日，鹿先生就给儿子们发了信。

吉时一到，鞭炮齐鸣。两个"鲁班师傅"将贴上红绸的正梁抬进新屋堂前，开始祭梁。堂前的供桌上摆上猪头、鱼、鸡、鹅、蛋、豆腐、香烛等祭品，师傅嘴里念念有词，边说好话边敬酒。祭完梁后，楼上放下两根索绳，将头和尾绑好，正中间挂上装有红枣、花生、米、麦、万年青等的红布袋，寓意"福、禄、寿、喜，万古长青"。

这时两筒一百响的冲天花炮点燃了，响彻云天。

主祭木匠开始喊："伏以呀！"

鹿先生就应彩："好啊！"

"手提金鸡凤凰叫——"

"好啊！"

"祭梁金鸡吉星到——"

"好啊！"

梁上了楼，木匠师傅带着徒弟也上了楼。师傅将梁上果品、食品等用红布包好，边说好话边将布包抛入鹿先生双手捧起的箩筐中，这就叫"接包"，寓意接住财宝。正在这时，鹿先生的大儿子跑进来冲喜，将三个大红包塞给父亲说："这个是我的，这个是弟弟的，还有

这个是妈妈封的。"鹿先生略一迟疑，转而嘿嘿笑着——收入囊中，
而此时木匠师傅早就即兴唱将起来：

> 今日天晴来上梁，
> 华堂修在龙口上。
> 上一步一品当朝，
> 上二步双龙含珠，
> 上三步三元及第，
> 上四步四季发财，
> 上五步五谷丰登，
> 上六步六合同春，
> 上七步妻子回头，
> …………

李　小　缺

李小缺原来并不是这个名字，他父亲给他取了个名字的，但因为
小时候放牛被牛踢瘸了腿之后，小伙伴们就叫他"李小瘸"。人口普
查搞登记时，他父亲想：既然叫成古（湖南方言，叫习惯了）了，不
是还有点缺陷吗，不如干脆来个顺溜，就叫"李小缺"吧。

自从李小缺的老婆徐大娘住院以后，泥湾渡村的村民好久没见
过李小缺的影子了。以前只要见到李小缺忽高忽低地瘸着腿牵着他那
盲人婆娘走出泥湾渡，或者从泥湾渡消失几天，就知道他又要出什么
馊主意，去打政府的小九九了。不过，最忐忑的还是要数村支书李正
军。当然，还有县妇联驻该村的支部第一书记周连香副主席。

　　李小缺这些年和他老婆给政府添了多少难处，恐怕连他们自己都记不清了。从乡里到县里，方圆几十里，他们可是"公众人物"了。前些年评低保对象时，李小缺因只有轻微残疾，村里就只给徐大娘评了个低保，他就把老婆牵去乡政府的办公室闹，死活不走。乡里开餐他们就跟着去食堂吃霸王餐；最过分的是，李小缺居然怂恿他老婆在办公室里拉屎尿。乡里无奈，只得破例开了个口子，给已经拿了残疾补贴的李小缺又补了一个低保指标。自此，李小缺的胃口就越来越大，村里修通村公路占了他家不足两厘的自留地，他横竖要五千元的补偿。村里没法满足他，他又把老婆牵到交通局，几个部门做工作都劝不走。真是软劝不听，硬拉不行，让人尴尬，令人头痛啊！

　　当然，这里边最冤最屈的还要数李正军。他作为村支书，村里第一维稳责任人，只要李小缺夫妇有风吹草动，他就紧张得全身痉挛。无论李小缺夫妇俩走到哪，都会通知他去接人；即使电话打到周主席那里，最后还是会通知他去"迎候"。有什么办法？谁叫他是冤大头呢！他清楚地记得，去年搞精准扶贫户核定，只给李小缺夫妇核准了，他们死活不答应，非得给在外打工的儿子一家也评上才罢休。村里没法满足他，他们就去县里上访，被李正军领回村里后，没想到他们又偷偷跑去市里越级上访。又是李正军租了车去把他们接回来，来回花了几千元。花了钱心痛，而挨了骂更不爽，让李正军头大了好一阵。

　　这回，徐大娘病得不轻，回来筹钱的李小缺耷拉个头，一个劲地唉声叹气，听说得的是一个重型再生障碍性贫血的病，治疗起来很困难，需要几十万。在县医院住了一段时间，转移到省城的大医院去了。李小缺把老婆托付给儿子照料以后，就回家东拼西凑筹措经费。

他好像知道自己平日的表现势必会讨个没趣，确实借得也不多。他设法低价处理了一些脐橙变了现，但毕竟杯水车薪，离几十万还有太远的距离，便带着遗憾悻悻地回了省城。

李正军是随团出外学习回来之后听到消息的，他第一时间找到周莲香商量对策。在妇联周莲香的办公室里，他们向省城的医院了解了徐大娘的病情和治疗方案；接着，县妇联在全县范围内发起了捐款倡议；李正军也以泥湾渡村为发起人，在水滴筹平台为徐大娘筹款；更大的支持来自县农保站的大病医保，一项针对精准扶贫户的直接扣付通道特许开通，免却了徐大娘回县报销部分的前期筹款负担。

当李正军和周莲香带着筹得的十余万元善款赶到医院，在医院大门外的马路边，只见一个汉子公鸡啄米似的不住地向行人叩首，旁边是一个装满散票的纸盒，地上放着一张喷绘出来的求助信，上面写的正是徐大娘的病况，让两位村支书不禁愕然失色。

这不是李小缺吗？

李正军急忙上前要强拉李小缺起来，李小缺惶惑中依然呆若木鸡地跪着。周莲香朝李正军使了个往里走的眼色，似乎在说："这个人，太过分了！由他去吧，让他慢慢去感动吧。"两个人便径自跨进了医院的住院部。

李小缺依然机械地忙活，似乎更坚定，更执着，看得出他的执拗里，有几分伤感，有几分悲悯，更有几分惶惑……

"阿　侠"

"阿侠"怎么也想不到，她会在年过半百之后，还是一瓢"泼不出去的水"，沦落到选择一个伸手不见五指的黑夜，将自己在县城出

租屋里一些不值钱的东西，装在租来的一台三轮车里，偷偷地拉回了泥湾渡。她不声不响，生怕被人发现，下车时居然也不叫人帮忙，亲自动手搬运，唯恐惊动了村里人出来看自己的笑话。

回想当初，她这颗野三爷手掌里最闪亮的明珠，可是村里女娃中为数不多的高中生，又趁着乡里大办企业那把火一毕业就被乡长点名进了乡里的造纸厂。当年追求她的青年里有军官、有政府的公务员、有国有企业的"铁饭碗"，可是不知怎么鬼使神差偏偏就嫁给了"臭老九"黄忠。说透底还是野三爷做的主，教师，先生啊！"传道授业解惑"的知识分子！对于祖宗十八代没有出过秀才的徐家，能有个先生女婿撑门面也是前世修得的福分哦。想当年出嫁的场面，单车电视洗衣机，火柜衣柜三门柜，沙发藤椅席梦思，手表电炉缝纫机……床上用的，屋里摆的，墙上挂的，大大小小九九八十一件，先在泥湾渡口一字儿摆开，整个南北两岸、村里村外的乡亲们，那个羡慕的啧啧声，可把野三爷的脸面又涂了几层光油。接亲的船披红挂彩地来了八大艘，真叫泥湾渡人大开了眼界。

春华何以成了"阿侠"？一个好端端的姑娘家，何以落了个不男不女的谑名？这可要从她早年办的一个假身份证说起。那一年，她所在的乡造纸厂倒闭了，她抛夫舍子去深圳打工，一个老乡把她介绍到餐厅里端盘子，可三个月不到，她就跳了槽，成了上海大厦歌舞厅的公关小姐。她找黑市办了个"李霞"的假身份证，从此就浪得"阿侠"的大名，在深圳公关界也是不可小觑的角色。

当年，深圳上海大厦夜总会每晚的歌舞升平里，那个人见人爱、花见花开的"阿侠"，曾经让多少妙龄女郎心生醋意，又让几多心花怒放的公子哥们欲罢不能？！她以风情万种的湘南少妇的缱绻柔肠和娇媚狂野的魅惑舞姿出尽了风头、独享着万千宠爱！要不是自己守身如玉，奉行"献舞不献身"的信条，下半辈子也不至于低眉顺眼，蜷缩到泥湾渡，成为外家人的饭后谈资。

"阿侠"一直不承认自己离错了婚，她的嘴太硬了，像犁得进泥巴的鸭嘴。明眼人都知道，是野三爷做错了主张，不该让女儿离婚。那年，"阿侠""衣锦还乡"，黄忠怎么感觉"阿侠"胸前那对山峰不同寻常地大起来，不得其解，就穷根究底，也没个结果。"阿侠"哄他："南方多木瓜，常吃就大了。"黄忠不信，左摸摸右探探，终于在腋下找到了一个疤口，结果闹翻了天，还动了手。

"好端端的，你一个良家妇女，要隆大干啥子嘛！"黄忠只究一个理，"这分明动机不良！"

"黄忠，什么动机不良？你不是老嫌小吗？我身上的肉，我想叫它肥一点瘦一点，那是我的权利！你胆敢动手，那就离婚！"

就这样，"阿侠"负气回了泥湾渡；黄忠去接，不回；就僵着了，慢慢地就凉薄了，最后"阿侠"倒找二万元给黄忠，离了。"阿侠"离得干脆，连儿子也不争取，一心想着自己的花花世界了。

离了婚，"阿侠"在县城买了一套房子。其间，她也有个几段短暂的婚姻，皆因心性太高散了，她又去深圳"公关"了几年。但遗憾的是，聪明一世的野三爷老眼昏花，伙了人去五里山挖矿，他是大股东，把女儿当摇钱树，要了她二十万元，打了水漂；那可是个无底洞，还问"阿侠"要，她就要父亲把她城里的房子卖了。就这样，唯一一根可以拴住"阿侠"的绳子没了。

年纪大了以后，"阿侠"回到县城，而这时县城房价涨到她张大嘴巴直管摇头喟叹的地步了，只好租房过日子。她本来手里还是有点

钱，但坐吃山空间也越来越薄。前年恰好又得了一次小中风，把她吓得半死，休整了一段，在外家堂兄弟的半推半就中，就落荒回到了泥湾渡。

都说"嫁出去的女泼出去的水"，像"阿侠"这种情况，并不多见。既然回到了外家，那么泥湾渡还会敞开怀抱欢迎她吗？

村委会主任是她的本家哥哥，也是野三爷一手扶植的老干部，他倒是很慷慨："妹子，莫说三爷在日对泥湾渡劳苦功高，就是凭你对外家的一往情深，我们也该接纳你！"

村委会主任把她的情况在村支两委做了通报，扶贫队长和支书也还蛮同情她的。决定先让她把户口迁回来，再按精准扶贫户政策给她搞个安置房，落实个低保户；至于田土问题，因为"三定"多年，要她找接续三爷三娘田土的两个堂兄弟内部调剂。

没有想到的事发生了。"阿侠"的户口迁回来了，堂兄弟之间却在匀田均土和落实安置房建设的地基上闹开了。

前些年她父母手上的老房子，被她的堂兄弟一人修了一座小洋楼，好在剩下一个牛栏东倒西歪的，没有拆，村里准备把"阿侠"的安置房建在牛栏的位置上。堂兄弟俩都没吱声，而两妯娌却阴阳怪气地借题发挥起来。

"那个牛栏是要关牛的，别看眼下没喂牛，哪天要了，难道要人牛共栏一起关？"堂大嫂指桑骂槐开了腔。

"泼出去的水也没有收得回的道理！"堂弟媳妇接了腔，"村里开恩看得起，就该好事做到底，另外划块地！"

"阿侠"越听越不是味，想当年她在深圳赚的钱大部分就顾了外家，堂侄儿侄女们读书、堂兄堂弟修屋她都垫过底，如今自己虎落平阳，居然都还落井下石。她气不打一处来，拉开了架势，倒要好好摆一摆："狗啃了别人的骨头，还会摇摇尾巴，你们自己扪着良心问问，你们占着我家的地基不说，还对我说三道四。再说了，哪条法律规定了女儿家不能回外家？莫说我只占个牛栏，就是住到你们的洋房子里，你们也不该放个屁！"

"春华的情况特殊，既然她回来安家，我们就该支持她！"村委会主任对两家说，"我心里有底，当年你们兄弟，受她支持可不少哦……现如今她不想有个照应，哪里会回泥湾渡啊？这也是缘分！"

挨了"阿侠"的骂，听了村委会主任的开导，田也匀了，土也让了，三个女人居然相安无事。现在，"阿侠"也不种田，也不种地，正好捡妹要去镇上陪读，"阿侠"拿出自己的积蓄再借了点债，把捡妹在泥湾渡人流集中的街面上那个铺面盘了，开烟酒副食店，顺溜儿摆了两桌麻将，一些老年人和农闲的年轻人，有事没事就围过来坐坐，既聚合人气，又招揽生意。"阿侠"的儿子在省城工作，每逢节假，也会带着老婆、儿子来看她，给所有熟悉不熟悉的人递烟，这是她唯一、最远的念想。

泥湾渡人都说，自从"阿侠"回来，渡口的街市热闹多了，夜晚也像渡口望过去的一汪江水，仿佛渺远了很多……

（分别原载于《湛江文学》《精短小说》《湘声报》等报刊）

泥湾渡脸谱（时光组章）

资水上游的夫夷江泥湾渡口，毕竟是水停泊的地方，相对于大山，总有独特的个性和鲜明的特征，它的"海派"思维和包容开放天赋是与生俱来的。我试图通过这个时代烙在他们身上的印记，找寻他们逝去的青春与困惑、情感与忧患、光荣与梦想……

—— 题记

保 四 爷

保四爷个子并不高大，书也读得不多，但硬是凭着名头里的一个"保"字，混成了泥湾渡统领十五甲的大保长。保四爷的父亲靠贩卖生漆起家，与跑汉口做毛板船的船老板徐坨子联手，赚了不少差价，置有几十亩田产。如果后来不恋上鸦片，他的几个儿子出息会更大一点。好在趁还没把田产败光，他为保四爷向当时的同姓县长混了个脸热，捡了个保长当着。

民国那会，当保长是十里八乡羡慕嫉妒恨的美差，不仅有不错的待遇，最光鲜的还是有抓丁的决策大权。谁去谁不去也就是他一句话，而况那年代，村里送出去的兵，多是肉包子打狗，音讯全无、不知所终，没有一个混成官大爷衣锦还乡、光宗耀祖的，也就是变相掌握了村民的"生杀"权。国民党军队常常要兵员补给，而泥湾渡因水利条件好，又处在灵便的码头，缺衣少食者相对较少，因而更不愿意出去"呷粮"（当兵）。你不去他不去，那怎么办？那就只能抓！其实，当不当兵，当什么兵，保四爷有个谱子。就拿打日本来说，国民党军队要补充，多是到前线去的。但那时候通过保甲渠道补给兵员，除了一线正规国民党军队，宝庆府的地方保安司令部和新宁县县长徐君虎统领的联防保安部队都在招人，那么把谁送到前线，把谁送到宝庆府，把谁留在本县，甚至他保长身边也可以留个保丁，保丁不仅每月有一石谷子，还可以顶一个兵丁指标。那时候，徐坨子凭着与保四爷父亲"笼答答"（对吸鸦片者的一种蔑称）生漆生意的渊源，他有五个儿子，横竖一想，怕是免不了要送几个出去，于是早就动起了让野三爷十几岁就当保丁的念头。保四爷把野三爷招了保丁后，又成全了徐坨子一个梦想，那就是把他二儿子送到徐县长的联防司令部，因表现突出，加上保四爷作保，还进了徐县长的手枪班。徐坨子为此，给了保四爷父子两根金条子。

　　这事还是"四野"李世野的父亲讲出来的。"四野"两兄弟，老大为了躲兵，故意把右食指削了一节，自然算个残疾，尤其扣扳机的指关节没有了，当然免了；但"四野"没毛病啊，就被保四爷较上劲了，横竖得去！"四野"父亲就变着法子求徐坨子出面与保四爷和"笼答答"讲好话，讲是讲了，没准。这"四野"的父亲也不是省油的灯，他是个有心人，喜欢到有点身份的人家"蹭窗子"（听悄悄话），恰好掌握了徐坨子与"笼答答"的交易，要挟保四爷说："要么你免了他的兵役，要么把他搞进徐县长的手枪队，否则你那收到的

金条要充公，还要把你交给徐县长！"

徐县长为官清廉，又疾恶如仇，享有"老虎县长"之美誉。保四爷一听吓得骨寒毛竖，这要是给县长知道，非毙了自己不可。谁都知道，徐县长办事严谨，他的两个手枪班班底是清一色的"徐"姓人氏，一个杂姓都不行。于是，保四爷虚与委蛇，用重金买通县警察大队一个中队长，把"四野"送进中队当了个账房先生，也算是顶了个兵役指标，了却了"四野"父亲的心愿，也化解了自己的干戈。只是，这"四野"八字欠"金"，入错了行当，这警察大队长罗仲尧警匪合一，最后因消极抗日、私设盐税、作恶多端被徐君虎剿办清算，"四野"也因同流合污被从轻发落、清退回籍。

保四爷最值得炫耀的人生橡笔还是他和一个日本婆娘的风流韵事。按理，他和这个日本女人八竿子也打不到一块去。然而，"运气来了躲也躲不开"。1945年3月底，雪峰山战役前，日本人第二次占领了新宁县城，徐君虎给日本人留下一座空城，把县政府机关和物资转移到八峒瑶山，所有县内抗日武装集结在离县城较远的山上，以游击方式蚕食日军小股力量。有一次，日本小股部队护送一个医疗队到新宁县城，路过安心观时，被抗日爱国的土匪头子李松青发现了。李松青见了美女舍不得用重武器，心痒痒地只喊："美人啊！谁捉到就是谁的！"被负隅抵抗的日军一阵猛击，杀红了眼的李松青顶不住，就向县长求救，于是多路英豪围追堵截，除了这个日本婆娘，其余日本人全部被歼。论功行赏时，匪性不改的李松青就只要这个日本婆娘，其他什么都不要，徐君虎哪里能依？叫手枪班把这个日本女人押走，而那游击政府本来就居无定所，哪能押着个女人，思来想去，就把她交给了嫡系保四爷。

　　这日本婆子是个黄花大姑娘，尽管穿了军装，但那白里透红的皮囊，显山露水的胸脯，又圆又翘的肥臀，着实让保四爷心花怒放。为免生事端，徐县长交代："走了人，或是虐待了俘虏，拿头来见我！"

　　保四爷还是在日本婆子身上动了心思。那时候保丁野三爷才十几岁，和他扛的"汉阳造"差不多高，他负责看守，其实也没绑她，由着她在保四爷家里自由活动。保四爷每次给日本婆子加荤打牙祭，总是搬出徐县长的"圣旨"，来搪塞老婆的白眼，他甚至毫不避讳地把鸡腿或者好吃的夹给日本婆子，让他婆娘咬牙切齿。尽管语言不通，但眼睛是心灵的窗口，日子长了，日本婆子那双看保四爷的眼睛慢慢起了变化。有天晚上，本来保丁野三爷守夜，保四爷把他打发走了。日本婆子要洗澡了，保四爷趁老婆在里屋睡觉，就给日本婆子倒水，还大胆给她解扣子。当颤巍巍的手触及那火热的肉团的时候，河东吼狮出现了，保四娘那邪火啊，她硬是直接将那盆滚烫的热水从头倾盆而下把保四爷淋了个落汤鸡。

　　日本鬼子很快就弃城而去，县府又迁回县城，老虎县长没有忘记日本婆子。日本婆子被送回县城关押前，李松青又跟县长打听她的下落。县长是个明白人，这风流尤物，久留不得，趁当年8月21日日本芷江受降的机会，赶紧把这女子送了过去。

　　多年以后，保四爷常常在别人面前唉声叹气，那神情，好像丢了魂似的；每当别人挑起异域女子的话题，他总会吧嗒着嘴巴，似乎有无尽的遗憾，无尽的落寞……

徐 坨 子

发源于湖南都梁府的涂江和源自广西资源猫儿山、成为资江源头的夫夷江冲击出了一块小平原，这就是徐坨子的胞衣之地——泥湾渡。

坨子坨子，恐怕与身体的形状和长度有关。管他怎么叫，徐坨子也不计较，慢慢地就成诨名了，真名倒是被时间淡忘了。泥湾渡有多少年的历史，恐怕徐坨子的上几辈祖宗都没有谱，家谱上只告诉他们：明朝万历年间，江西吉安有一帮躲灾的难民来到了泥湾渡这块平原上垦荒，那就是徐坨子的祖先。这里依山傍水，旱涝保收，向来是县内江北最大的粮仓。又因为两条江水在此汇合，水运条件优越，历来又是航运发达的内陆小港口。晚清到民国，这里是木材、矿产、山货和农产品对外出口的码头，徐坨子清楚地记得他那又矮又敦实、铿锵有力的父亲，人称"徐锉子"，就是一个走水路的船老板。徐锉子那时代大家眼光都不高，能在宝庆府、新化，最多也就跑到益阳，拉点山货换点物资就知足了。因为路上险滩多，徐坨子小时候常常要跟船去看世界，多被父亲拒绝了。但这个徐坨子有心计，常躲在装货的垛子里，让父亲和伙计们爱恨杂陈。后来干脆就许了他，让他壮大了胆。徐坨子四五岁就跟着父亲在江里拉屎撒尿，还时不时要争抢船上橹把子，天热时父亲把他丢到江里解渴，人多了挤不下时他扎个猛子就不见了……在水里混久了，胆子也大了，到了十几岁，他居然糊弄起新化人的毛板船来。

所谓毛板船，那船上的每一块板也不需要过刨子打桐油，越粗越好，一块块镶起来，用大马钉钉了，上面竖一根原木做桅杆，把当地很不值钱的煤或者野生动物的皮毛，茶叶、土豆、红薯等农产品往船上装。毛板船体积大，载重多，本来就不大灵便，又要在涨大水的时候放，船被水势所裹挟，稍一偏离主航道就会触礁撞岩，风险特别大，打烂船是常事，做毛板船生意的弄不好就血本无归，倾家荡产。因而不论是当老板还是当船工水手，放毛板船都有很大的冒险性。当老板的敢冒险，是因为利润特高，流行的说法是："十艘毛板中途打烂了七艘，只要有三艘到达汉口就有赚头。"这话可不假。大老板们每逢涨水放那么八九艘毛板船的，当然是有赚不蚀的；倒霉的是那些资本并不雄厚的中小业主，船本来就少，第一次船丢了，可能尽其所有加上亲朋的借贷，重整旗鼓再搞第二次，如果第二次仍然倒霉又打烂了船，那就一辈子也爬不起来了。不过做毛板船生意赚了钱的还是多数，尤其是新化那边的老板，他们偏开了邵阳的几个险滩，每年总有两千艘以上的毛板船放到益阳、汉口。

徐坨子和他的伙计们，很多人就把性命或者全部的老本送给了邵阳县的凤凰滩和孔雀滩。有一次他押了三艘毛板船过凤凰滩，因为涨大水，滩前的洄水凼流速很急，第一艘船的弟兄把橹荡起来，因为第一橹吃水太深，整个船跟着卷进了漩涡，紧接着第二艘船也跟着卷了进去。徐坨子见势不妙，指挥着第三艘船上的船工赶紧一边用篙逼着船减了速，一边将橹轻点江水偏离了航向，成功远离了洄水凼。眼见着那两艘船像越转越疯的陀螺，徐坨子却束手无策急得团团转。最后还是花了老价钱请当地的水手用绳子套了铁爪子把船钩住，一头绑在岸上的老樟树上，才化险为夷免却了一场大灾难。

尽管跑毛板船总归是赚多赔少的营生，但徐坨子的五个儿子，却没有一个跟着他跑过汉口。究其原因，尽管徐坨子总是三缄其口，

但后来还是被人揭穿了。原来这里却有一个不便公开的秘密：随着徐坨子的毛板船越放越多，他腰杆子也直了很多，汉口街上一讲"徐坨子"上岸，很多商家和窑子的姑娘就盯上他。有一天一个黑帮混混请了窑子的姑娘打配合，硬是把徐坨子身上的现银敲了个精光，最后他只剩了一根裤衩在寒风中瑟瑟发颤。徐坨子由此无颜再闯汉口，也断了跑汉口的财路。后来大儿子死缠硬磨着要跟徐坨子跑江湖，徐坨子无奈，只答应打造了毛板船跑新化，把船卖给新化的老板，赚一点小差价，其他的利润心甘情愿让给新化人去赚。所以，等第三个儿子野三爷和其他几个兄弟长大，徐坨子也未曾答应过他们跑过毛板船。他怕儿子们闯不出险滩，也怕他们在汉口寻花问柳步他的后尘。因而最艰难的时候，他宁愿让刚满十岁的野三爷去给保长当保丁，这样可以免一个兵役指标，还可以挣几石谷子回来，也未让他去新化、益阳、汉口赚过毛板船的活钱。

徐坨子们是泥湾渡最后一代也是唯一一代毛板船的老板，到解放以后，随着夫夷江沿途电站林立，加上陆路交通发达起来，徐坨子和他的毛板船水运时代也逐渐淡出了人们的视线……

野 三 爷

野三爷名头里有个"野"字，又在兄弟中排行第三，就有了此名。1949年以前，因为弟兄多，十岁那年他就被保长征为保丁。给保长当通讯员，不仅可以免兵役，一个月还可以得一石谷子。

有人给他编了一首歌俚子：

走脚送信发号令，鞍前马后忙不赢；

灵泛听话小殷勤，保长之下第一人。

因为跟着县长投诚起义的缘故，1949年以后，野三爷也成了有功人员。一路从儿童团长、互助组长、低级社副社长，到高级社副社长，接着当年又光荣入了党。自此，就从副总支书，到总支书，一直干到上个世纪八十年代中期。

夫夷江流经老夫夷侯国的城池，到了泥湾渡与一条叫涂江的小江汇合，冲击出来的一个大沙洲就是泥湾渡左边的泥沙场。这个渡口的繁阜与热闹，也是野三爷的功劳。在他手上开发了河沙场，才有了北乡和都梁府的人来这里拉河沙。

他在支书位上常常乐于为村里办事，什么邻里纠纷、夫妻不和、婆媳相骂的麻纱事，尤其是违反计划生育、伐木时少批多伐、修屋动田时先斩后奏等等，免不了就要他与乡政府周旋。最让人心悦诚服的还是他胳膊向来朝内里拐，对上级绝不盲从。有一年县里的国营煤矿架设电线时未打招呼就伐了禁山的树，他带着村民找到煤矿要求赔偿并加倍罚款，惊动县长出了面。县长说："手背手心都是肉，野支书你退一步，按行价折算赔偿算了，给我个面子。"

"县长，他们是国有企业，我们是集体组织，如果国有企业发展比老百姓穿衣吃饭重要，我就认了！"

县长无奈，没想到区区小支书竟敢给他难堪，最后还是折了中，赔一罚一结了案。

野三爷最风光的日子还是刚退休又被乡长请出山那会。那一年适逢农村全面电网改造，此前村民以影响灌溉为由，全村从来没向乡电厂付过一分钱电费。而正因为不花钱，不仅差点把乡电厂搞垮，还因乱搭乱接出了电死耕牛的事故，政府下决心要电改。这一来，动了村民奶酪，泥湾渡的村民就闹翻了天，有些人就去电厂水坝里放水，有

些就直接去车间拉闸，搞得电厂无法开工。乡长灵机一动，就决定请动野三爷再度出山。

野三爷居然不接招，他对乡长说："我年纪大了，加上群情激愤，众怒难犯啊！"

乡长就抛出一个诱饵："支书你当着，乡里的几个厂子你选个副厂长兼着。"

这一招还真把野三爷俘虏了，情急之下他就选了造纸厂的销售副厂长，但随即也就悔青了肠子。原来这造纸厂因污染严重，不久就被政府关停了。而水电发电却是投资小、回报稳定的朝阳产业。当时乡里要他出山，无非是利用他的影响力完成电改，等他把乡亲们的电改合同一签，他的使命也就完成了。好在他还设法保住了全村全年免费用电的门槛，否则他就会成为千夫所指的"罪人"。

企业红火的时候，为了促销，只要要货单位打预付款来，不管天南海北不做调查摸底就发货。纸厂在关闭之前，有大量的货款要收。野三爷的头等大事，就是带着业务科的人去全国各地收烂账。

对那些"油盐不进"的"冤家"，野三爷的"赖磨"大法还是发挥了作用。装穷叫屈是他的最大本事，任凭那些印刷厂怎么搪塞叫苦，先把来回的车马费和吃喝拉撒的费用顶格列个清单往桌上一扔，不给够也就不走了。债主上门管喝管吃是少不了的套路，还要派人陪他们在当地看看风景，待一天都犹如剜心割肉，还不如弄点真金白银把"瘟神"们打发走。所以，野三爷最后收账那一年还是潇洒的，神州大地去过不少的地方。至于账嘛，收到的确实也不少，但那么多人出去开销的同样也不少。

河沙场终于被政府叫停了，机器的轰鸣息声了，泥湾渡口也没有了往日的喧嚣。

野三爷的儿子蛮牛在昭阳（现邵阳市）的大学城教书，老人家与摆渡的艄公约好："只要我儿子回来了，就连按四声喇叭。"他常常摆一把躺椅坐在侄女捡妹的杂货店门前，沏一壶茶，不时盯着那一汪熟悉而伤感的夫夷河水，不时又竖起耳朵，生怕走漏了本该呼唤自己的笛鸣……

"四　野"

"四野"大名叫李世野，因为名字中带个"野"字，在泥湾渡与野三爷号称"泥湾二野"。又因为他比野三爷小，家里又排老四，村里人常常把野三爷叫"三野"，李世野就叫"四野"。野三爷是老支书，能与野三爷平起平坐，可想是何等响亮的人物。

"四野"读书不多，只在私塾里上了三年学，但他聪明绝顶，算盘打得相当好，"稀稀哗哗"一拨挑，看得你眼花缭乱。正是有了这绝活，曾经被保四爷举荐到民国县警察大队干过账房，只是后来因站错队被清退了；野三爷在高级社当大队长那会，就把"四野"挑出来当会计，管理几千人的后勤账务。为感激野三爷的知遇之恩，"四野"处处向着野三爷，包括曾经大集体时，偷偷带着野三爷去昭阳、潭州（现湘潭市，古称潭州）贩卖木材。

贩卖木头赚钱的信息，得益于"四野"在昭阳一个印机厂当工人的老表，那个国有大企业生产的印刷机风行一时，销往南方几个省，那时候印刷厂比比皆是，而机器的外包装就要用松树或杂木的小板子。而这些料木，本地漫山遍野，比比皆是，价格也很便宜。刚开始，他们锯了板子还加好工用汽车运，后来在昭阳城里找了家木工厂

搞协作，干脆就从泥湾渡放排，到了昭阳，再在加工厂锯板子，成本节省了不少。生意做大了，路子也宽了，慢慢地"四野"得知潭州有个铁路工务段要又粗又圆的杉木做枕木，而那么大的木头要到林场才有货，加上水路修了电站走不通，路程远，赚头不大；脑壳又精又尖的"四野"就动起到南县调水杉的心思来。那个水杉，又粗又泡，要怎么大有怎么大，在南县不值钱。"四野"一算差价，可以赚一万多元，把个野三爷吓得心脏要蹦出体外，横竖不敢接坨（湖南方言，接续别人的话或事），生怕触犯刑律，他可是根正苗红的老党员啊！而"四野"却不死心，把这事跟昭阳那个木材加工厂的厂长说了，那是个商人，哪有不敢做的，把水杉运过来一锯，烘了些时日，倒成了上好的杉木了。分钱人安乐，钱是赚少了，讨得睡了个安稳觉。

做生意那会，讨债是个费心机的活。"四野"心尖，知道那些厂里的财务科长都要点"小意思"打发，但野三爷却是老套路，舍不得"破财"，总以为谁都像他一样根子红，因而两人总想不到一块去。野三爷主张采取软磨硬泡、"刀刀见血"的办法，碰到那些"油盐不进"的"冤家"，用"赖磨"大法，装穷叫屈，任凭那些厂家怎么搪塞叫苦，先把来回的车马费和吃喝拉撒的费用顶格列个清单往桌上一扔，不给够也就不走了。这多少还管点用，只是账总会留点尾巴，拖得你精疲力竭，算上贷款的利息，赚的可是些蝇头小利。后面，按照"四野"的套路，施点小恩小惠、带点家乡特产，果不其然，一点就灵，算下来，成本还节省了不少。

"四野"能经营生意，却不怎么会经营人生。他赚钱那会儿，泥湾渡人都劝他，把那从地主手上分的又矮又黑的老屋修修，他骂人家"浅薄"。他一辈子在外面风光无限，却没有一个人在他家吃过一餐饭，坐过一刻钟。他那房子太矮了，进去就有逼仄感，加上他压根只有他自己，从来不办酒席，也不随便去别人家串门吃饭，因而也不办多余的碗筷和凳子。即使是与野三爷一起做生意，他也是AA制最早的践行者，出去三五天，就备足三五天的粑粑干粮，各管各的吃喝。

"四野"的生意持续做到60多岁，他的一个儿子在北京做药品生意，他曾经还为儿子在当地做过地方代理，嫌贩木材时的小买卖不过瘾，要亲自体验赚大钱的快感。

赚没赚钱，他深藏不露，如果不是他的亲外甥找他借高利贷，让他血本无归、老本打了水漂，他又把亲外甥的一条腿打断了，还进了派出所，泥湾渡人怎么也想不到他居然存了上百万元的现金！

野三爷在日，"四野"曾火急火燎地催他："三爷，听我儿子说，现在在外工作人员不准回家修屋了，老屋翻新都不行！你家蛮牛还要不要叶落归根？"

野三爷的儿子蛮牛在大学教书，野三爷最关心的就是儿子得把根留在泥湾渡，就一根筋地问："那何得了呢？"

"趁早啊，趁你还没倒，搞老屋翻新啊！""四野"永远是别人的高参。

如今，蛮牛的别墅修好了，野三爷也作古几年了，而两个儿子都在外工作的"四野"，快八十岁了，却依然故我地住在那座摇摇欲坠、看了让人揪心的木屋里……

捡　妹

捡妹有亲生父母，只是母亲死得早，父亲一个人不容易，女儿不听话时就喊她"捡妹"，意思是"捡的本来就贱些"，可不能玩任

性，慢慢地就叫成了古。

捡妹的屋就在泥湾渡口的三角坪里，他们也是赶城镇化潮流的跟班，老屋有一座蛮大的院子，又在这渡口修了屋做生意赚钱。她前些年在广东打工认识一个四川的流窜犯，两个人在外面生了一男一女但却办不了结婚证。直到有一天晚上突然遇上警察上门查户口，她男人说去屋里拿证件，就悄悄地从厕所的后窗沿着下水管溜走了。从此，就再没有露过面。长时间的翘首以盼，长时间的落寞空虚，最后另一个做消防工程的四川包工头阿昌钻进了捡妹的被窝。捡妹还算灵泛，非得要阿昌答应她两件事才会与他好下去，否则就连"一夜情"也休想。她的条件也简单，既要跟她回泥湾渡倒插门，又要挣点钱在泥湾渡口修点屋。

捡妹的坚持得到伯父野三爷的支持，她的父亲走了以后，野三爷就成了她最亲的长辈，当捡妹把计划报给野三爷时，他坚决地承诺着："哈宝崽，只要你想在泥湾渡落户，儿女的户口、你要修新屋的场地全包在我身上！"捡妹没有兄弟，几个姐姐早出嫁了，野三爷巴不得她能把她父亲这一房的柱子立起来。所以，当捡妹把第一笔建房的资金五万元邮寄给野三爷时，他就脚踩风火轮，把自家的一块菜地让出来，不顾七十又七的高龄，豁出老脸去乡里找那些"衙门"里的年轻后生，总算把建房所需的一应手续办得熨熨帖帖。

阿昌不是本地人，但他有门搞消防工程的绝活，他把捡妹的几个堂兄弟常年带出去干活，捡妹就在家带着孩子，还开了个日杂店，门口摆上几桌麻将，白天黑夜就挤满了人，生意不是一般好。

野三爷跟着在昭阳城教书的儿子住，他久不久（时不时）回来时就在捡妹家搭伙食。捡妹专门给野三爷准备了一张躺椅，只要日头红彤彤地从前方的越城岭爬上来，她就把三爷搀到屋前的躺椅上，旁边放一张茶几，给他沏一壶浓浓的新茶，让他和每一个来和他聊天的客人慢慢地品饮，陪他回味过往的可以咀嚼的可以炫耀的旧时光。野三爷的粉丝还是蛮多的，过往行人哪怕只是空坐片刻，陪他把杯子端一端，喊他一句"三爷"，他也乐得把别人动过的杯子烫了又烫，久不久又不厌其烦地招呼捡妹换水、添茶叶、烧开水……

只要三爷那张躺椅摆出来，捡妹的店子也就正式开张了。他就像一块磁铁，只要他在那坐着，那些买东西、打麻将、玩字牌的人脚板不由自主就往捡妹的店子拐。这点面子，应该说是野三爷花费几十年才积攒下来的。他在支书位上的时候常常乐于为村里办事，什么邻里纠纷、夫妻不和、婆媳相骂的麻纱事，他从不打折扣，也从不含糊。因而，村里人见了野三爷，就像见了土地菩萨，总要请个安作个揖。

阿昌的消防工程队也越做越大，人手不够了，就把远亲近邻叫来了几十个，一下子几个工地同时开工，成了很有规模的包工头。

阿昌做大了，捡妹也就手痒了。她与前夫所生的两个儿女还在中学读书，又与阿昌生了一个儿子，平时开着副食店还能勉强支撑，但自从阿昌大把的票子寄回来，她就每天把两桌自动麻将机开得呼呼响，平日里只召集、待饭、坐收台费的她，这下成了参战主将，每天一大早就开门，子夜了还未收兵，生意越发惨淡，而她除了搭进那招待出去的饭菜、收到的台费外，还要从口袋里拿出现金去补贴打牌的亏损。野三爷发了几次脾气，但收效甚微，终于有一天，野三爷给阿昌打了个电话：

"阿昌，捡妹这里人太杂了，男男女女的，我也不在你家里吃了……"

阿昌听那口气生怕捡妹与那些打牌的男人有暧昧，就勒令捡妹把店子和麻将机关了，否则就不寄钱回去了。这下，捡妹急了。最后还是野三爷出面，为他们两口子折中：店照开，牌不能打了，如越雷池，随时断供。

做了一回告密者，野三爷很尴尬，好在捡妹终究收了手，阿昌也乐得有三爷的监督。只是，捡妹有时实在手痒，就极尽温顺地问三爷："三爷，我可以摸一把吗？"

野三爷也不说可与不可，他只要笑着把茶杯端起来，嘴巴"嚯啰啰"嗫那茶水时，捡妹大可以知趣玩几把，记得理性收场就行……

柏 麻 子

柏麻子是泥湾渡唯一一个享受了终身制的生产队长，从1949年初的互助组，到低级社、高级社、大队，从大集体到生产责任制，直到他倒在大队林场的豆土里，他的威望之高、名头之大，堪与老支书野三爷比高下。这个人个头还不到一米六，矮墩墩的；读书不多，上过几个月夜学，常把自己的名字"李崇柏"写成"李崇怕"；还因小时候出过天花，面上落了一脸的麻子；他几乎常年不穿鞋，赤脚惯了，走起路来"砰咚砰咚"，隔老远就能感觉到。"柏麻子"的名字是不能公开叫的，小孩子夜里没完没了哭叫时，大人们猛然喊一句："别哭了，柏麻子来了啊——"这比抽巴掌、歇斯底里骂还管用，孩儿保准就把那哭声停了，还要贼眉贼眼地睃巡柏麻子的踪影。

柏麻子威由内生，也就应了那句"公生明，廉生威"的古训。有一次搞一个大水丘的"双抢"，收完水稻已是中午一点，大家又累又饿都回去呷午饭了。但为了不误耕田人的工，柏麻子独自要把落在泥地里的禾草拖到田埂，然后等大家把饭吃完稍事休息，就可以扯秧准备插田了。那时候"双抢"就犹如打仗，一环紧扣一环，一点也不耽误。只见他拖完稻草，又在耕牛踏过的泥淖里捡拾稻穗。大家以为：这柏麻子为了自己捡那么几线掉在泥里的穗子，居然连饭都不吃？大水牛把泥巴翻完，一簇浸满泥巴脏兮兮的穗子躺在他古铜色的光臂腕里，待一枝枝洗净交到仓管员手里，然后吹了下午出工的哨子，柏麻子才回去扒碗饭，又第一个出现在插田的队伍里。这一幕，看得社员们心痛，心软，心服。

他也是一个铁面无私、残酷无情的人。有一次，他的侄女和一帮伢儿妹陀（湖南方言，男孩女孩）早上割了牛草回来过秤，那是要抵工分的。他侄女做了点手脚，在竹篓子的下面放了个不小的石头充重量。柏麻子要他们把篓子里的草全部倒出来检查是否割了麦子、油菜，再装进去。轮到他侄女，她想不见底就装草，还朝柏麻子直眨眼。柏麻子才不理会，抢过篓子说："一视同仁，谁也不例外！"将篓底反过来一倒，"嘭"的一声，一个足有五斤重的石头展现在众人面前。侄女哭哭啼啼撒手就走，他一把将她揪过来，当众声色俱厉地喊："生病发痧起，做贼偷瓜起，这么小就弄虚作假，长大了那还得了？！"

柏麻子从来不信邪，人生格言就是"身正不怕影子斜"。责任制到户以后，队里有个男人因生病下不得水，过对河，挑副货郎担，摇了拨浪鼓，卖些针头线脑，一去就几天；他女人桂花特要强，见大家春耕，怕误了农事，掮了犁耙赶着水牯子就往田野里跑。而她本来就细小柔弱，被那牯牛拉着，犁刀就漂在水面上，溅起一片片水花。正在山脚下扶犁耕田的柏麻子见了，松了牛轭，吆喝老牛歇着，箭步奔

过去，大声喊着："除非泥湾渡的男人死尽了，才轮到你们女人扶犁耙！"他把自家的田歇着，硬是把她的田犁了、耙了，还打了蒲滚，再去忙自己的田。他就那么护着，几个阳春下来，都是他去帮忙犁的田地，直到她男人病好停当。有人想开他的玩笑："柏麻子，你怕是日里犁田，夜里想着裤裆那丘田。"但话到嘴边，一看到他包公似的脸，和他讲过的"谁家女人干男人的活，我见一个骂一个"，就没一个敢说出口。

柏麻子的婆娘没有破生，这成了他唯一的遗憾。"不孝有三，无后为大"，很多人劝他抱养一个，或者从众多侄儿中过继一个，他都没有理会。几年的相帮相知之恩，桂花一直觉得亏欠柏麻子，几次趁男人不在家，想给柏麻子怀个儿子，但他就是心无旁骛，不解风情。桂花这天瞧准了机会，特意宰了一只土鸡，打了一斤米酒回来，等柏麻子歇工，就怂恿他喝点酒。

"下午还要做工，哪能喝酒？"柏麻子平时不爱酒，加上下午要犁田，横竖不喝。

"他哥，不喝点酒，怎么对得起这只土鸡？"桂花使劲劝，"要不我陪你喝一盅。"

"女人家喝什么酒？"柏麻子抢过瓶子。

"你给我做事，连杯酒都不喝，硬是看不起我！"桂花把酒夺过来，就往嘴里灌，不无哀怨地说，"那我一个人喝！"

柏麻子见不得女人吃亏，这一军将对了。他把酒又夺过去，独自对着瓶子喝起来，桂花不住地给他夹菜。酒慢慢见了底，柏麻子的脸变得像关公，眼睛冒了花，浑身燥热；桂花把衣扣往下解，故意露出白花花的乳沟，让柏麻子看桂花的眼睛荡漾起了春天，意志的大堤第一次失守，终于被迫缴械就范。

孩子生下来后，先是认柏麻子做了干爸，然后再办了认养手续，两家邻上加亲，对外却滴水不漏。

柏麻子总是闲不住，年近古稀也有使不完的劲，除了自己的份子田，还要贩种丢荒的田土，听说村里鬼打坳林场的30亩旱土要承包，他又率先签了合同。那年他在鬼打坳种了30亩黄豆，正是秋收季节，忙了早稻抢收又要插晚稻，还得偷闲去收黄豆，两公婆累得像个陀螺，儿子风平在镇上读书，帮不上忙。大暑天的，火辣辣的日头太毒，他总算没熬过来，柏满娘找过来，就见他四肢狂抓、口吐白沫，急忙背回家里，一路走走停停，刚进屋就落了气……

出殡那天，好热闹，他平生有威信，又很晚才抱养儿子，因而整个泥湾渡认他做干爹的就有五六个，全都披麻戴孝，加入孝子孝孙的队伍里。野三爷按村干部的规格给他治丧，并亲自致了悼词。队伍在吹吹打打的鼓乐声中缓慢地行进，乐队、长龙、狮子队、腰鼓队和一众亲朋浩浩荡荡，首尾遥相呼应，煞是风光大气。沿途村民不时燃放鞭炮送行，按当地风俗孝亲要当面下跪以表恭敬。只见李风平率一众干兄弟捧了柏麻子的遗像跪跪立立之间，让人不禁哑然，怎么这个李风平与相框里的那个人都是一个模子刻出来似的？

鼓乐和鸣，鞭炮依旧，那些指指戳戳的人，终究不敢交头接耳，好像那个一脸麻子的人正板着个包公脸，横眉竖眼地看着自己……

（原载于2020年6—7期合刊《精短小说》）

山那边的那边

牛仔他们要回来啦！

这一爆炸性新闻是赶圩的麂子带回来的，说牛仔和银珠带着他们的小秋秋住在圩镇的招待所里，还让他带回话来务必向乡亲们求个情，准他们回家看看，仅看一看，了了夙愿，给什么惩罚都可以。如果真容不得，小秋秋是无辜的，让他代见一眼两家行将就木的老人，也顺便向乡里乡亲的赔个情……于是小山寨二十八户人家就像山麻雀似的吃饭也塞不住嘴，叽叽呱呱议论不休。

汩汩长流的一线小溪从苍茫的林子里流出，绕过弯弯的山道泻进文家湾的怀抱里。这块幽幽泽地上耸立着一棵古松，历经数十代的八十几个生灵就繁衍在它的荫庇之下。多少年来，湾里总是死潭一般宁静，从来没有过天灾人祸，乡邻们快快乐乐的。可就是一件事不遂意——每每送子观音送子时，总是女的多男的少。男人怨女人的"那个"有问题，女人只好恨自己不争气。好在湾里的山水好，妹子、女人个个水灵，外面的汉子一见就流口水。尽管这里清规戒律、家法族规多如牛毛，但对男女之间的事倒松得可以。日子长了，湾里的男子竟也疑心自己的"那个"来，遇有汉子留宿，便自己空出自己的婆娘来；绝了子的父母还暗示自己的丫头去引汉子来入赘。不过，这种事要发生在同一族姓里，那可要招来灭顶之灾——沉岩！谁都知道，几十年前，这里曾将一对暧昧弟嫂绑在石头上沉进了山背后的无底岩。如今人们正在议论的牛仔和银珠也差点遭到这样的处置。

"牛仔可神气咧，单车装了机器，跑起来一溜烟忒快，衣衫只一半扣子，脖子上扎条洗澡巾什么的，皮鞋钉了掌子，马蹄子一般，得得卡卡。哦！银珠嫩多了，雪白，穿件袍套，丝织的，肉都看得见。那小千金可乖，见了我就喊'伯伯好'，啧啧，我还懵懂一通哩……"麂子扒口饭边嚼边说。

"啧啧！那是一条什么样的洗澡巾呀？"

"蠢猪！什么洗澡巾，叫领——什么的，呵，就是毛伢那种领巾……红领巾呀！"

"哼！吹牛。哎！虎子，你真看得见银珠的肉啊！"

"你们这帮贱骨头！那是些什么样的货色，你那脸当屁股使啊！"晴天一声霹雳，老族长不知啥时候从哪里冒出来，板着脸，一字一顿地训斥道，"麂子去回话，文家湾不认那两个畜生！""……我说他们也够可怜的，出去那么多年，两家老人又那把年纪……"麂子畏缩地说着，两只眼睛眨巴眨巴地看着众人，巴望大伙帮牛仔说说话。

"我讲他们欠狗佗太多了，正好让他出口气，他们还认为狗佗回娘家了哩。"

"我们大家都有公道话，也该数落几句，别老憋在心里……"

"嗯，反正他们也不敢把狗佗怎么样。"

"嗯。"老族长沉吟半晌，捻须轻哼一声，算是默许了……

　　大清早，狗伦用油炒饭让毛伢吃了去上学，自己就拿上柴刀赶
了那头大牯牛上了山。文家湾人放牛只要把牛赶到荫天蔽日的封山林
里，用不着担心牛跑掉，到时候牛哥儿们自然会撑着肚皮在大草坪里
嬉逐着等待它们的主人们。狗伦放了牛就去山背后的穷石山窝里弄柴
草。个把时辰过去，担起两座山出来，一头山草一头柴，丢在荒草坪
里歇气。他心里明白，每天放牛打柴回去，家里还有一堆女人的活在
等着他，做饭、喂猪、打猪草，照料儿子上学、服侍老人吃喝，真是
手脚不停。何况他一人还得应付四份田地，多余的一份是留给他再娶
女人的，当然不是银珠的。只有等粮食入库了，毛伢放了寒假住在娭
毑那边了，他才能腾出身来在文家湾施展开自己的手艺。他原是个十
分出色的木匠，十三岁就跟师傅刨木皮，十八岁出家带徒弟，装的板
壁面油光光的，接缝处十年八年用水去泼也渗不过去。年纪轻轻的，
有这么个手艺不怕赚不了钱，但他却无法施展。

　　每天傍晚，狗伦放牛回来，做好饭，还得给老人熬粥。老人只
能吃些又烂又软的饭菜，稍硬一点就咽不下去。古稀之年了，整天里
心事重重，身子一天虚似一天，只剩下口残喘的气啰。老人平时总不
忍心狗伦一个人忙乎，挂根拐杖也要帮着生火做饭，喂喂鸡鸭，看看
晒场上的谷子，喊喊稻田的麻雀……可现在实在不行了。今夜里老小
俩吃了饭，便围在个八仙桌旁，狗伦抓了把烟丝放在老人的纯铜烟嘴
里，自己也卷了个"喇叭"，到灶膛拿了个柴头点燃。在那里默默地
吸着。往常狗伦也是古松下的常客，自从听说了那个事，如今又见那
儿一堆人在胡诌着，便扫了兴儿。

　　老人坐在他对面，勾着头直吧那烟嘴，不时抬起眼睛瞟瞟他，随
后敲出烟头的残垢，把烟杆别在膝上，干咳了两声，终于挤出一句话

来："崽……听说银珠那产难鬼要……回来？"

"……没有的事——真回来还不好吗？您老这年纪，该见见她了。"狗佗没想到老人也得了音讯。

"崽呀……我不见她……我好好的不要她看，她害得你好苦啊！"老人说得牙关打起嗑来，情不自禁地撑着烟杆站起，"莫准她进这个门……早叫你娶个媳妇来塞门……这回依了我吧……啊——"

"我不怪他们——别听人家瞎扯。"

老人一阵激动，禁不住连咳起来，狗佗忙着给他捶背，然后轻手轻脚扶他进房去，等老人没事才出来，拿张躺椅和茶壶走进自己的左厢房去。他从壶里倒出酽得照得见人影的黑茶来，烟酒不上瘾，茶可少不得，还在做徒儿时跟师傅就学着了。无聊时，慢条斯理地喝，可以打发时辰，解解闷。喝着茶，他又想开了：也许我当初不该来这个家，唉，他俩好好的一对，读书时就有意思的，硬是被她父亲拆散了。十几岁的伢儿妹仔背井离乡，有个窠也不能归。据说他们起初那阵是寄住在牛仔舅那个工厂，干些拌泥巴的零活，挣的钱还糊不了嘴，后来牛仔发狠去跟外地师傅学泥匠手艺，功夫出家竟也当起包工头来，荷包也胀烂啰——林冲上梁山，逼出来的呵！"强扭的瓜不甜""捆绑不成夫妻"，同银珠过的那两年，虽说她对我百依百顺的，但别人看不出，我们揽在一块没话说，一个家没了笑声没了生气多难熬。她是老人在她和牛仔第一次出逃后硬拽回来与我结婚的，我料她住不长久，顶多是尽些孝道，最终还是要走的。第二次走后，老人拼着命要去找，我没让去，有啥用，找个没魂的人！结婚那时她就有了，是牛仔下的种，毛伢子是牛仔的，不过走时她也有了，那是我的，没错，那千金是我的。几年过去了，总算回来了，是啊，人不亲

山亲水亲，有几个钱但毕竟在外面，无亲无故的，有个闪失连个打招呼的人都没有……我不能怪他们，自己不配银珠，她喝墨水多，长得又水灵，再说那两年也没有对不起我的地方。走吧，回娘那边，往后再想法子。只是丢下个无辜的老头，让他活着受死罪。现在既然都回来了，老人也有了着落，何不趁早走掉，待在这里碍他们的手脚，再说原本他们就认为我走了的，碰到了还误会我赖着找麻烦来，唉，事多一桩不如少一桩……

"爸爸，你怎么啦？"

"哟，毛伢子放学了？"

"看你，又忘了，今天星期六。"毛伢子把书包丢给他，"爸爸，今天我们考数学啦，你猜多少分？"

"哦？！"他忙着从书包里找出卷子，呀！一分不失，"宝宝，嘿嘿……爸爸晚上给你煮鸡蛋。"

儿子乖，他疼极了，尽管血缘上不属于自己，但他们的命运已连在一起，多年来心灵的痛创，生活的艰辛，毛伢成了他唯一的精神支柱。儿子不足两岁就失去了母爱，为了他，狗佗真沾上了十足的女人气，温柔、斯文多了。他恨自己读书太少，叫人看不起，他要毛伢把他遗失的那份天性补上去。毛伢不足六岁他就把他送到学校去，宁肯自己累点、苦点，也要让儿子吃好穿好。此刻，他一阵热乎，把毛伢搂在怀里，尖硬硬的胡髭亲得毛伢直跳。

"宝宝，爸爸告诉你个好消息——爸爸要带你去娭驰那边去住了，高兴吗？"

"真的，那我又能吃到娭驰煮的鸡蛋啰——呃，那爷爷呢？他去不去？"

　　"爷爷不去，他会有人照看的，千万不要告诉他，他会伤心不让走的，懂吗？"。

　　小毛伢忽闪着一对小"星星"，满腹心事地直点头，他似乎全懂了。

　　狗佗把屋子收拾了一通，打点好属于自己的家当——除了些陈旧的衣物，仅一担木匠工具而已——那还是八年前他从娘家带来的唯一"嫁妆"。他打开衣箱，寻找那些不属于自己的东西。忽地，他的手触及了一卷硬纸，哟，正是银珠走后他费了九牛二虎之力走法院办到的离婚证书。望着它，狗佗的心紧揪着很不是味，一次又一次地把头摇成个拨浪鼓……他坐在床头，抚着静候在身旁的毛伢，眼睛直望着窗外，直到月亮爬上了窗棂，他才轻着手脚，离开生活了八个春秋的文家湾，踏上了通往山那边的弯弯山道。

　　月影疏疏，万籁寂寂，狗佗牵着毛伢闷着头不想说话，此刻他的心比肩上的担子还沉——这八年，自己究竟干了些什么，是啊，而立之年的人了，家没个家，往后的日子怎么过？……"噗哧——"一声，林子里窜出一只小麻雀，叽叽呱呱地跟在他们父子两人后面直闹，倏然间一群山雀便跟着吵起来，整个林子顿时热闹了许多……嗨！麻雀都知道图个快乐，人又何必自讨苦吃，这不清爽爽的，无牵无挂了吗？狗佗顿觉飘然起来，心灵一动，叫住了毛伢："宝宝，好久不唱歌啦，教爸爸唱个歌。""好，跟我唱，'啦啦啦——'""啦啦啦——""我是卖报的小行家""我是卖报的小行家——"刚唱两句，他觉得太嫩气了，不过瘾，"毛伢，你听爸爸的：临行喝妈一碗酒，浑身——是胆，雄赳——赳！……"他简直不是在唱，而是在歇斯底里地喊，仿佛只有这样，才可抖掉多年郁积的闷气。唱完

了，他也许是平生第一次这样对着空谷长笑，然后傲岸地静听着荡满山谷的回响……

　　文家湾是怪闭塞的，从山里出圩镇十几里地，自古以来就一条毛毛路，赶圩、送粮、走脚磨肩的活计一应靠"十一号大车"运。这几年家家户户养了猪，食品站却不收了，猪贩们也懒得进来，宰了猪满山走几天肉臭了降了价也扔不出去。该死的一条路，把文家湾与世隔绝了，年轻人看不到电影，即便是最冷场的社戏也得去山那边的大队部，一年还逢不到两三场。姑娘小伙们手勤力气足，守了那田地种不出金挖不出银，碰上水年旱月还免不了饿肚皮。这几年他们中也曾有人想到外面见见世面，但无奈一个个睁眼瞎，哪里好，怎么去，去干什么，不得而知。不服输，又无可奈何，老人们自然喜欢得合不拢嘴，巴不得一个个青皮后生糯米粑粑般，服服帖帖待在家里。

　　七八年过去了，古老的山寨没有变化，这一切刚踏上山寨小路的牛仔和银珠看在眼里，心里阵阵苦翻……当他们好不容易爬上寨口，翘首望见那棵象征着文家湾历史的古松时，不觉喟然长叹，记忆的丝线又飘回到那年夏天……

　　树上绑了两个人，那是牛仔和银珠，两侧站着他们威严的家长，手里各拿根看了怕人的粗棒槌，四周站满了文家湾的老老少少。

　　"叭！产难鬼，你答应不答应嫁狗佗？！"

　　"叭！天收咯，你还嘴硬不嘴硬？！叭趴！"

　　高中毕业的银珠和牛仔，带着改变山区落后面貌的神奇幻想回到了文家湾，这对从小青梅竹马又有着从小学到高中十几年同学生涯的热血青年，曾一度给这块冷却的土地带来生机和希望。立体化的世界，快节奏的生活方式，使他们越来越不安分于千百年来那种原始的、惰性的自足，他们开始去鼓动自己的同龄人，从贫瘠的土地里解脱出来，走出文家湾，奔向开发区，去拥抱现代文明。然而，他们的努力是徒劳的，尽管有人曾跃跃欲试地呼应过，但最终又无不畏惧于"农人田耕为本"的家训。牛仔和银珠却不怕，他们决定出去闯出个世界来给大家看看，让大家学学。可是，他们太疏忽对世俗的估计了，就在他们准备走出文家湾的当口儿，有关他俩大伤风化的各种谣传便塞进了两边家长的耳朵。这下银珠父亲可急疯了，为了堵住众人的嘴巴，挽回姑娘家的面子，四处奔忙，煞费心血，终于说服了山那边的狗佗来入赘。狗佗大银珠两岁，人品、长相没挑的，可银珠就是不同意，还催促牛仔赶紧向她爹来求婚。这下两边家长可真差点气绝！自古"国法可触，族规难违"的文家湾人从来就把同族通婚视为第一禁条，尽管银珠和牛仔早已没有什么血缘关系，但两家毕竟同属一个姓氏。同姓通婚，这可是伤天害理、天诛地灭的大孽呀！

"讲！"

"非牛仔不嫁！"

"讲！"

"非银珠不娶！"

老族长浑身痉挛，青筋暴露，他晃着两只瘦拳声嘶力竭地喊："把这两个万恶不赦的畜生沉——岩！"

如今，两人重返故里，触景生情，牛仔摇着头不无感慨地说："哎，世俗可畏啊！"

"是呀，那晚要不是麂子哥割断绳子放我们走，说不定真成岩仙啰。"

"呃，说起来我们倒是文家湾的第二对英雄哩。"

"……后来我不该慑于父威屈就那两年。"

"过去的事就莫提了，俗话说，'好事多磨'，现在我俩总算熬出来了。"

说着说着两个人竟不由开怀大笑起来。

回到家，望着桌上叠得方方正正的离婚证书，银珠不禁抽搐起身子，泪水潸然而下……

"哎哟，哎哟哟——"

鸡刚叫头遍，银珠突然捂着个肚子发出一声声揪心的哭喊。狗伦急得团团转，问她痛处在哪里，她只捂个肚子不吭声，狗伦只好弓着身子去给她揉下腹，心想兴许要"下蛋"了，可一估摸毕竟还不是时候呀。

"你要我的命呀，哎哟——"银珠从床上翻到床下，"你去山那边请……医生……痛死我哟——"

"我背你去。"善良的狗伦蹲在地上，等着银珠爬上背来，谁料银珠却一阵擂他，"你还不快去，我死掉算啦。"

狗伦答应着，披了件衬衫就要出门，银珠又在后面喊："你把毛伢带去吧，我招呼不了，哎哟——"

…………

就这样，六年前，她狠着心用这个笨办法，没给狗伦和儿子留下只语片言和些许温存，又一次跑出了文家湾，去寻找属于自己的新生活。

银珠万万没想到，被自己撇下的狗伦竟还没走。她以为那年他一气之下准会走的。她稍一沉思，终于弄明白了，他奇迹般留了下来，不是对自己还存异想，是为了照顾自己的父亲啊。六年了，含辛茹苦的六年，狗伦做儿做女，当爹当妈，这种滋味可想而知。银珠当时原想把毛伢带走的，又怕狗伦气不过，那不存心要他的命吗？就只好留下了毛伢，可没想到却给狗伦增添了更大的负荷。他绝不是找不着女人的男人，可为了支撑这个破碎的家，却活活打了六年单身。既然办了离婚，为什么又不续娶？既然长住下来，为何又匆匆离去？狗伦哥，是我对不住你啊！

精诚所至，金石为开。他们的诚意终于打动了文家湾人的恻隐之心。人非草木，焉能无情，尽管当时在气头上欲将他们置于死地，但如今眼看生米已做成熟饭，再说这不是好端端的一对吗？难道还能再下毒手？！

对乡亲们的宽恕、谅解，牛仔和银珠是应该高兴的。然而，面对现实，面对目下文家湾的现状，牛仔的心却格外沉重。

月沉西山，雄鸡催晓。牛仔彻夜难寐，索性燃了支烟走出房外。迷雾漫裹，晨风习习，不觉身子瑟缩一抖……何时身上披了件毛衣，肩上搭了双温柔的纤手，反身一望，银珠正深情地向他频频颔首微笑："牛仔，我想带秋秋去看看毛伢和狗伦，还得带点钱，他那边兄弟多，又要白手起家……"

"银珠，这几天我也想得很多，我觉得我们光有几个钱，而狗伦却有着我们所未有的人格和美德……去吧，我也去！"牛仔突然扔掉半截烟蒂，疯也似的抱过银珠，"噢，对了！银珠，还是等我办好几件事再去吧。"

"看你那癫劲，把家从城里搬回来？"

　　"到时候你自然会明白。当然，家是一定要搬的。"

　　五天之后，风尘仆仆的牛仔，带着几份在圩镇开办纸厂、印刷厂和木料加工厂的压满公章的报告批示单出现在银珠跟前。

　　"这是真的？"

　　"白纸黑字，当然不假。"

　　"就算钱不成问题，你也没有三头六臂去办三个厂子呀。"。

　　"不是还有你吗？再说那个木料加工厂就看狗佗的本事啰，我们只投资——看你就吓成这个样子，以后还能当老板？哈哈……"

　　"看你，这么大的事你就一个人说了算。"

　　"第一次先斩后奏。"

　　"你真是——"银珠拧着牛仔的鼻脊说，"这回姑娘小伙们可要乐疯啦。"

　　山那边又爆发了第二道新闻——狗佗出走啦！

　　银珠、牛仔和他们的小秋秋自然没见着他，向那些来走亲赶圩的山那边人打听，一个个都一问三不知。

　　一个月后，牛仔和银珠以当代企业家的手腕和胆识神速筹建就绪了纸厂和印刷厂，但却为那个木料加工厂一筹莫展。毕竟"巧妇难为无米之炊"，有关技术、规模也没个谱，何况原本就是为狗佗办的。不办？有言在先，乡亲们会怎么说？有负众望啊……唉，这下你狗佗可是釜底抽薪，还在上面加泼了勺冰水呵。

　　不想突然有一天，牛仔意外收到一封来信，那是从县木器厂来的，歪扭扭而又力透纸背的字迹使他愈发感到突兀：

牛仔：

你没想到吧，我是狗佗呀。

听说你胃口很大，要在镇上办这办那，我就走了。不过我不是存心跟你过不去，一者我要开开眼界再练练手艺，学点新花样回来，二者看看你怎样把吐出的口水舔回去。没想到你打了雷还真下了雨，像个男子汉！我一直看着的，你存的好心，我没脸再站在一边看了，牛仔，我豁出去啦，款我早贷好了，就去订机器，你给我招呼声山里的伙计们，我回来就挂招牌，同你那两个厂同一天放喜炮开门纳吉。

牛仔，工厂要办，但眼睛不能老向外看，我跟你讲，山里有的是宝，等挣够钱，别忘了一起把镇上的柏油路接进山里去。你信吗？我在县大理石厂做木工那阵，捡了块山里的石头，戴眼镜的师傅乐得团团转，只一个劲问："在哪捡的？！"那是大理石，可稀少哩，只要修通路，山里可要大发啦！

哦？！这是当年的狗佗吗？真是士别三日，当刮目相看呵！牛仔感觉着一种冲击波向自己逼来，因失去准备而不免惶惑和不安。他狠劲抡起拳头捶打自己的脑袋，"我怎么就没有想到这一层？……"

沉默了数百年的小山寨终于沸腾啦，原始的、蛮荒的意识随着翻新的年代觉醒了。请不要用太惊诧的目光去看他们，因为并不奇怪，即使最慵惰的驽马，只要屁股上刺上一刀，也会疯也似的跑去——文家湾如此，山那边的那边，又何尝不是如此……

（原载于1987年5月《广西文学》）

小渡风流

　　鬼天，热呵，山仔用手在脸上一抹，满捧满捧的汗，一翻身凉席也跟着卷过来。天呵，老伙计这汗褂子几天没见水了吧，不着裤衩又死讲面子和着长裤睡，亏他还猪一般呼噜死香。他又翻过另一边来，这小子俯身睡着，嘴里却好不干净，下半身在动，嘴巴笑嘻嘻的，像啃着什么。山仔撑起身子倚了墙，肩膀撞着墙这才觉得痛，用手一摸，竟是驼峰般的肉包。也难怪，平生第一次挑那么多重担子，该有百几十担吧？四十个来回，一次只算五担，四五两百，天啊，两百担！老天造孽啊，谁承想准"万元户"竟倒着手脚走路来受苦。

　　那是个从未干过底的水库，山仔正是看中了那个好位置，去年退伍后才找村里订了承包合同。买鱼花的钱还是贷来的，十万尾，一千块的本呵。没想到这一旱就是两个半月，大大小小的塘坝都龟裂了，连吃水都得讲先来后到。村委会主任问："救鱼还是救禾？"自己是党员，自然是救禾，救禾就是救人。这下放呀抽呀禾没救着一苗，倒赔了十万尾鱼。都还是苗苗，三指一个，干了底捞起来，村委会主任做主分了，记账，算起来也有千来块，可还在纸上呀。家有父母兄妹，总不能讨饭去吧，得挣几个钱活命呀。肩膀、腿肚痛，刚开了个头，十块钱一天，乖，一个月就有三百块，救救眼下，鱼当然还要养。

老天瞎坑人，不长眼，那么多人出去卖命卖力气，这泥湾渡人却大赚，百多米宽的江差点见了底，沙子躺在滩上，洪老汉也成洪老板了，三条船过江，除去十几个伙计的开销，一天也还赚几十。

洪老板人倒好，就是钱太让人馋。大牛不是东西，太欺人，不就是洪老板未过门的上门女婿……"你号吗？""山仔。""野崽？""屁股干净点！""嘿，听说你当过兵佬，怎么样？有本事我背了手你放倒我。"……浑小子，多亮的阿凤摊上他，算他走红运了。

今晚怕是别想睡了，气味太重，太热，干脆上楼顶睡去，山仔卷了凉席上二楼，阿凤房里还亮着灯，隔着窗帘子录音机轻轻地哼，还有人说话，凑近一听——

"去睡，一点了。"阿凤。

"再亲一下，啵！我睡这。"

"我喊爹。"

"你是我的。"灯熄了。

"爹——"阿凤喊。

"好……我走。"有人走动。

山仔心里直蹦，好像自己做了那事，只好蹑手蹑脚折身又下了楼，唉，不走运，尽倒霉，横竖睡不着，他干脆吐了口水去揉肩，明天还有两百担哩。

江面上犹如端午节赛龙船，江北靠渡口的人家都置了船，在这枯水的黄金季节里，沙子——票子就躺在南岸的沙滩上，有船就是主，

旱天干月卖力气的人闭着眼睛也能找，姑娘家筛沙要手巧脚粗的，小伙子挑担要拣块头大的。大小船家八仙过海，各显神通，把个泥湾渡堆出一道道沙堤来。这真气疯了南岸人家，眼睁着看大把大把的票子给江北人捞去，便也家家户户，不分男女老幼闻风而动，划地为牢，圈沙堆沙，浅滩上便又垒出一个个山包来。只可惜江南的沙石买卖颇为冷清，只见堆沙的人流却不见运沙的车，有船人家往江北运沙，可那里连个给你靠船的清静水域都没有，更不消说存沙的地盘了。真气死江南人，尽管一江之隔，也同是一个乡，可偏偏乡政府设在江北。县里还要在那里兴建几个工厂，自然要大兴土木，少不了河沙卵石，那山旮旯里还有几个乡府和远近数十里人家经常跑车来拉沙，有时还要放着空回去，供不应求哩。

整个捞沙大军的威风全给洪老汉扫尽了，他留在尾船只管殿后，只要喊一声"开船！"，率先的大牛便一篙撑出丈远，然后三条船呼啦啦横截江面而向对岸开去。大牛有使不完的劲，他那把铲也是最重最大的，铲下去"嗨！"的一声，那金色的弧线铺天盖日地朝船上射去。火辣辣的阳光烤不尽他那宽阔裸背上的细流，只可惜了绷在下身那条高价牛仔裤。因为碱的作用已经褪得灰白，裆部还给撑穿了个大窟窿。装好沙，又是大牛领先，先将那竹篙一点，调正船头，逆水行一段，便对着渡口撑，那篙抢在他手里，玩魔术一般，满满的船沙再加六条汉子，就凭他左一下右一下，根本不去摇橹，看的人眼都花了，他却慢悠悠地扭起屁股。嘴里还不住地哼着"……冬天里一把火……"洪老汉使劲摇着橹，喘着粗气在后面跟，一忽儿斜着眼去瞟瞟大牛，一忽儿又腾出一只手来偷偷去拢拢那笑歪的嘴角。

船一靠岸，便放下几块架板去，伙计们下去担了畚箕上船来挑沙。从船上挑上河堤全是坡，有二十多个磴，大牛总是第一个先上，箕里那沙还是用铲压过的，闭着气也能上完磴，待他倒了沙打转，只见洪老汉也往箕里装沙，便嗔怪地凑过去："爹，你就别挑啦。"伙计们也跟着劝，洪老汉笑笑，并不停手里那活计。老板嘛，装个样子，鼓鼓士气。

山仔跟大牛同船，在这个还吃着大锅饭的小集体里似乎可以少卖几斤力气，但他从不服气，觉得有种被人施舍过的侮辱和不快。他每次总试着在箕里加点份量，无奈力气这东西天生只一半，于是他也就愈发嫉羡大牛那牛一般的块头和力气。

三条沙船又开了，空荡荡的船儿在大牛手里划起来简直是离弦的箭。

"大——牛——"船到了江心，渡口突然响起一个银铃般的声音，伙计们齐都掉过头去，只见阿凤推着辆崭新的单车，手搭凉棚朝这边喊。

大牛腾出只手来弹了个漂亮的响指："哎——阿凤——"

"快去兽医站——有几只鸡不行了！"

"好嘞！"

他把篙甩给山仔，一个极圆的斤斗栽进江中，待他露出头来，已经到了岸边。

阿凤今天穿条短裙，风吹裙裾哗哗飘着，时而露出两条雪白的大腿，怪叫人眼馋的。山仔停了篙还想翻过头去打一个飞眼，不想碰了阳光连打几个喷嚏，那船竟跟着打旋掉了头。

阿凤那几只病鸡还是死了，看着自己苦心饲养出来又肥又壮的

五只良种芦花鸡，她哭了，哭得泡肿了眼。大牛端着饭碗去鸡房劝她吃饭，阿凤一把夺过大牛的碗摔在地上："就你笨蛋！"骂了句又气冲冲闯进饭堂来，找到山仔就是一顿猛搞，"好个王八蛋，见死不救想让我的鸡死尽啊！"山仔看着她，有气无力地想说什么又终于没有说。昨天大牛去请兽医，他收工就去鸡房看了看那几只病鸡，见都蔫蔫地垂着尾巴，羽毛松乱，放的食一点不啄，肉髯肿胀发热，呈暗红色，他抓出来一摸体温至少40度，吹开肛门一看红肿肿的，残留着白色粪便，但细看却夹杂着淡绿色。"兽医看过了？"他问阿凤。"看过了。""说什么病？""白痢，喂了点痢特灵。""白吃饭，是霍乱！"大牛走过来，轻蔑地扒开他："吉利点好不好，你懂什么鸟！"山仔讨了个没趣，本想跟阿凤交代几句，见阿凤也没什么十分信任他的反应，心想既然不相信是瘟，治治他们也好，便出去了。

山仔走进去，把那几只死鸡清出鸡房，又在鸡群中寻找染疫的病鸡，然后对阿凤喊："把这些死鸡埋掉，赶快去兽医站叫他们多带点磺胺二甲基嘧啶。"阿凤就死瞪了大牛一眼，"要死——还不快去！"

"是磺胺……么子？"大牛显然没学着那花俏名字，走出门又转过身来问。

山仔也没忘记奚落他一句："你就讲霍乱得了。"

洪老汉今天生意很好，三辆卡车将他前半晌的沙连地皮扫得一干二净。待他结了账下来，便叫大伙围拢来歇歇，他掏出"阿诗玛"来人手一支，还挨个儿去点火。

"哎——该撑撑肚子啦。"阿凤正好端上包子来，老远就甜甜地喊。

往日的便餐都是老板娘送上来，今天算是破例了，洪老汉照例撑了船过去，把部分包子送给筛沙的姑娘们。

山仔坐在船沿上，他并没离得最远，可阿凤偏偏轮到最后才把三个热包子塞给他，还在他手心捏了一把，他心里痒酥酥的，但当着大牛他没看她。一口咬那包子，觉得味道与往日不同，原来里面全是香喷喷的瘦肉馅，便斜着眼看看大伙，却都是青菜夹粉丝，又朝洪老汉和大牛瞟瞟，并没有例外。他于是心里很慌，猜度着这意外赏赐的缘故。准是回报昨日那救鸡之恩吧？便惴惴地一阵狼吞虎咽。待三个包子下肚，望望众人，似乎自己没留什么破绽，又壮着胆子去看大牛，天啦，他正虎着两只牛眼朝自己瞪。

大牛站起来朝山仔走来，山仔心里怯怯的，大牛竟意外大度地拍拍他的肩膀："伙计，好热，洗澡去。"

"我不大会水。"

"嗨，学嘛。"

伙计们也一个劲地怂恿着，几个年轻仔还先跳下水去。没办法，众意难违，山仔只好剥了衬衣和长裤，留着那条又肥又大的军用裤衩，攀着船帮小心翼翼地下了水。山里的旱鸭子没几个会水，山仔双脚在后面打鼓般地打扑腾，江水溅了一片。见山仔游出去，大牛便站到船头空翻余入水中，连个影儿都没见……"啊！"一声尖叫，山仔突然淹进水里，很久才见他时上时下地冒出来，双手胡乱地划着，嘴里哼哼噜噜喘着，显然是喝够了水乱了手脚。这时大牛从水里钻出来，转身回游，一手将山仔托起，踩着水向岸边游来。阿凤、洪老汉和伙计们围过来，让他俯身在沙地上把水倒出来。不一会，山仔一骨碌从地上爬将起来，可又心里难受，两耳轰鸣，站了一会便又瘫

软下去。人们问他好好的咋突然就下去了，他只瞪了大牛一眼，什么都不说。只有阿凤明白这一切，她无端"哼！"了一声便头也不回地跑了。

楼顶上舒服多了，只是蚊子太多，必须和衣蒙头。早晨起来身上还得盖上一层薄露，但毕竟嗅不到通铺上伙计们那奇臭了。今晚是十五了吧，月亮好圆好亮，要在部队准又想家了。眼下家倒淡漠了，可想那干了的塘和那十万尾跳蹦蹦的鱼；盼老天下雨，倾盆般的暴雨，把水库灌满，东山再起，再投放十万尾鱼进去。

楼梯口响起噼噼啪啪拖鞋的敲击声，山仔爬起来坐着，却见阿凤已经上到楼顶了，手里拧着手电，着一件薄薄的睡裙衬出丰腴的体态，月光下她更加妩媚了。

"你倒好，让我好找，我还以为你睡在那帮姑娘们房里哩。"阿凤边说边摇着身子朝他走近。

山仔有点慌，嘴里语无伦次："嘿嘿，这……还是楼顶舒服。"

"来啊，带你看样东西去。"阿凤微微朝他招手。

下了楼绕过几户人家来到一片菜地，这是一片开阔地，背倚山丘面瞰渡口，那地中央搭了一个凉棚，四根小柱擎着，上面铺着草叶，棚子黑乎乎的老远看去既圆又方，仿佛一座毛氄氄的古坟。山仔懵懂了，不知阿凤葫芦里卖的什么药，正好阿凤又朝那里努努嘴："哎，就那。"

借助手电筛光，山仔才看明白那蓝色尼龙下成梯状的草床。她玩魔术般把尼龙揭开，"看！"

"哟，兰花菇！"山仔几乎跳起来。

只见草床上一丛丛、一簇簇嫩油油的兰花菇，有刚打了朵儿露出半个头的，也有菌盖红褐、柄部粗实的。

阿凤骄矜地看着山仔，等着他的恭维和赞赏。山仔偏又不安分，眼睛看着，那手还痒痒的，这里摸摸那里捏捏，后来干脆夺过阿凤的手电在草床上窸窸窣窣地拨弄着。

"看花眼了吧——"阿凤逗着。

"不错，长势很好，不过有局部菌核病，病虫也不少。"他说着抓出了一条椭圆形的虫来，"这是菇螨，专啃菌子的，你忽视了育苗前的土壤消毒，是吗？"

阿凤的高傲劲这下全给煞尽了，她苦着脸问："消什么毒？"

"整地前在土壤中喷洒些杀菌的敌百虫或六六六。"

"天啦，这下全完啦？！"

"有治，这核病还只是局部性，可以配1%的石灰水处理它；菇螨嘛，你在草床上铺上报纸，喷上糖水和敌敌畏，等它们嗅到甜味出来就自投罗网了。"

"那现在就动手。"

"不急，明天也不迟，再说菇螨正睡得香。"

阿凤温驯得像待哺的小羊羔，眼睛眨巴巴地看着山仔："你真神，哪学的？"

"部队呀。"

"为么不用？"

"这不用上了？"

"山仔，人都像你……多好……你喜欢我吗？"

"喜欢。"

"那你能留下吗？"

"不能。"

"为什么？"

"不为什么，人总是在寻找自己一生中最亮的闪光。就像你讨厌平庸和无聊，便设法养鸡和种菇去显示自己的本事和价值；我能种菇，还能养鸡和养猪，但我更能养鱼，为了养鱼我可以破釜沉舟。挑沙实属无奈，你没见我多窝囊，我嫉妒大牛的力气，羡慕他那主宰江河的气概，那是他的最亮点。我还想像他哩，他怎么一定要像我？——你听懂我的话吗？"

"……嗯。"

两个人一前一后慢慢挪出了凉棚。

"……那你几时走？"

"该走的时候就走。"

"你是个怪男人。"

"你是怪美人。"

"你能——你亲亲我！"

山仔猛将阿凤搂进怀里，在她脸上狠劲地打啵。阿凤像只撒娇的小鹿，把个头撑拱着那熟悉而又陌生的怀抱……

"叭——哗！"两声连响犹如静地惊雷，炸开了两个热烈的胸脯。循声望去，只见菇棚顶已经坠地，不远处正晃荡着一个人影。山仔捡起滚落的手电筒去照，阿凤一把夺将过来，轻轻叹口气，拢拢乱发，抻了抻揉皱的睡裙，径直先走了。

泥湾渡潜伏已久的不愉快的事情终于发生了。

　　江南人由于成堆的细沙滞销，又不能在江北市场上占得一席之地，再不忍心大把大把的票子往江北流了，于是家家户户都派出精壮男子密密麻麻堵住了江岸，凡是江北沙船一律不得靠岸。如今这一卡，岂不断了江北的钱路？于是有船人家便煽风点火，加上挑沙的又多是本地人，一支队伍就串联起来，几个蛮牛汉子开路打了前锋，浩浩荡荡的船队盖了江面，操篙的掀铲的，前呼后拥够慑人的。江南人不好惹，他们也动了真格，妇女都入了伍，锄铲刀棍早就候驾已久。后来真干起来，杀得天昏地暗，眼睛通红，吓懵了派出所那帮大盖帽，劝也不是，撤也不是，几个还跟着挂了彩，后来干脆放了一通朝天枪，才勉强镇住阵。洪老汉三条船按兵不动，只有大牛好歹劝不住搭了别家的船去了，放倒几个大汉子，到头还是败在几个女人胯下。

　　这一闹县里都来了人，叫派出所把南岸沙滩封了，除了江中捞沙，任何人不得擅动露天沙。

　　洪老汉凉了半截，三条沙船下水，人累得骨头都散了架还捞不满。

　　歇息的时候，老板娘照样端上热气腾腾的包子来，洪老汉还发"阿诗玛"，只是嘴角那笑没有了。他吧着烟，低头谁也不看，闷声闷气说了句："只怕该散伙了……"

　　伙计们个个都不说话，气氛极沉的，大牛突然一拍大腿凑近洪老汉，"爹，我看大伙先散了，我们去城里买三台柴油机回来，等老天一下雨，那不就有沙捞了吗？"

　　洪老汉捏着那撮又粗又硬的山羊胡一掂量，竟然咧开了嘴，"好，好！到时候一下雨水漫过沙滩有的是沙，伙计们就先委屈委屈吧。"

大牛顿时眉飞色舞的，神气了许多，用眼睛挑挑山仔："怎么样？伙计。"

山仔并不看他，转过脸来对着洪老汉，极其平静地说："老板，你们尽管去买机器回来，越快越好，大伙先干着等，要不你叫都来不及，看样子过几天有的是沙。"

洪老汉很为难，不知说什么好，大牛却括着鼻子挖苦了他一通："山仔，那你就等吧，不过你可要看准哟——老天有时光打雷可不一定下雨！"

"真下雨我才不等哩。"山仔不硬不软地加了句。

洪老汉还是搞折中，让大牛带阿凤上城逛逛顺便买机器回来，伙计们也暂时留下来。

大牛带阿凤逛了一个星期，当他春风得意押着三台十马力柴油机回到泥湾渡的时候，眼前的一切已变得不能相信——渡口原来存沙的地方已经沿河堤依势砌出一道八尺多高的围墙，前后两条铁门进去，门上方挂出一块书有"泥湾渡沙埠"的仿宋漆底门牌，里面全是进进出出的人流，埠下更有一番风景，对岸人头攒动，筛沙装沙，掀铲挥锄；江中橹声咿呀，沙船穿梭，人们有说有笑，还哼山歌……大牛找人一问，才知道乡政府为充分开发沙石资源，在考虑南北两岸利益的前提下，投资数万建了沙埠，成立沙石开发公司。沙石不分楚河汉界，人尽其能，江南江北都得把沙卖进公司，然后由公司计划外销。

阿凤高兴得跳起来："大牛，这下动力机可真正派上用场啦！"

大牛却瞪她一眼，然后蹲下身去谁也不理，抢起那又粗又重的拳头去跟自己那脑袋过不去。

大牛解开一只拴锁着的沙船，将包袱扔进去，把船向对岸划去。

夜已经很深了，万籁俱寂，人们都睡熟了。

两个人一前一后地走在绵绵的沙滩上，大牛突然转过身来，双手抱拳定定地看着山仔，咬了咬嘴唇才说："你知道我为什么总跟你过不去？"

"好强罢。"

"算你说对了，可我除了娘肚里生就的力气什么都不如你，买机器这回我总以为该把你嘲个够，可我头脑简单，压根就没想得你那么深远。我爱阿凤，爱得发疯；但她却恨我无能。那晚你们在菇棚的话我全听到了，你必须留下来，我这就走，如果你不答应我，我就让拳头来说服你。"

"我不能留。"

"那你就看拳吧！"

"慢，我要是赢你呢？"

"笑话——全由你！"

大牛端着双拳气势汹汹冲杀过来，山仔一招招让过，并不主攻，待人高马大的大牛喘了粗气，打出软拳的当儿，山仔迅捷包抄其后，手腿并用擂了一通痛快。等大牛转得过来，山仔又迂回其后，一脚踹向脚腕使他跪地，一手顺势砍向颈项往前叉去，另一只手向前捞过一只手来迅速反锁背后，这下大牛算是五体投地了。

"伙计，你忘了我当过兵。"

"我输了……"

"条件只有一个——给我留下来！"

"可你更配阿凤……"

"不要作践自己。"

　　山仔说完撒手朝沙船走去，奇怪的是就在他们搁船的浅湾里又靠着一只船，他四处望望，只见一个娇巧的身影走向大牛，他看清了，那是阿凤。

　　大牛和阿凤回来的时候，山仔的铺盖空了……

（原载于1988年1月广西民族出版社《三月三》杂志）

大山的儿子

天渐渐黑了下来，屋子里朦朦胧胧的，风刮得嘟嘟响，东发这才想起屋里还缺个人。爹准是砍炭柴去了，累得他够呛呵，前几天刚伐下一堆竹子，篾还没破出来，又忙着烧山灰下小麦了。这些日子天变得快，为了冻前烧出炭来，又不知熬白了他几多头发。

"东发，东发！"他正要撑起身来，门外狂风卷来一个女人的呼喊，女人静了会便轰轰隆隆擂着门扇骂，"人死啦？！"

他不问青红皂白吼了句："喊冤！"

"你还是人咯——你爹腿都摔断了，你倒好，翘起卵子困大觉！"女人骂完就匆匆走了。

"啊？！"

他一骨碌跳下床，拉开门就朝山背后跑，霜风很大，他真想快点走，可腿注了铅似的格外沉，伤也钻心地痛，突然眼前金花飞进，脑子"嗡嗡"作响，人失去了重心，他想猫腰稳住自己，不想却给树绊了一下，一个一米七六的汉子直直趴在地上。他挣扎了好几次，无奈累了一天四肢散架爬不起来。他索性一动不动地躺下了，可是一闪念，猛然神经质地一弹，神功天来，他竟然一个空翻直挺挺地站将起来……

　　他吃了五年武警的饭，曾荣立三等功。他的命运很不幸，竟然在一次车祸中，失去了右手五指，为此，他退了伍。乡里通知他去安排工作，他一早赶去，名额又被人占了，他白白跑了一趟，回来累得不行。

　　屋漏又遭连夜雨。父亲昨天上山砍柴，竟又摔伤了。送走给父亲治病的药师，安顿好父亲，已经大半晌了。霜已经融尽，他把父亲用的那把锋口白闪闪的月牙斧架在肩上，吆喝了自家的大牯牛上了山。

　　他放了牛，找到父亲砍过炭柴的地方，密密的灌木丛中留下一个个新伐的矮蔸，没见几棵显眼的山木。找了好一会儿，才见一棵稍大点的栗树，他放下斧，双手来回划了几个圈舒了舒臂膀，然后左手抡斧，那只肉拳靠着斧柄的下尾，狠劲一砍，斧口偏了向却只有一半落在树蔸上。从来都是右手得力，左手不惯事小，肉拳却在帮着倒忙。他干脆单手抡斧使出了娘肚里生就的全部力气一下一下地砍，只可怜那树蔸上一斧下一斧白白脱去尺半长白净皮肉，自己却无奈精疲力竭，左臂酸痛，到头来还是没砍进去几分尺寸；用力一摇，那栗木竟挺挺身子，仿佛朝他嘿嘿冷笑。他气没打一处来，丢了斧头，纵身一跳抓住一条枝丫悬挂上去，想把它拦蔸压断，没想到柔韧的枝丫将他左一下右一下晃悠了好一阵，他手一软，竟重重地跌落下来。他揉了揉酸痛的屁股坐起来，抱着个头无声地哽咽着……

　　"痛吗？"肩上竟然搭了双纤手，耳边撞荡着一个姑娘温柔的问候。东发下意识地转过头去，"呀，翠莲！"他只是在心里惊叫了声，嘴角并没有动，随即躲开翠莲的手，无地自容地把个头深深埋在胯下。

　　"你哑巴啦？见了老虎啦？就不敢再叫一声'莲妹仔'？嘻

嘻……"东发的脸忽地红到了耳根，更不敢正眼看翠莲一眼……

"东发回来啦！"山里人奔走相告蜂拥而来，把个小竹屋围得水泄不通。东发从黑色大挎包里捧出纸包糖瓜子打发叫"哥哥""叔叔"的伢妹，然后赔着笑恭恭敬敬地给老辈子小伙子沏茶递烟。人太多了，他只能忙着手里的活计，哪顾得前面是男是女。该轮到门口了，他抽出一支"大前门"递过去："嘿嘿，请抽支烟。"突然屋里爆炸般地一阵哄笑，他抬头一看，呀！面前却是一个十七八岁的妹仔，高挑的个儿，留两条长辫，深深的酒窝，红扑扑的脸，微突的乳峰，水汪汪的杏眼。他尴尬地说了句："这个不是翠莲吗？"三年不见，当刮目相看啦！他还想饱饱眼福，这时姑娘小伙们却闹癫了。"莲妹仔，别辜负了东哥的一片好心呀！""接着呗，别不好意思。""递过去吧，东发，叫'莲妹妹'呀——"翠莲羞得没法捂着个脸径直跑了。东发的心一直痒痒的，总想到再见见她，第二天借故去她家串门，殊不知翠莲是回家过星期天的，已经去了学校。他的假期到了，翠莲也没有回来过，据说是快考试了。到了部队，他憋不住，硬着头皮，给她去了封信，为着那个"莲妹仔"的称呼真费了他一通宵工夫，然而除了接到一封"东发哥，我还在读书，现在谈这码事还早……"，就什么也没有了。

就这样僵持了很久，东发别扭极了，真不知说什么好。

"你毕业了？"

"是的，还记得我给你写的那封信吗？嘻嘻，我现在可不读书啦。"

东发脸又烧了一阵，嘴巴嗫嗫嚅嚅的："没考上……你不去考大学？"

"那我问你为啥不去当干部？"

"唉——"

"点到你的痛处了是吗？告诉你，我没考上，当初也想跳崖，可现在我却嫌活不够，你信吗？"

"我只想杀人！"

"杀人可要偿命，划不来。"翠莲歪着头玩世不恭地说着，"别怨天怨地，命运在你自己手里，不要忘了你可是'丘八'出身！"她扬了扬头发，眼睛忽闪忽闪的，"哎，你家的炭柴牛佗正带大伙在帮忙哩，这会已经给你装上窑了，愿意的话，我正缺个帮手，明天给我种麦去，我还在山那边筛山灰哩，拜拜——"东发一直耷拉着头儿子似的听着，倏地触电般弹起来，望着翠莲那矫捷的背影，莫名地喊："么咯？炭柴装窑？！翠莲——"忽而又梦醒般蹒跚着双腿忘命朝窑地奔去。

东发蒙着潮红的双眼蹲在已装封好的窑顶上，热泪挤出指隙清清落下，突然他又跟谁斗气似的霍地站起，拂袖当面一拭，咬紧双唇深吞下一口粗气。

东发把老山锄垫在屁股下，坐在山口等翠莲进来，他没有忘记翠莲约他种麦哩。霜很重，风冷飕飕的，一双手冻得乌肿肿的，嘴巴不住地咳，肺叶里也挤不出几丝御寒的热气；太阳好不容易迟姗姗地从山顶露出半个羞红羞红的脸蛋来，微微颔首着。这娘们怪逗人哩。心里痒酥酥的，他竟抡起了锄迎着太阳爬向山顶。站在高高的山巅上，沐浴在阳光下，顿有心猿意马，悠然凌空之感，举头欲尽空天，穹宇邃远，竟引出一串喷嚏，然后手搭凉棚极目眺去，只见群峰横亘，万山皆伏，云雾如蓓蕾初绽，袅袅散去，一个个山头竞相拔萃，争锋较极……东发摇头捻须真想搜肠刮肚调动所有的艺术细胞来吟咏一番，忽地灵感天来，隐约记起中学时代语文老师在谈到描写山高时摇头摇尾吟诵过的一首古诗来——"哟，对了！'只有天在上，更无山与齐；举头红日近，回首白云低'。"连他自己都不敢相信在糊里糊涂的年代里读过的书还有如此令人难忘的东西，与书绝缘七八年的自己竟还有这般惊人的记忆力。看他高兴得就地一个筋斗，拿开架势，一口气打完了在武警部队里练过的二十个擒敌动作。

"哈哈，原来在这里发狗疯啊——"喘着粗气的东发回过头去，原来翠莲正忍俊不禁对他喊。

东发用手抹抹额上沁出的汗珠："嘿嘿，试试功夫……"

"功夫不浅呀，要不要我再教你一招？"翠莲掏出飘溢着香水味的花手帕递过去，东发没接，"还要我动手呀——"她声音很大，东发身子下意识地一耸，抖着手乖乖地接了，嘴里却瑟瑟地说："翠莲，你……""我咋啦？""……有点辣。"翠莲捂着嘴背过身去禁不住笑歪了身子，突然又飞也似的朝山下猛跑，还回过头来喊："快拿锄头，鳞甲（穿山甲）进洞啦！"东发尾随她来到一个小洞边，愣着说："我咋没看见，再说洞口也没动过呀……""哎呀，快挖——你到底信不信？"没说的，能不信？这一激他撅起屁股抢了锄就挖，翠莲在一旁拍着巴掌，"加油，加油！别放过它。"东发那锄越抡越没劲了，汗水糊了嘴，上气接不上下气。翠莲把笑捂进肚里，还一个劲地为他鼓气。毕竟挖进去不浅，恰好，这时洞侧岔了个眼，怪了，老洞生出新洞来了。翠莲自己都不相信，竟然弄假成真？她好奇地夺个锄来；"笨熊，给我！"她狠劲一锄下去，只听"嗡"声一阵窜出

黑压压的地蜂来。她一声尖叫拔腿便跑，东发见势追上去将她绊倒压在身下，"不要命啦，还跑！"两个人没魂似的不知待了多久，直到"嗡嗡"声渐渐远去，才敢抬起头来，只觉得头上脖子上麻酥酥的，用手一摸竟是十几个肉包。东发哭丧着脸问："到底看没看见鳞甲呀？"翠莲哭笑不得："我的妈呀，就怪你笨……"他正要爬起来，翠莲一把将他抱住，半娇半嗔说："我要你治。"东发心里一热，鬼机灵来了，"办法倒有一个，只是——""啥？"他朝翠莲那高耸的乳峰使劲一搓，神秘地挤挤眼，"这——个。"翠莲坐起身来，抡起无力的拳头朝东发直擂，"好啊，你坏……"

等山里人把炭一担一担挑下山卖完，换回把把票子，从街上买回度冬的衣服食物，天已经很不耐烦了。霜冻一天重似一天，慢慢结成晶莹莹的东西，再铺天盖地叠上几层厚厚的雪毯，几乎五体投地的万木众生，只得毕恭毕敬顶礼膜拜着叫"谢天谢地""阿弥陀佛"了。

梁老汉腿好了点，就忙着把伐下的竹子破出篾来，准备织些竹货，一开春就可以下山卖了。那把篾刀穿梭般地跳，沙沙沙的声音极脆，一撕两开，青篾黄篾分搭在两条凳上；东发直愣愣地看着，手痒痒的却帮不上忙，无聊中忽然想起几年没摸铳打过猎了，何不邀大伙凑凑野趣？他跟父亲说了声，便从炕楼取下父亲留下的那把备过案的火铳，左手抢着掂了掂，嘿嘿，就凭一只手也准中十环。他从酒缸里舀了满碗酒干了，装足火药和铁砂，抖抖神便操了铳朝雪地里跑。旷荡荡的山野冷寂寂的，偶然也有几个老头唤了狗不冷不热地转几圈，听不到人和狗的呼应便懒恹恹地走了；一群贪玩的伢妹出来滚雪球、塑罗汉，有哭有笑的，但转眼做母亲的就跟在屁股后面把他们硬拉死拽回去了。真没劲，男人们是不是打牌赌博或是跟女人钻被窝去了？记得往年的雪天简直成了男人的乐园：他们整天价不分东西地跑，碰到麂子、野狼，甚至是山猪、猛豹，谁也舍不得放铳，都想过过瘾尝尝活捉俘虏的洋味儿；或者坐个雪橇没命地从山上往山下滑，纯粹图个笑乐……他没趣地走，忽听头顶"叽嘎"一声，是只山雀，他左手端铳，眼睛眯都不眯一下，"嘣！"的一响，就见那小生灵歪着头乖乖地垂落下来，他依然抡了铳没趣地走，不觉又想起翠莲来，到底在干些啥？神不知鬼不觉的，他想看看去。

他在竹屋外站了站，听到里面嘻嘻哈哈的，便轻轻推开门，平端了铳，大喊了声："不许动，举起手来！"措手不及的姑娘们吓得跳起老高，等明白过来，一个个扬起手里的篾片嘻嘻笑笑地杀将过来。"好呀，山鬼子，缴枪不杀！"姑娘们不饶人，硬是把他的铳缴了，簇拥着把他押到翠莲面前，"莲妹仔就听你一句话，如何发落他？""罚他给我们破篾！"东发滑稽地做了个鬼脸，"嘿嘿，难得了我吗？"他把篾条夹在两腿间，左手操刀，肉拳贴紧篾片一刀下去，嗦嗦地响，可那肉拳送不了篾，只好贴着移。篾片好锋啊，只一滑就是一道口，东发咧着嘴装着没事的样子，姑娘们却笑歪了嘴，翠莲白着眼走过去，接过刀唬着："你逞能，再给你一刀！"心疼地掏出手绢替他擦了血，撒了点山药粉，然后用食指点着他的眉心骨，"笨——熊！"东发闪手抓了那手指伸进自己嘴里，"我吞了。"翠莲故意往他喉里直搅，"你吞，我叫你吞。"东发痒得直想呕，这下屋子里真给姑娘们哄抬起来了。

闹够了，姑娘们又飞刀走篾忙开了，东发站在一边眼花缭乱了。一转眼工夫，粗粗细细的篾条变戏法似的成了一个个菜篮子，汤滤

子，橘筐子，筛兜子，他叫好都来不及，不住地拍手，翠莲瞟了他一眼，"少见多怪，我让你见见世面。"她玩魔术似的揭开里屋的帘子，哟，简直钻进了万花筒了，名目繁多，规格迥异的竹器成品中，有构篾如丝、玲珑别致的筛筅篮笼，也有用篾粗简、工序疏捷的箩筐篓箕……东发一饱眼福之后，啧啧连声地钻出房来，"没想到你们还真有两下子！"几个姑娘嘟嚷着，"手艺再好还不是摆摆街，嘴巴叫烂也没人要。""我当兵的那个南方城市精细竹艺品抢烂手，真的，说不定你们的产品还能打入国际市场。""得了吧，你尽瞎吹，难道外国佬还上你山旮旯要这玩意儿，开国际玩笑呗。""哎呀，你们懂啥……"他搔搔脑袋，近乎自言自语地说，"如果名堂再多点，比如晒垫子，凉席子，竹椅，躺床什么的，那山里的竹子也派上用场了；编织也就成为一种职业，而不是零打碎敲的副业……唉，只可惜我少了五个指啊……"姑娘们又哄笑开了，"你还刚从地底下冒出来吧，这山里还有哪门竹活不会呀——那是你们男人干的活。"翠莲一直沉默着没开口，她似乎在咀嚼着东发那番话。东发很扫兴，见翠莲一直没发话，便取了铳没趣地走了。

东发一直被自己的意外发现所纠缠……多么绝妙的活路啊，如果把她们中有手艺的组织起来，办一个竹器编织厂，只要准确把握市场信息，主动物色订货用户，提高产品质量，那么产品就会供不应求。这样一部分人就可以从原始的生产方式中解脱出来，长期从事手工业生产……只是除了原料供应，办厂必须走出大山，考虑交通问题；另外，要提高生产能力，还得强化机械，这自然又牵及资本和技术问题……他越想越有劲，巴不得就把翠莲和牛佗那帮找来，但转念又想，自己缺指少掌的，手艺又是门外汉……正踌躇间，忽听门外一阵骚动，叽叽呱呱的似乎有很多人。他开门一看，原来是翠莲和牛佗正好领了一帮姑娘小伙朝自家走来。雪下得很大，风呼呼地叫啸着，他们立定了，翠莲站出来，"东发，我们已合计好了，就只听你一句话啰——"她转身朝大伙眨眨眼，于是大伙便没完没了地嚷："今天答应了我们就走，要不就让雪埋在这里。"

东发莫名其妙地问，"答应啥呀？"。

"你还装蒜——办竹器厂呀。"

"欤？！谁出的主意？"他故作惊诧地看着翠莲，"就你女诸葛点子多——好，那我问你厂房建在哪？"

"建在山脚下通公路的地方，既可以节省人口集中地买地皮的大笔资金，也能方便运输，还能缩短原材料的供应距离，把竹子放下山就行，嘻，三全其美。"

"嗯，有点道理。还有，资金、技术从哪里来？"

"钱我们自己凑。不够再贷款，至于技术我们自己解决，发展到计算机、机器人时再说。"

梁老汉终于耐不住了从屋子里走出来，翠莲一见，巧舌如簧地把话一转说："哟，我们还要请梁伯他们老辈子做技术顾问哩。"

东发继续问："那么经营管理、产品推销、情报信息谁负责？"

"那我们还白来受冻干吗？是熊是虎全看你的本事啦！"

"嘿嘿，莲妹仔，我要不干呢？"东发揶揄地朝翠莲刮刮鼻子，"你又怎样？"

"我谅你不敢！"翠莲一步步逼近来，一闪手使劲牵住东发的一只耳朵，"答应吗？"

东发故意怪腔怪调学了一阵猪叫，趁翠莲得意，一把拧住她的鼻子："非学牛叫不可。"

"哞——"翠莲把鼻音拖得长长的，梁老汉幸福地笑了，悄悄地躲进屋里去，把个欢乐世界让给年轻人。

全场雀跃了，只见雪地里一对一对地鼻子耳朵乱拧着，狗腔牛调尖叫着。牛佗又乘兴冒出来扯破嗓子喊："伙计们，让我们上山弄点野味干几杯烧酒去！"

大伙"哇——"地呼应着，唤了狗抢了铳一窝蜂似的去了。

姑娘小伙子们真风风火火干起来了，山里人办事就像洒醋清水滤豆腐——连贯动作。那边东发下山订机器联系业务，这边大伙就伐竹修冰道准备放排盖房子备原料，一个风雪冽冽的寒冬给他们闹得热烘烘、暖融融的。

山里，突然来了两位警察，衣服跟东发那时的差不多，只是颜色不同，为等东发回来，在村委会主任家住了两个晚上。山里人搞懵了，他们怕警察就围住村委会主任，说东发没犯法，为什么要抓他。村委会主任笑得合不拢嘴，原来给东发安排工作了，分在公安局，人家是来接他的，车还在山下等着哩。消息一传开，正在火候上的大伙凉了半截，他们在想，东发会不会走？厂还办不办？这可是山里人想都不敢想的工作呀，摩托、警棍、武装带，多神气！可他一走，厂咋办？他可是顶梁的柱啊！他们希望他走，又怕他走……从来硬气不服人的翠莲也犹豫了，徘徊了，她的心事比大伙还多了几重，但看着伙伴们就要泄气熄火，也就压抑了缠绵的心绪强装笑乐给伙计们点火鼓气。

雪地里干活真不比坐在火盆前纳鞋底做针线轻松哟，翠莲领着大伙把男人们伐下的竹子一根根码成堆扎成排，竹子可粗啊，男人们能伐倒未必能搬动，她们却嘻嘻哈哈没事样地干着，还打着号子，漫山遍野里悠荡着他们银铃般的"嗨——扎，嗨——扎"声。"唐——翠莲——"山坳里有人用手握成喇叭喊，"有挂号信——"

信从县城来，翠莲耐不及撕开。

莲妹仔：

你让我想得好苦！

告诉你一个好消息，我这一去光同几个园艺场订的橘筐合同一项就是三十万元，很多机关单位还向我们预订藤椅，到时登门要货。另外，我又回了一趟"娘家"，那里竹货紧但档次高，几个外商还给了我他们喜爱的工艺图案——只要质量上乘，真可以打入国际市场了！

关于我工作的事，回县城才知道，想必大伙也知道了。工作固然好，但山里更需要我，你告诉他们，我已经在局里办了停薪留职手续，局长很支持山里的发展，同意了我的申请，你们先干着吧，我托运好机器就回来……

翠莲捧着信笺的手微微颤抖，眼里噙满晶莹的泪花，她忘命地向山上狂奔，传告着这一快人的喜讯……

（原载于1988年第3期《北部湾文学》）

潮 动

一

　　街灯亮了，夜市醒了，对岸河堤的茶座也开始营业了，七色灯明灭幽幻，"立体声"轻轻地哼着，舞厅和影院变着调尽量弄出腥臊味来诱惑游众……真的不解风情，殊不知灯光和声乐已不时髦，静谧和幽暗才是年轻人的去处。

　　头顶上这条二级公路大桥的桥灯形同虚设，守桥的"治安"从没开过灯，想必是要招揽几对情人凑凑热闹，抑或多几条人增加"桥老爷"的安保系数罢。总算可以脱了裤衩松松憋了一天的命根子了，阿帆光着身子洗了个痛快，便游近沙船爬上船尾，把裤衩拧了拧正要就着穿上，突然滩上一束手电强光杀将过来，"阿帆，嘻嘻……"倒霉，是阿萍，原来她压根就没走，这下失算了，还光着屁股哩。阿帆就势蹲下去，用背心裤衩胡乱遮住那东西，可阿萍那手电偏要往下面照，"阿萍，你……我站起来了哦——""你站起来呀，嘻嘻……"阿帆真的站起来，毛茸茸的那东西无遮无掩的，这下阿萍可怯阵了，赶紧熄了手电，无地自容，"啊——你要死……"

阿萍帮阿帆把工具拾到船上，自己也上了船，两个人蹲在船尾，船顺着水慢慢向下漂。

阿帆趁阿萍不注意，伸过一个湿湿的嘴巴去，在她那粉嘟嘟的脸上印了个吻。"你讨厌，湿湿的——"阿萍嗔笑着又顺手在他大腿上拧了一把，"哎，你猜我这几天去了哪里？"

"烧香拜佛吧！"

"哼，我可没那份诚意，这回还是人家贴出广告公开招考的。"阿萍傲气十足地歪着头，"我中了！"

"哪个衙门？"

"市泥兴厂呀，明天报到上班啦。"

"哟，我还以为是市府大院的清洁工，原来是玩泥巴的干活，哈哈……"

"笑得太早了吧你，人家还创外汇哩，总比你捞沙强！"阿萍有点动气了。

"是吗？——但愿如此。"

阿帆又凑过身去，拍拍阿萍的肩："嘻，堂堂工人阶级了，不请客呀？"

"请，请你吃个饱！"说着站起来抡了拳头在阿帆的背上擂了一阵鼓。

"看你那肚量，要是再怀个崽呀——非炸了不可。"阿帆又嘲又逗，"只是捞沙佬我怕是高攀不上啰——"

"你也太……几个月里我连个临时工都找不着，这回自己考上了你倒来泼冷水……"阿萍委屈得声音都变了调。

"哎呀，我也没拦你……"

"哼，走着瞧！"

阿萍气嘟嘟的，阿帆这才觉得玩笑开过了头，嘿嘿，她原本想听几句恭维话，没想到却讨了个没趣，真逗。唉，为找个临时工，毕业后她一直在城里奔忙，点头哈腰送礼卖笑，够难为她了，可她就不死心，总放不下"半个知识分子"的架子，就不想想城里的高中生闭着眼睛也能摸到，还要没头没尾地待业，有工作还轮得到你"城边仔"？她那横劲，能劝得住吗？我可没少挨她剋哩，什么"鼠目寸光"呀，"蜕化变质"呀，住洋楼坐办公室领工资我就不想？能吗？！捞沙我就心安理得、知足常乐？不哩，赔血本、玩老命的把戏。但要现实呀，有啥想图还得顾顾眼下再说……噫，翘尾巴了，那泥兴厂谁不懂，工艺没特色在国内甚至本市都没市场，工人连工资都发不出去，城里伢儿妹子没人干。近来有人嗅觉灵，说洋佬喜欢捏弄那玩意，市里便又巴不得凑合一群乌合之众，城里人发请帖都请不来，只好面向郊区农村招人，政府有言在先，谁包这个厂赔了本国家填，硬着头皮为祖国争面子创外汇，奇闻！无奈她死心塌地，好个不能吃不能兜的姑奶奶，那就等着瞧吧。

阿萍堵了气，不说不笑，阿帆想逗逗她，冷不防又给她伸去一个嘴巴，阿萍沉了脸说："讨厌！""嘴干了。"阿帆尴尬地讪笑着。阿萍弯了身子从江中掬了捧水朝阿帆浇过去。"干吗？"阿帆厚起脸迎上去一把将她抱过来，在她那胳肢窝里直搔，这时阿萍才不得不爆了几颗"炒豆"。

船平了村埠口，斜刺里一插，靠岸了。埠口停满了各家各户的沙船，阿帆拴了船，拾掇了工具，携了阿萍上了"百步磴"。阿萍突然驻足不走了，偎了阿帆站着，怯怯地说："我怕。"埠当口是新寡莲子家，她男人一个月前死了。阿帆挽了阿萍的手，"亏你还学唯物主义，走，我是钟馗，鬼怕我。"刚上了几磴，却见莲子家门前有人扭打在一块，哼哼哈哈地谁都不吭声，不一会只听"叭！"的一声重响一个人"哎哟哎哟"趴在地上呻吟着，正好莲子这时又开了门探出个头来，阿帆从阿萍手里要过手电射照过去。一个人见状背了光从莲子屋右侧拔腿跑了，随即莲子也"哐——"地把门关上了。地上趴的是蛮佗，可能磕了门牙，嘴巴血糊糊的。这死猪准是在打莲子的主意。也怪，揍蛮佗的那个是谁？莫不是猎狗不让野狗干上了……阿帆还想近去弄个究竟，阿萍硬是把他拖拽住。"你没正经，管人家那种事干吗？"就连推带搡将他拥走了。

二

蛮佗那饿鬼定然要来的，自从牛伢死后三叔叫他帮我做点事，他就越发放肆起来，好像成了这屋里的男主人，白日里端个饭碗也往这边跑，那眼睛贼样往你身上睃来睃去，恨不得把你吞掉。我开初也没咋防他，以为再禽兽不如还是个家兄，没想到他硬是动手动脚的，深更半夜还有事没事死皮赖脸来敲门，你骂他，他不识好歹还以为你愿搭他，不理他却以为你软弱可欺，缠得更是没完没了。唉，当初就不该应了三叔让他进这个门，一个打了四十年单身的馋光棍能见得女人吗？这畜生心里压根就没忧过牛伢，他幸灾乐祸还高兴了几分，牛伢在的日子，他就不怀好意打了我几次主意，现在我孤独一个单身寡妇非给他剥了不可……天啦！昨夜里他学女人声音来叫门，我还以为是三婶来串门陪我坐坐哩，他一进来就赖着不走，那个畜劲，对他硬得吗？我那个哄那个骗呀，还多亏了他那个木脑瓜，总算躲过一个

晚上。

天黑了，莲子拉亮灯，把四门封得紧紧的，上了闩。"哗——"有扇窗户没关紧被风掀了一下，莲子悚然弹起，双手压抑着紧跳的心口，身子瑟瑟地筛抖着，牛伢，别吓我，我怕。我怕，平日里就怕他，他那粗劲，就不懂疼人，人倒是好人，干起活来没你的份，没声没气的，从来不多说句话，难怪当初他娘要他给蛮佗让亲他也依了。日后我问他自己愿不愿意，他讲他差点捧死他娘，可他就是闷声闷气不吭一声。死的时候在医院里，说是胆囊炎，肿了水，他还当是胃病，我也没在意，只可怜他平日里忍，晚了，刚切开水还没抽完人就没气了，那惨……天一黑，好像屋里四处都是他的影子，更不敢进那房去，看那床，就好像开了肚血淋淋地躺在那里一声声呻唤……牛伢，一日夫妻百日恩，平日里我也没对你哪样，我还是你的人呀，蛮佗他不作好，在日你也懂他为人，你就治治他吧，你要是缺穿少吃，我这就给供上来。莲子突然悟过神来，人也爽朗了许多，她匆匆生了火，从餐柜里拿出祭了数百次的粽粑牲品热了，盛在一个大钵里，竖插一双筷子端到正堂神龛下早先置好的餐桌上，桌上有一个燃了几根线香的装了米的竹筒和一盏幽暗的香油灯。她从神龛上取下了牛伢的灵位牌子插在米筒里，又新换上几炷香，点了一把纸钱燃在桌下，随着那黄火卷起的香烟，莲子双手合十跪在地上，嘴里唠唠叨叨了好一阵方才腆着足月的肚子艰难地撑起来。祭罢牛伢，心里竟然踏实了许多，她封了灶膛的火，正准备熄了灯回房里去，这时门"嘭嘭嘭"一阵鼓响，她诚惶诚恐地心里直蹦，怯怯地定在那里气都不敢大出。

"莲子，开门，是我呀。"是蛮佗在喊。

这馋狗想吃屎也学会奶声奶气说话了，别理，任他喊。

"莲子，别愣着，我告诉你哩。"

他一缠就没完，有事干脆让他说了走。

"大哥，有什么事你就在外面说吧。"莲子也轻声细气地哄。

"哈哈，莲子，我高兴啊，你快是我的人啦！今天娘问我昨夜你讲啥，我全告诉我娘了，娘讲成了，你答应了，娘还应了给我们再办一桌酒，嘿，我不动你，娘讲你肚子里有宝宝，嘿。"蛮佗准是手舞足蹈的，边说边轻轻叩着门，"莲子，开门呀！"

天啦！这憨包把昨夜哄他的话全当真了，他娘和三叔他们到底安的哪份心，这明摆着是他们唆蛮佗来的？想把生米煮成熟饭或是坏了我的名声叫我走也走不了，走也没人要……心好狠啊，想当初换亲的事好气又好笑，还不是他们摆弄的，相亲见面的是牛伢，讲好也是嫁牛伢的，可拜堂那日却换了蛮佗，要不是我找了村委会主任那个闹啊，早就落在蛮佗手里了。人要好倒也罢，可他算哪路货色，又憨又粗，一身牛力没处使，穷得麻线捆裤头，单身还没打到头，就想半路捡便宜，没那么容易！

门外的蛮佗显然耐不住了，门又擂得山响。莲子窝了一肚子火，气咻咻对着门外骂："放狗屁！鬼答应你，你娘也打单身，回去陪你娘睡去！"

"肏你十八代，昨夜讲好的。"气急败坏的蛮佗把气全发泄在那扇门上，"婊子养的你不开看老子不砸——"

蛮佗正说着突然喉咙给卡住了，随即跟人扭打起来，窸窸窣窣，哗哗啦啦，却没一个人说话，谁呀？莲子正疑惑，忽听一声重响有个人倒了，"哎哟哎哟"呻吟着，她这才开了门探出个头来，借着屋里透出的电灯光，看清了狗一般趴在地上的蛮佗身上骑着个人，那人转

过头来，橹橹！莲子差点叫出声来，两个人无声对看了一眼，却见埠口杀了一手电光来，橹橹这才松了蛮佗匆匆站起身从屋右侧跑了，莲子也顺手带上门上了闩，又加了根粗木把门死死顶着。

橹橹的出现，犹如一条巨鲸在莲子平静的海面掀起了一股巨浪，她万万没想到，橹橹竟还在暗暗保护自己。橹橹，你不恨我吗？去年那场台风劫了我们海岛的家，人们只顾逃命，各奔东西，谁也顾不了谁，有船的人家把船推到河口任风浪往河上游漂。老天保佑，风雨把我和叔叔一家送到这城口，风停了，才见很多人都到了这里，就是没见你和你母亲。后来才知道你撑的船翻了，你妈被喂了鱼，你凭水性才勉强活下来。你知道我靠叔养大，经风这一劫，啥都光了，少一个人少一个包袱，水退了后叔给我在这里找了如今这户人家。我不好不依，也就答应了。等你找来，我已经是人家的人了。我悔自己太轻率，可我也没法呀，谁知你是好是歹。橹橹，我一直猜你不透，你是恨我还是跟牛伢过不去，我时时提心吊胆，生怕你做出什么不测的事来，要不灾难过后大家都回去重建家园，就你守着个竹筏子在江上溜达，我真想劝劝你，或是让你揍一顿出出气，你应该回去，你的根在大海边。难道你忘了，你十岁那年就站在父辈海祭的行列中去赶一年一度的渔汛，十五岁你就站在浪尖咬着牙从葬身鱼腹的父亲手里继过了网叉，你看看天能知潮涨潮落风级风向，脚试试水能识虾米对游"红群"多少，大海最怕你，同伴们最服你……但我始终没敢跟你说，我没脸跟你说，我也是大海的子孙呀，我曾经发誓做一个最勇敢的渔人的妻子，而我背叛了自己的诺言。日子久了，我又觉得你不走并不是为了我，你好像彻底把我忘了，你没骂我，也从没找过我，你似乎只对这条江感兴趣，你抓鱼的绝招在这里派上了用场，这江鱼只差给你抓尽了。他们都讲你赚了很多钱，害得他们红了眼只等有一天赶你出去。我又糊涂了，怎么也不明白，你不娶亲不修房，吃不好穿不好，挣了钱为哪样，难道真把海给忘了，把根忘了？我还想回海边去哩，牛伢死后我几次想找你说说，也盼你到我屋里坐坐，可你总是一个谜，不露一点声色，这叫我怎么敢开口？橹橹，你能带我回去吗？还记得每天早晨退了潮的滩涂上那两个光着脚丫、撅着屁股，抓沙虫、扒海螺、捉螃蟹、捡贝壳的少年吗？有次一只恶蟹好恶呵，我伸手去捉，食指给它死死钳住了，你笑着奔过来帮我解那钳爪，不想你也给钳住了，螃蟹牵起我们两只小手，我们叫了又哭，哭了又笑……哎呀，都想到哪去了，自己伤了他的心，还怀了别人的孩子，他还喜欢我吗？……

三

　　江面上的水汽慢慢散去，迷迷蒙蒙地呈现出城市的轮廓来。对岸河堤上有两列跑步的武警，喊着号子踏出齐崭崭的声响，也有气沉丹田练着气功或太极拳的银须老者；村子里的人还甜甜地睡着，没见几个早起。阿帆把捞沙的筐箕锄铲扔进船去解了缆绳逆水往大桥下撑去。那里尽管是人家遗弃的地盘，但靠着桥墩水流不急又迂水积沙，运沙也方便，绕点便道就到了公路。沙子无名无姓无标签，但还有个先来后到，谁要贪人家的地盘那可要以老命相拼的。有啥办法，眼睁睁看人家抓大钱，自己刚从部队退伍回来能捡个地盘就不错了，少睡点懒觉多赔点心力吧。

　　娘的，忒早，迎面漂下一只竹筏来，悠悠然顺水荡着。走近了，

才看清是橹橹收诱笼串钩回来了，他那诱鱼的笼子插了倒须的，成百成千一根线牵着，里面放的是捣烂蒜茸韭菜和的饭粒子，香喷喷的专逗水上的泥鳅和鳝鱼。那串钩贼绝，一个一个铁钩子用一根长绳串着，放上各色腥荤食料，或猪肝小鱼或蚯蚓蛆虫，管你王八团鱼，鲇鱼红鲤，青鳞石斑，谁碰上谁倒霉，绳子一抖，猎物一蹦一蹦的。这小子精透了，他晚上放的笼子串钩神出鬼没，有打歪主意的半夜来偷钓，可就是摸不着，他横一晚、直一晚、上一晚、下一晚，当着你放却要背着你取。他抓鱼的手段也多，一天没个停，他现在收钓，回头他还要去撒网。他那网名目也多，拦网、拖网、坠网、塞网、兜网，全都待命在筏子上，那小小竹筏机关处处，绳索错综，犹如一重重防线戒备森严，神秘莫测，谁也不明其中奥秘，胡乱动弹得它半点。他每天或多或少总有收获，从没逢个空，且现货现卖，一天两次往返市场。每天总是他最早一个走出菜市又是最晚一个走进菜市，日子长了，他这"鱼王"也就享誉全城了，还没等他把鲜货提上岸，对面废码头上早有主顾恭候多时了。看样子今晨他收获又不小，君不见小子那嘴角的笑一阵推一阵的。

"橹橹，走红运了吧。"阿帆喊。

"嘿嘿，不多、不多。"

阿帆偏要看个究竟，擦身过时探出头去瞄那码得齐崭崭的诱笼。

"在这里。"橹橹拍着一担锑桶，上面还架了一杆秤。

呀，足有十几斤去。

"称称看。"

"称过了。"橹橹抬起慵懒的眼皮带着三分自信说，"十四斤九两九钱九。"橹橹边说边把筏子调了点角度，向对面的码头划过去。

望着橹橹远去的背影，阿帆莫名其妙地摇摇头。这人哟，不说不笑，都快三十了还光棍一条，村里好心人怜悯他无家可归，带了十几个妹仔上门招他做上门女婿，他闭着眼睛连看都懒得看一眼。人都讲他有钱，可他死抠，一个子儿都不乱花，那泥巴糊的破棚子拦不住风、挡不住雨，他宁肯躲在筏上也不叫个工花几个钱补补……怪！

四

夜幕慢慢拉近了眼帘，眨眼间黑黑的一片。莲子把晾在浮桥上刚洗好的菜捡进菜筐里，挑上石磴，又取下扁担来垫着坐下来。要死的橹橹他是故意凉我的心，看着你去放钓我才来洗菜，我菜都晾干了你那钓就得收那么久，我偏守在这里，除非你宿在江里不上来，反正我们也不是今日才相识，我衣服你都剥过，还怕你犟到哪里去，今晚我横竖要问个透，心里好有个底。你男子汉大丈夫揍了蛮佗不声不响走了，就不敢到电灯底下亮个相，第二天他娘三叔三婶找上门，骂我男人一死就养了汉子，还逼我讲出你是谁，你要是还喜欢我就大白天到我屋里来，我们打开门睡给别人看看，我不怕，你还怕啥？可你就是让人摸不透，谁知你心里想的啥？你知道我好寂苦，天一黑那屋子好像到处是牛伢的影子，我总是做噩梦，一丝响动都会吓落我三魂七魄，我怕死鬼还怕活鬼，蛮佗那憨包哪时都会扒开门闯进来……你还嫌我苦没受够？你就不能陪我说句话吗？

江面上响起"哗哗"的划水声，莲子站起身，模模糊糊地看见从上面漂下一条船来，她抻了抻衣角，清了下嗓子走上浮桥。

"橹橹。"她先轻柔地唤着，然后才提高了点嗓门，"回来啦？"

"哎，回来啦！"

"欸？！不是撸撸？"

船近了埠口，跳上岸来的却是阿帆。

"这么晚了干啥呀？莲子。"

"洗担菜，明早还怕要托你们的福捎过去卖哩。"

"没问题。"阿帆双手掂了掂那担菜，"哎呀，你能挑得动？"

也真够呛，里里外外一双手，腆着大肚子说不定就要掉下来却还要干这重活。阿帆把工具递给莲子，拾起地上的扁担："我帮你挑回去，明早你等着就是，早点，我给你送到菜市去。"

"哎哟……这哪成……"莲子扭扭捏捏，左右为难。阿帆老弟，这叫我怎么好开口跟你说哟，唉，自己演的好戏。她只好接过阿帆的东西，嘴里语无伦次地客套着，"哎……真咯太麻烦你，看你肩膀刚歇着……"

"力用得尽吗？"阿帆"嗨扎"一声架了马步，挑了菜上了百步磴。

阿帆把菜歇在屋檐下，转身对莲子说："那我走了，莲子。"

"嫌我屋里凳子脏就走吧……"莲子也没拦他，只是那语气显然变了调。

"……哪里话……"阿帆自己倒站住了，难为情地低垂着头，就这样走了她心里能平静吗？新丧的悲苦和哀愁，蛮佗和家人的非礼和虐待，她多么需要同情和保护，我哪怕只是友善地坐坐，也是对她的安慰。犹豫了一会，阿帆竟慨然地笑了，"哈哈，这么说，我倒要去坐坐了。"

莲子乐融融开门拉亮了灯，灯光下阿帆这才看清了她双眼竟然噙满了泪花。

莲子搬了椅子给阿帆让座，自己去灶膛生了火架了个茶壶，下了一大撮"三叶青"茶叶进去，却只放了半勺水，去熬那杯千金难买的浓浓的"亲茶"。

茶熬出来了，倒在一个瓷杯里，莲子双手平端递过来，阿帆感动了，看着那黑森森照得见人影的"亲茶"，手不由自主地巍巍筛抖。"亲茶"在这里是专敬给德高望重、最受尊敬的人喝的，而我算什么辈分，做这么点微不足道的区区小事，能换取如此厚重的大礼吗？阿帆站起来胡乱晃着双手回绝着："莲子，我不敢当啊……""还有哪个把我当人看？阿帆兄弟，你要不接我给你跪下了。"莲子说着就要屈身下跪，阿帆手快一把将她扶住。

"哈呀，开了门抱着个寡妇亲嘴，算你小子有种！"只见窗外晃了一下，阿帆还没反应过来，蛮佗抢着根扁担，嘴里喷着臭气闯将进来，他劈手将莲子推了个趔趄，茶水泼了她一身，又端了扁担朝阿帆拦腰砍来，阿帆忍痛反扑，蛮佗又是猛力一扁担扫来，阿帆禁不住这重重的一击，双手抱着左肋趴在地上。蛮佗见势不妙，哼哧哼哧骂着："狗拿耗子管闲事，你野老公还打我家老公，那晚上那个仇我还没报完哩，哼！"边说边大大咧咧歪着脑袋跨出门去，然后叉开腿，撑开喉咙歇斯底里地叫，"捉贼——捉偷人贼呵——"

莲子扶起阿帆，撩开他那褂子，左肋肌露出两条紫红的血印。莲子哭了，不住抽搐着身子，她倒了点烧酒想替他擦擦，阿帆虎着充血的双眼，甩开莲子的手挣扎着向蛮佗冲去。蛮佗丢了扁担嗷嗷狂叫着捧着双拳又迎战过来，莲子奔出门一个劲地哭喊："救命啊，打死人啦！"

两个人扭成一团，双方都中了对方的拳脚，这时屋子里挤满了人，几个汉子好不容易把他们架开了。蛮佗仍是一副横相，双手叉腰摇头摆尾地说："我还当是哪个，抱着莲子斗啵哩，这几夜我在莲子门外听，呀啧啧……"

人群里也嗯嗯唉唉，啧啧呀呀闹开了，蛮佗的活广告奏了效。

阿帆的脸扭曲了，看着一个个幸灾乐祸的面孔，他索性拨开众人，朝莲子走过去，搂起莲子朝内屋大度走去。

"看，亲热得……"蛮佗无可奈何地馋眼叫嚷着。

"蛮佗你给我闭嘴！"嘈嘈杂杂的人群像给一颗炸弹炸哑了，全都愣在那里。阿萍从外面气咻咻撞进来，指着蛮佗骂："骚狗还能放出香屁来——还亏逗了一屋哈巴狗们看把戏！"她上前截住阿帆，没好气地拦开莲子，挽了阿帆的手，"阿帆，我们回去，莫理会！"阿帆却狠劲甩脱阿萍的手，朝众人瞋目咆哮着："都给我滚出去！关你们卵事，我不光跟莲子睡觉亲嘴——我还要娶她！"

莲子羞得无地自容捂着脸往自己房里跑，反手将门闩上了，阿萍气得擂了阿帆好一阵。"好啊，那你就娶她！"边说边跺着脚嘟着嘴冲出屋子去。众人见没有好戏，也一个个面面相觑，摇头晃脑地各自散了。

五

昨夜够窝囊的，狗日的蛮佗手下得狠，肋骨都充了血，要不给他干那两下说不定会捞点本回来。他娘的是在报那晚被揍的仇，拉屎找错茅厕，我算是成了替罪羊，但跟那憨包能解释清吗？不过，那晚要给我碰上也会揍他一顿的，还不知那小子安的啥心，说不定"耗子老鼠一个娘娘生", 都在打莲子的主意。只是苦了莲子, 一个弱女子无助无援。"熟了的柿子逗老鸦, 麻雀都想捞一把", 我也顾不得那么多, 高兴不高兴一气之下就说了, 莲子你难堪我脸皮也厚了几分呀, 还把阿萍得罪了。试想, 不那样说还真会给他们纠缠得没完没了的。别人要怎么说就让他们嚼舌去吧, 坏了名声我兜着, 我还是童男哟。你就咋啦, 比人家矮一分？别作践自己, 只要你愿意, 我说不定还真敢娶你哩。

热呵, 毒辣辣的日头非剥人一层皮不可, 妈的, 同是一个天, 在河南当兵那地方又该穿棉衣了。阿帆用篙把船定在洄水处, 撅着屁股把个沙箢伸进水里慢慢淘, 待有了点分量再拉上来, 一箢一箢的, 往日一天下来也能捞到二三船, 现在可不行了, 水浅的地方都捞得差不多了, 流急水深地带有沙也去不了, 一个人顾得了沙却顾不了船, 捞箢还没上来船已经给水推走了。捞了大半天沙船总算满了, 阿帆把那铁篙头抽出去将船往岸上撑。靠了岸, 他也懒得就去卸沙, 一屁股坐在船头, 头枕着沙, 用褂子抹了抹汗, 脱下草帽来左一下右一下地往身上扇, 舌头都快碾出干粉了, 来杯咖啡柠檬汁可多好, 哈哈, 喝口江水解渴去吧。这费力不讨好的活计怕是干到尽头了, 本来就不是块好肉, 却守着成百上千饥肠辘辘的食者, 你固然可以分得一羹以充温饱, 可这又是多么原始、蛮荒、俗不可耐的求生活计。当时选定这地方是为了穷过渡, 那么现在呢, 将来呢？"穷则思变"这古训先哲是不是敲到我头上了？

"呜——"一声悠扬的汽笛, 把阿帆骤然弹起, 只见下边"嗒嗒嗒"型上艘小艇来, 一个神气十足的小伙子挺立船头挥斥着那小巧玲珑的快艇拐进了村埠口。水仔！小子这一趟怕是下南洋了, 算他活出

点人味，前年从水运公司退出来带了一帮"愣头青"靠一条小机船，北海、湛江、海南到处窜，倒买转卖，收鱼贩果，往返海陆互通有无，耳朵也灵鼻子也尖，八面来风无孔不入，给他发啦！如今换上了小汽艇，海阔天空，心也大了，气也粗了，竟然搞到手表、布匹、电视机，这线海关松，给他钻了空子，只怕好景不长，水上派出所已经盯上他了。阿帆侧脸瞥了瞥，不觉碰了太阳连打了几个喷嚏，复又仰天翻在那湿湿的沙上，用草帽盖了头脸，一手从江中掬了水往身上胡乱浇洒。

嗯？！酒？阿帆迷迷糊糊地醒来，一股刺鼻的酒香从帽檐下钻进来。没错，酒！阿帆欣然跃将起来，甩手把个草帽掀进江里。

"哈哈，酒还真是东西，能把人灌醉也能把人诱醒，像什么？"橹橹将开了盖的酒从阿帆身边移开慢慢旋紧，向阿帆啄头神秘地抖着，"像光屁股女人，哈哈。你说呢？"

太阳从西边出来了，橹橹竟也舍得如此破费。哟，还是正牌的"桂林三花"。阿帆耸了耸鼻子，干涸的嘴唇竟然砸出津液来，他把手伸过去："喝一口。"

"别急，酒今天尽你的量。"橹橹说着来了个再潇洒不过的动作，左手合指从胸前轻轻横划，然后朝自己的竹筏努努嘴，"请——"

竹筏就停在近旁，麻乌乌的篾篷里一线线轻烟裹着几种异样的荤香袅袅飘散而出，时而带出几声叮叮当当金属的碰响。阿帆给搞懵了，不解地看着橹橹。这小子今天怪神气的，看不出往日那么邋邋遢遢，却也卖弄起城府来了，今日一反往常，这般风光，定是有哪门子好事，筏子上定然还有个人，要开洋荤打牙祭什么的可不能少了我一嘴，看看去。

"莲子，接——客！"阿帆下了沙船走在前面，绕过一段沙地脚还没搭上筏子，跟在后面的橹橹突然冷不丁地喊。

莲子弓着腰从拱篷露出个红扑扑的笑脸，羞赧地挺着个大肚子站出来喊："阿帆兄弟，进来呀。"

太滑稽了，简直令人难以相信。阿帆揉了揉惺忪的睡眼，又翻过头来疑惑地盯着橹橹，咧嘴愣在那里。

"哎，进去说，进去说。"橹橹搡了他一把，顺手将筏子推离浅滩，一拱身也进了竹篷。

拱篷当中垫了块板，上面摆了一盘炸得蜡黄蜡黄的狗肉和一圈大小不一的杯杯盏盏。橹橹把条矮马凳让给阿帆，自己挪到里头盘腿坐着，他朝莲子挤挤眼："得了没有？"莲子把个锅盖掀开，一股腥香弥漫开来，阿帆禁不住鼻翼歙动，凑过头去，哟，一锅翻滚的炖鱼头。鱼端上来，莲子要蹲着，阿帆把凳让给她，她客气了一阵还是坐下了。三个人坐定，橹橹从鱼篓里捡出四瓶原封不动的"桂林三花"磕在板上。

"酒在这里，少了再去提，不喝完不散席，我哥俩喝酒是破天荒第一次，也怕是最后一次，谁也不用让谁。"橹橹又从篓里提出一瓶"百事可乐"，双手捧给莲子，"莲子，白酒就不勉强，阿帆是我们的客人，这个你就尽量吧。"

"我们？"他和她的集体，组合……哦？！还卖关子，唔，这两个人进度蛮快呵，不知不觉地订好终身了？阿帆恍然得到了答案，拧紧的眉结舒展开了，他心照不宣地看着他们，"你们俩……"

"多谢你了，阿帆兄弟。"莲子巧妙地避开阿帆的话题笑盈盈地

说，"我们明天回老家去。"

"回海边去！"橹橹用坚决而自信的口气接着说。

阿帆愕然地坐直了身子，但片刻又恢复了自然，他平静地问："刚刚做出的决定？"

"不，从来这里的第一天算起，将近一年的时间了。"

"何必要耽误这么久？"

"我在等待，从来没有一天像现在这样，爱情和事业同时向我走来。"橹橹微微眯起眼，深沉而幽默地说，"你要知道渔民已经进入到灯光机帆船、探鱼器、收发报机时代，进行着深海高桩围海作业。我可不能凭一条竹筏去闯海，那可不像江上这么自在呵。"

"你说的爱情呢？"阿帆笑着转向莲子，"是不是如果牛伢不死你也打算终生等待？"

"算你猜对了一半，我是在等莲子，但绝不会傻到终生去等，要说明的是正好在三天前我这一年的积蓄才刚够买一条像样的机帆渔船，照你这么说我还是先有了爱情啰。不，如果没有那艘船，我还真不敢跟她说哩，我是早上订好的船，今天上午才正式把她请到筏子上向她逼婚的，哈哈，至于莲子，我相信命运，上帝把她许给我谁也夺不去——就算是姻缘吧。我和她不是今天才相识，你们也许想不到，我和她来这之前也有过你跟阿萍那样动人的故事——你想听吗？"

"好意思……"莲子娇嗔地白橹橹一眼，凑过身去碰他一拳，"还喝不喝？菜都凉了。"

"看我——来，边喝边讲。"

橹橹开了瓶斟满酒，正要举杯叫喝，阿帆却伸过手来压住他的杯，"慢。"

"嗨，算了吧，看，莲子又要打人了。"

"不，我是问你的船呢？"

"呀，这还有假，五十马力机帆船，明天清晨从船厂开出，到村埠口我会鸣笛向乡亲们告别的。"

"干吗走那么早？"

"也没什么大惊小怪的，又不是做广告搞展览，再说我还得赶明天的海哩，顺便也催大伙起个早吧。"

"……"阿帆想说什么却突然打住了，像面对一个陌路人似的重新审视着橹橹，然后若有所思地点点头，却又像煞不介意地问，"这么说那晚揍蛮佗的是你啰？"

"还能是谁？"橹橹狡黠地眨眨眼，"难为你替我受苦了——"

"不舍得皮肉哪有今天的酒喝！"阿帆诙谐地笑笑，第一个起身抓起了酒杯，"来，第一杯酒——祝你们一路顺风！"

"干！"三只杯铿然碰到一起。

六

十五了吧，月亮那么圆，也该去向阿萍赔个罪了，这姑奶奶可得罪不起呀。橹橹的理论"酒是女人"，我看女人是酒哩。谁说不是呢？像我们这种干柴烈火年纪的人能少得了女人吗？多射几滴香水，千万漱个口，来点"爽口液"，少不了亲几个嘴，让她陪你受那洋罪，总得替她想想，喝了半天酒，这口气不熏死人才怪。阿萍还真像个工人阶级了，一进厂就住进了职工宿舍，她倒编得好听，说是照顾我，在家里说话做手脚要避人，在厂里用不着瞒谁躲谁。想来倒也在理，反正泥兴厂也不远，就在桥头，走路去。阿帆着意修饰了一番，

往泥兴厂走去。

空寥的厂区没一点创外汇的氛围，没夜班自然听不到机器的轰鸣，大门敞开连个睡觉的门卫都没见，里面倒也热闹，三三两两的野男仔狼奔豕突地打着呼哨或是怪腔怪调尽量弄出点膻腥味来。大概谁都知道这里是"半吊子"姑娘的"集中营"，来这里碰碰"价廉物美"的运气。竟然也有吻着、搂着、挽着、嬉着的双双对对，这种工厂干吗不倒？为几张洋票子倒不如体体面面开个青楼院，绝对只收清一色外汇券。阿帆驻足站了站，玩世不恭地摇摇头。

阿萍的门开着亮了灯，阿帆正要出其不意地闯进去，却听见有男人在说话，他也就下意识地闪到暗处。

"哼！莲子那种烂货倒找我十块钱我都不困，阿帆他算根什么，梆——翘，呃——拉倒就拉倒，跟我出去啥都不用你干，吃香喝辣全听你的！"

水仔！这崽真是无孔不入，嗅了点点臭气就要当屁放出去熏人了。

"你少臭嘴，操哪门子闲心。"阿萍冰冷冷地说，"我问你正事呀！"

"办卵子饭店，跟我出去还怕没钱花？"

办饭店？这么说阿萍打算离开泥兴厂啰，谢天谢地，总算等到这一天啦！

"到底借不借？"阿萍硬声硬气地说，"不借就拉倒！"

"嗨呀——什么借不借啰，我的就是你的。"窸窣了一阵，"哎——拿去。"

"明年连息一起还你。"

"嘿嘿，阿萍……"门突然关了，"我只……斗个啵。"

"好一个癞皮狗！"门"哐！"地开了，"你以为我少你几个臭钱，滚你的！"门里摔出一把票子来，水仔被推了出来，门又"哐！"地锁上了。

阿帆朝前面黑处远走了几步，不让水仔看到自己。人家已经够难堪的了，也给他点面子，让他把票子捡完。

等水仔蔫头蔫脑没趣地走了，阿帆却又徘徊了。还进不进去？进去就说自己什么都没看见没听见，或是什么都看见了听见了，还替她捏紧拳头同仇敌忾，再或是打个哈哈拍着巴掌有脸没脸去分享她胜利者的喜悦……多没劲，人家不是心都剖给你看了吗？那就让她熄熄火，平静片刻吧。只是今晚的好戏全给水仔那小子冲了。阿帆还是没进去，依然带着自己的孤影无聊地踱出厂区。

阿帆自己都不明白要往哪里去，穿过公路大桥，人又沿着桥南段的河堤朝废码头方向漫无目的地走着。这堤是环城公路的一部分，优雅的音乐茶座和恬静的江滨风光吸引了无数游人。电影还没开场，人们源源不断地朝废码头涌来。这个三年前还十分繁忙的码头，如今前边的货场让拔地而起的"江滨影院"取代了，只留下个立交桥式的装卸口任车辆和行人践踏。这自然是夜市人的"热点"，电影放映前和散场后，这里人流如织，夜车司机宁肯绕道远行也不来跑这段环城公路。阿帆扶着根栏杆面江而立，对面就是他们的村埠口，捞沙的人们早已散去，平静的江面只有点点渔火在忽闪，码头前的港湾依然停着那几艘笨驳船。这些上个世纪五十年代的钢筋混凝土质地、五十吨载重量的庞然大物，原本就是徐娘半老稍逊风骚了。随着北海、防城港两大优良港口的开发，这条古老的水路自然也就淘汰了。水运公司

不散而散，半年等不到一次货运，上自经理下至船夫都得自谋生路。如今那些动力拖轮改装了渔船，留下的笨驳船就更是门前冷落，无人问津了。公司怕是养不起几个守船的老头吧，新近又在船帮上涂出几个醒目的石灰字——"此船出卖，欲购从速"。真滑稽，大有顾客盈门，奇货可居的架势。哈哈，弄什么玄虚，摆你的烂去吧。这时驳船上一个守船的老头打出盏马灯从货仓出来，在船上摆出个香烟摊子，兼售汽水、凉茶、瓜子，然后从驳船上放下一条小船来，正好横贯到岸边同码头连成一线。顿时烟摊子把人们的目光都吸了过去，一些年轻人纷纷下了码头爬上驳船，把个烟摊子围了个水泄不通。这乖老头，还真要出个新花样，不是吗？同是个烟摊，码头上多得数不清，而人们偏要往那里去。如今的人啊，流行歌曲唱烦了竟要喊几句"临行喝妈一碗酒"，猪肉吃腻了却用青菜倒胃口，不在乎时髦不时髦，倒要掀一股新潮去标榜自己的标新立异和独创精神。

什么江河漂流，危峰探险，还不是个"奇"字当先？至于要问意义何在，恐怕也是"无可奉告"吧。信息社会了，人也是该学开化点了，这老头就精透了，来了个"以毒攻毒"。只是那"毒"太小了，核武器时代了，炸弹要重磅的。阿帆原本只是玩味地想想，不觉却有一种异样的感觉触动了他的神经，他不禁骤然为之兴奋，逼着自己去捕捉那稍纵即逝的灵感……欸？！如果小烟摊换成一座现代风格的优雅别致的小酒楼那将是怎样一番景象呢？蓝天、白云、灿星、朗月、波光、渔火、小渡、沙船、静郊、闹市……只有交盏江中，风光全览，方可真正领略到范仲淹"把酒临风，其喜洋洋者矣"的无穷乐趣。这笨船不是急于找到它的买主吗？如果买下一艘，漆刷一番，再加装一层矮楼，不就成了上好的酒楼？下面是厨房，上层是餐厅，最好是旋转的，就选定现在这位置，设备要上等的，服务要一流的，一切就绪，挂上"江月楼"的牌子！阿帆乐癫了，一声"OK！"划响一个漂亮的响指，随即翻过身来大呼"阿萍"，差点将身边一个姑娘搂进怀里。待他悟过神来，拨开芸芸众人，两脚生风一般朝泥兴厂奔去。乖乖，阿萍你猜我要告诉个啥消息——你就要做我的老板娘啦！

七

"可罗——可罗——"海潮一声比一声悠远地叹息着退去了，潮的滚动，搅醒了一江酣梦，平静的江面开始撞荡起欢闹的烟波；天色朦胧，白雾迷茫，入冬的晨风多少带有几许寒意。阿帆自己都说不清为什么要起这般早，是男子汉强烈的自尊自强意识的支使，还是"江上第一楼"的彻夜缠绵？哈哈，我能像猪一样鼾睡着等着橹橹鸣着汽笛的催唤吗？我能面对危机，高枕无忧去放弃漫漫长夜中一线微茫的闪光吗？小酒楼，我心中的小酒楼，你何时才能从江中崛起？！阿帆傲然仁立在村埠口，手里没有捞笾铁铲，倒是掖着个黑色公文包，西装笔挺，皮鞋锃亮，西洋头油光可鉴，国字脸薄脂轻抹，不修柳叶眉，却蓄八字须，没有曲线美，却有风流韵……他咧咧嘴扫了一眼自己，得体地耸耸肩。我才不想以假乱真充公子哥纨绔子弟，倒要修修边幅，体体面面在城里人面前签合同谈交易，我还得求银行批贷款哩，试想你一个窝窝囊囊的"济公活佛"可没哪个"财神"敢恭候。昨晚在阿萍面前立了"军令状"，办不成事回来可要敲脑壳皮，当然，办成了她要给我亲三个响嘴。

桥北船厂方向终于传来了"突突突……"机器的轰鸣，一艘崭新的机帆渔船撑开雾幛拖着一线淡淡的烟云穿过桥墩，船速渐渐一

慢，船屁股轻晃，斜刺里朝阿帆站着的村埠口驶将下来。没错，准是橹橹无疑了！阿帆舒了舒骤然间敛紧的神经，跨步走近水边。船已经停住，只因水浅靠不了埠口，橹橹携了莲子站到船沿，朝阿帆点头致意。

"再见了，阿帆兄弟！"一对人儿颤抖着声音激动地喊。

"一路顺风！"阿帆脉脉颔首。

橹橹把船启动了，缓缓地驶出埠口，随着一长串清脆的汽笛，帆船搅出一江银浪往下游引颈离去……莲子依然扶舷默默地站在船沿，猛然声嘶力竭地朝阿帆这边喊："阿萍——"阿帆翻过身去，只见阿萍正走下石磴朝埠口匆匆走来，不住地朝远去的莲子频频摇手……

阿帆愕然看着阿萍，阿萍却嫣笑着朝他走近："我的先生，该动身了，别忘了你立下的军令状。"

"夫人，遵命！"阿帆用手在嘴角弄出个飞吻，"你可不要变卦。三个，拜——拜！"

阿帆跃上船解了绳正要扬篙撑出去，阿萍却一闪身跳上船来。

"欸？！"阿帆愣直了眼。

阿萍一甩头扬起一泻瀑布朝阿帆妩媚地嘟嘟嘴："不欢迎吗？"

阿帆向她揶揄地挤挤眼，胜利地笑笑，随着钩在指间忽左忽右晃悠着的那个小包的节奏，疯狂地扭起了屁股，然后将篙往岸边轻轻一点，小船驾着一江烟波，悠悠然、悠悠然向江北荡去……

（原载于2014年6月出版的作品集《大山的儿子》）

围　墙

　　徐桂子很纳闷。他老婆珍大娘自从得了甲状腺瘤住进省人民医院以后，耳鼻喉科的主任和医生嘘寒问暖，关怀备至，还告诉他们想要哪位教授主刀可以"随堂点菜"；做了手术以后经检验确认是恶性肿瘤，又耐心疏导，说是手术及时，注意吃药就没什么大碍，不要化疗也不要放疗，心情快乐舒畅就行。回想当初来看病时，照完片子搞完化验以后，请求医生安排床位做手术，却被告知："床位太紧张，恐怕要一个星期后，回去等电话吧！"没想到，他刚回去，第二天就接到有床位的电话。这一切，到底是谁运作的呢？

　　徐桂子平日在队里喜欢使性子，他有一帮酒肉朋友，李家串了黄家聚，有个什么事也有人帮腔造势，因而讲话做事也不留余地。就拿他老弟徐松子和邻居王先胜的"围墙之争"来说，本来就是上座下座的老邻居，他偏偏翻老账，说王先胜当队长那会，欺负他家父死得早，他家前坪有个集体的仓地头，集体解散后，他想占了修屋，而王先胜坚持要将仓地头整修成水田。从此他认定王先胜是宿敌，是不共戴天的仇人。于是，等他结婚在别处修屋后，还主导他弟弟松子与王先胜斗。徐松子的家在前面，他修烤烟房时故意伸出一根柱子对着王先胜家的神龛，这在农村是极不道义的举动；他还每年通过挖屋檐水

渠不断蚕食王先胜的地盘；最过火的莫过于他先下手为强，在两家的公用过道上砌了一堵矮墙，不偏不倚，就那么一尺之差，这条小巷就永远过不了小车了。本来两家没有明显的界址，这一围，"以墙为界"就成了铁的事实。队里人无不叹服徐桂子下手之"绝"！

前几个月，王先胜的二儿子王才要修屋，在围墙之上架了些原木，挖掘机带着履带像坦克一样开了进去。徐松子闻讯，硬是把作业完后的挖掘机堵死了，最后两家差点打将起来，还是派出所出警解决了问题。至于后来拉材料什么的，就只能把车停在村道旁，用手推车往里面拉，硬是多付了近万元的人工费用。

想起在医院VIP式的礼遇，徐桂子倒是想到了王先胜的大儿子王博，他在省城一个报社当记者，资源众多，县里、乡里的领导都很熟，前些年求他办个什么事从不打折扣。即使是砌了围墙，去年徐松子为了参战退伍人员补贴的事找他，他一个电话就摆平了。对王博来说，似乎并不在意家仇宿根，见了面也是笑呵呵的。难道是王先胜给他打了电话？那么，做了好事也不求留名，他又图哪一块呢？

回到村里，徐桂子始终没有解开"活雷锋"的谜团。他多次有意在王先胜面前示好，或是在他屋前晃悠，也没探出只言片语的信息来。

不久，山上发了一次山洪，徐桂子家在一个坡塬上，水来得急，把本来开得小的屋檐水渠冲出几个大坑，还把屋下面王先胜二儿子的水田堤围冲塌了。这堤围离桂子家的中堂也还有十米距离，但连续几天大水冲刷，前坪的土就崩了好几块。这可如何是好？长此以往崩下去，这屋还不倒了去？要阻止崩塌，就必须在堤围上打基础做保护。这一动，要么得找人家兑田，要么找人家容情让点地。而找王先胜说情，岂不是自讨没趣？！

徐桂子翻来覆去，茶饭不思，最后还是想到了王博。他想：王博不常在家，成与不成也不出丑，何况正好要求证一下上次老婆住院的事。

"侄儿子大爷，我是不中用的桂叔啊——哎呀，老是添你的麻烦，你是最看得起桂叔的啊——"他为了这个称呼，也绞尽脑汁，还故意婉转了几次语气，为的是让对方把话接过去。

"哎呀，桂叔，真不好意思，上次我娘打电话来说婶子有病要住院，我正好出差去了，跟医院打了个招呼，也不知他们关照到位么……"王博接上话，又把话锋一转说，"桂叔，今天有什么见教？"

"侄儿子大爷，谢谢你啊！真是搭你的鸿福，连院长都出面了，主刀的教授由我选。还是你有出息！"他也不想绕弯子，直奔主题了，"今天啊，叔有个事还得求你，你弟弟那丘田就在我屋下面，这次山洪暴发，我屋前坪就崩了一大块，我想兑点田，把堤围砌扎实一点……"

"这是必须的，还兑什么地，要多少，先用吧！"王博说完还没忘记自己的身份，转而就来了句，"我跟我父亲、老弟讲一声，你就只管砌吧。"

讨到王博的话，徐桂子心里的石头落了地。联想起王家不计前嫌的宽宏大度，自己小肚鸡肠与人为敌，逼得人家连车都进不去……他突然有个想法，在砌堤围之前，先把他弟弟松子砌的那围墙拆了。

徐桂子回去以后，带着松子给神龛上的祖宗敬了香，鞠躬之间，他禀明本宗先祖："各位先祖在上，冤家宜解不宜结，让地三尺也无

妨！今日桂子就替先祖们做主，和王家那冤，从此就解了！"

随后，兄弟俩带了锤子、錾子、钢钎、推车，把那围墙拆了……

（原载于2020年2月24日《曲靖日报》珠江源副刊）

退　票

　　马小牛怎么也想不到，华洋生态园的总经理冯华会亲自从县城打电话来感谢他对园区景观绿化和长岛"四季花海"规划的建议，并请他继续完善设计蓝图，以便早日分步实施。

　　事情还得从正月十四那天说起。

　　因为新冠肺炎病毒的原因，自从年前回到石井镇拴马村，马小牛直到正月十四，也没有接到他就职的长沙万方园林规划设计公司上班的通知。他很无聊，大正月的，父母亲一大早就去旁边的华洋生态园做事了，他们都七十大几的年纪了，居然受聘为公司养猪、养鸡，去年仅他们这一养殖组，出栏了生猪近百头，还养了500多只土鸡。这不，受疫情影响，猪肉价格不断飙升，而公司已经为他们新进了50头仔猪，眼看这行势，又要为公司增加不少效益呢。

　　想起父母亲，马小牛就直感慨，前些年抛荒了田土后，父亲常去街上打麻将，这一闲，居然得了糖尿病和前列腺炎，视网膜都快脱落了，每天晚上要起来小解上10次，好在我警觉早，立即接到长沙住院治疗。病情控制后回到家，他像变了个人，横竖都闲不下来了，闹着要返耕返种，除了养点鸡鸭，还种玉米、小麦等作物，又适逢华洋公司招聘养殖工，他们就双双报了名。乖乖，除了有固定工资，还可

以与规模、效益挂钩拿奖励。这可急坏了我们小两口，我们原本一家三口在长沙好端端的，妻子翠华在一家酒店搞管理，小孩正上着幼儿园，而老人们这一忙乎，我只得让翠华带着孩子往家里靠，一边打着老人的招呼，一边在华洋公司会议接待中心上着班，孩子就只能由校车往返接送上镇里的中心小学了。

大山远处依稀有新年的鞭炮声，明天就是元宵节了。靠省道的街上人家年前就组织了龙狮队，往年这时候正是热乎的节骨眼上。而这时节，尽管村镇压着管着，却仍然听得见稀稀拉拉新春的喧哗。

华洋公司正月初十就开始上班了，尽管会议接待、酒店、餐饮业务全线停业，但管理人员都按部就班，做着未雨绸缪的接待预演和线上员工的培训工作。翠华这些天正在做一个培训课件，她负责对老员工进行职业道德和礼仪培训。华洋公司百分之七十的员工来自石井镇，都是该镇附近村落的农民工。要把这些地地道道的农民训练成标准的员工，让他们既能通过学习脱胎换骨成合格的工人，还能通过造林、园林管理、科学种养等手段获取脱贫致富的技能，最后即使回家，也能成为产业致富的带头人。

马小牛也开始在线上工作了，他已经接到公司的指令，要尽快完成一个小区的绿化设计图纸。一旦忙起来，他也懒得把孩子小波叫起来。然而，睡懒觉的小波也终于饿醒了。

"妈妈，我要吃三鲜肉包……" 7岁的小波在床上翻来覆去，已经吵得马小牛无法平静了，"我要三鲜肉包！"

"小波，起来吧，妈妈上班去了，奶奶给你准备了早点，快！"马小牛催着孩子，"爷爷、奶奶、妈妈上班去了，中午爸爸给你做好吃的。"

"不，爸爸做饭不好吃，我要去妈妈那里吃食堂！"

"好好好！你快点收拾，等会就去。"马小牛无可奈何，只能勉强答应着，否则就没法静下来工作了。

稍许安静之后，马小牛快马加鞭，基本构想了小区树木品种的规划布局，正要在软件上描摹，小波却已经催着他动身了。哎，也罢，正好多年没进园区了，就当体验生活吧。

父子俩戴了口罩，从唯一的西北门道进入园区。穿过员工宿舍和后勤服务中心，沿着右边的公路爬上天池，这是园区的"绝顶"，可以俯瞰整个园景。只见千余亩曾经光秃秃的荒山披上了绿色的盛装，常绿的乔木、灌木互相点缀，尤其是漫山名贵的油松，在春寒料峭的季节，舒展着银白色的针叶，挺直了腰杆，仿佛一个个傲霜斗雪的戍边勇士，冷凛凛地目不斜视着；会议中心的下边，恣肆开放着的桃花、梨花、杏李花，把那一片山坡澎湃成芬芳漫卷的花海，让人心潮荡漾，激情怒放；山下伸进夫夷江的长条形半岛和因桃花坝水利工程建成后形成的蓄水湖堰，在浓郁青山掩映之下也变得澄澈碧透起来……回想17年前市交通局因扶贫而结缘石井，进而投巨资要用绿水青山造福一方水土，用植被固土固山、保护夫夷江的壮举，他不觉对"华洋人""愚公移山、精卫填海"的"华洋精神"心生敬意，由衷慨叹。

他带着小波又沿环山公路到处走了走。总觉得环山路上的植被景观有点凌乱；不同坡度和日照所对应的林木布局也似乎不尽合理；此外，长岛作为观赏长廊的价值作用没有完全发挥出来。他想，既然要打造成邵阳范围内独一无二的"会议中心"，就要把长岛作为园区的一幕"广告墙"，让四季花海和独特的常绿植被展示在这个天幕上，

赋予她山水的灵动，诗的韵律，人文的风骨……

心里搁着这些"梦想"，马小牛有点不吐不快的冲动，他把小波送到翠华那里，快步赶回家，急着把他的设想描摹到蓝图上。几个"白加黑"的努力，他的蓝图终于通过翠华反馈到因疫情堵在邵阳遥控指挥"华洋"大局的冯总那里。

农历二十五这天，马小牛终于接到公司定于农历二十八上班的通知。他喜形于色，新的一年，尽管受疫情影响，各行各业都受到冲击，但"万方"是大公司，老总年前还曾找他谈过话，准备提拔他做部门经理，年薪将达到20万元。他在盘算，再努把力干几年，就可以在长沙买套房子，将来等老人百年之后，一家人还是住到大都市，有了房子，儿子就可以读上长沙的好学校。高兴之余，他把消息告诉了正在上班的翠华，即刻就在网上订了去长沙的高铁。

出人意料的事情却在马小牛准备远行的前一天发生了。那天，翠华下班回家，却坐着冯总的小车回来了，她带来了冯总和人事部经理老李。冯总一脸憨笑，看得出他那副真诚和求才若渴的样子；而老李却是个急性子，见了面就火急火燎地嚷开了。

"马小牛，你可得给我留下来，我们用最高的工资，最好的待遇，一月5000元，为你解决一切实际问题！"他大大咧咧，说得也不无道理，"我和冯总家都在邵阳，却把17年青春奉献给了你们石井镇，你是本地人，可得把智慧和才华留给这方青山这方热土，我们拿不走带不去，最后都留在你们石井镇！"

"我们是真的急需你这样的人才，你的想法很好，蓝图很完美，我们缺的就是你这样能把梦想照进现实的人。"冯总温和地握住马小牛的手，"说是最高工资，其实并不高，我们刚起步，条件还很艰苦。我们也不能强求你，你要能吃得起这个亏，就留下来，我等你们的决定。"

冯总的车走了，却留给夫妻俩无尽的纠结。

农历二十八这天，翠华也像往常一样去公司上班了，她不想说服丈夫，她把最后的决策空间留给马小牛。

"老婆，我决定了——"马小牛卖了个关子。

"那我请假送送你——"翠华很温婉，很平静。

"决定退票！"马小牛的声音截铁一般。

"嗯，退吧。"翠华也坚定地附和着。

（原载于2020年9月21日《曲靖日报》珠江源副刊）

用家国情怀为基层扶贫群体立传

——何石扶贫文学作品读后

杨汉立

近日集中阅读了作家何石先生的12篇扶贫文学作品，有中篇小说、短篇小说、小小说，有报告文学，也有散文，种类多样，内容丰富，文章精彩。何石先生上接中央精准扶贫战略的"天线"，下接精准脱贫攻坚主战场的"地气"，所创作的作品紧贴新时代波澜壮阔的扶贫大业实际，对当下基层扶贫群体进行"英雄立传"，形成了一批有分量、有生气、有正能量的好作品，为精准扶贫事业贡献了文学的力量。

紧扣精准扶贫，对基层扶贫群体进行"英雄立传"

党的十八大以来，全国各地认真贯彻习近平总书记"精准脱贫"重要思想和中央精准扶贫的发展战略，书写了新时代的壮丽诗篇。干部群众自我加压，把扶贫作为"大考"，瞄准高质量脱贫目标，取得了脱贫攻坚战的一个又一个胜利，涌现了许多可歌可泣的优秀人物和先进事迹。

　　何石先生在农村扶贫一线目睹了太多的人与事，感慨良多，激情澎湃。作为一位深有家国情怀、桑梓之情的作家，作为一个有责任担当的农民的儿子，向党和人民交上了一份优秀的新时代答卷。

　　发表于《湖南文学》的两部中篇小说《那山那村》（载2019年第2期）和《将心比心》（载2019年第9期），我原来在杂志上看过，这一回又再次认真阅读，仍然被感动。《那山那村》的主要人物是一个女人和两个男人：致力于扶贫产业脐橙发展的女子刘梅兰不但把自己所在的赤泥村的脐橙产业发展起来了，还设法让邻近的八里山村也通过种植脐橙脱贫致富；曾是同学、战友，又都喜欢刘梅兰的陈松柏和张清平一直较着劲，也一直存在着误解，陈松柏从部队回到家乡赤泥村做村干部直接报效桑梓，而八里山村的张清平则退伍后一直在外打工经商，最后由于都在为家乡的发展献计出力达成高度一致而冰释前嫌。这种爱国爱家乡的感情正是典型的中国家国情怀，他们的恋爱和矛盾也是中国式的，既固执又有小小的狡黠。由于抓住了这些特质，人物的塑造非常成功，虽然他们是平凡的人，但他们的形象立体、高大，有种草根英雄的气概，展示出生生不息的华夏子孙的典型个性和耀眼风采。

　　《将心比心》取材于以"生死状"闻名全国的优秀共产党员、湖南省新宁县女支书易晓金的故事。以之为原型的主人公许仲英为让上访户刘松林顺利交出摆渡工工作又要使之发家致富，不惜自己出工薪，让他来自家果园学技术，而她本人患了癌症，还要为发展脐橙产业不遗余力地奉献力量，并立下病倒不要政府负担一分钱的"生死状"。中国传统美德与共产党人的担当融合为一体，体现了人间大爱，让人读了收获温暖。

发表于2020年第6期《湘江文艺》的中篇小说《掰腕》讲述的是驻村扶贫队长如何与"钉子户"巧妙周旋,破解现实难题的故事。掰腕,这一在部队和农村广泛盛行的决胜游戏,被退伍军人、企业家黄大牛生活学活用于几大事务的决策中,多次与扶贫队、村干部狭路相逢,看似形同儿戏,但妙趣横生时不忘责任与担当,表现了新型农民在扶贫事业中的积极参与欲望和强大的正能量。报告文学《大塘村扶贫纪事》(载2019年11月14日《今日女报》),反映了大塘村翻天覆地的变化和南航湖南分公司的鼎力支持。报告文学《钟扬,故里坪的儿子》(载2019年8月30日《消费日报》),描写了科学家、时代楷模、"种子"传承者钟扬对祖籍地故里坪一以贯之的热爱和长期授人以渔的帮扶。散文《那一抹特别的风景》(载2019年10月25日《湖南日报》),介绍了发家致富后被推举为村秘书的徐绍萍,她为全村致富而干了几件不让须眉的大事。已经发表在《重庆科技报》《贵州民族报》《湛江文学》《读者报》《曲靖日报》《湘声报》的小小说《全票》《退票》《不解》《泥湾渡人物二题》等,写的都是一些小人物,但都不乏中国情怀、人间真爱,传递的都是满满的正能量。

我提出"扶贫文学"这个名称和概念,也许并不一定准确,它也许还未曾在文学理论体系中正式亮相,但它已经真实地存在,即已经是一种客观现象,而且将会在中国文学史上作为一种特殊的文本样式存在。何石先生是其中的探索者和实践者,也是获得不俗成绩的重要作家。他除了切身体验过扶贫工作的艰难困苦,还作为一个优秀的作家严格要求自己,沉在基层,扑下身子,下真功夫,做真采访,写真情感,撰写出一批有价值的"扶贫文学"作品。他通过大量的细节、朴实的语言和真情实感,反映了在时代大潮中涌现的可歌可泣的感人事迹，体现了文学"为民立命，为英雄群体立传，为时代画像"的使命和价值。

何石先生的"扶贫文学"作品聚百姓之心声，播中国之情怀，可以肯定地说是"不忘初心、牢记使命"的生动文学描述和生动读本，十分值得关注和欣赏。

礼赞产业扶贫，对产业扶贫壮举浓墨重彩描绘

在何石先生的"扶贫文学"中都紧扣了产业扶贫这个关键点，甚至都是写崀山脐橙，"百里脐橙连崀山"这句现实社会中的宣传语也频频出现在不少作品里。他特别赞赏"造血式"的产业扶贫，很少写"输血式"的送钱送物。

他在《那山那村》里借八里山村支书刘达成的对话来表达自己的观点："家乡要发展，必须要产业带动，赤泥村就是个成功的范例。他们的脐橙合作社，有规模有经验，产品早就销到国外了。"这部中篇与另一部中篇《将心比心》都是紧扣住推进脐橙产业促进精准扶贫这一主题，围绕发展脐橙产业来结构故事。无论是对在家乡始终不渝地发展脐橙产业的刘梅兰、陈松柏，还是对在外经商、热心家乡发展、引进脐橙深加工项目的张清平，无论是对立"生死状"的村支书许仲英，还是对由误解到积极主动投身精准脱贫的刘松林，都进行了浓墨重彩式的描绘，让人物鲜活地立起来，并具有精神的感召力量，成为这个时代基层典型人物的塑像。

为什么作者要不厌其烦地写产业扶贫？为什么作者要反复地写脐橙产业？产业扶贫可以说是习近平总书记精准脱贫思想和党中央脱贫决策部署的生动实践，也是全国脱贫攻坚工作取得历史性成就的一个

生动缩影。崀山人民创造的"百里脐橙连崀山"经验，体现了崀山人民的无穷智慧力量，也是对崀山地区"旅游立县""产业融合"战略抉择的肯定。因此，这组文学作品，实质上就是习总书记新时代脱贫攻坚重要思想在崀山的生动实践，阐释了"崀山经验"的偶然性和必然性，体现了文学的时代性。

讲究以小见大，对人物及其故事进行精雕细刻

文学经常在见微知著上显示魅力。即使与政治搭界较紧密的"扶贫文学"也并不是政治性文本，终归属于文学，必须具有文学属性。

何石先生的这些"扶贫文学"作品在大处着眼，从细微入手，以小见大，塑造出一个个有血有肉有骨的人物形象，反映了新时代社会基层的群体形象。

《那山那村》写到陈松柏和张清平两位爷们"钩心斗角"，写到陈松柏"吃醋"和刘梅兰怕陈松柏"吃醋"，无不是精细化的刻画，人物的性格、形象跃然纸上。《将心比心》对老摆渡工刘松林的矛盾心理和突然上访的举动，对村支书许仲英并不计较他的误解反而扶助他早日脱贫，都进行了详尽的描写，人物形象饱满生动。《掰腕》通过多次描写掰腕的细节，体现了观念的冲突、扶贫的角力，切入角度小，展示内涵大，写得很是巧妙。其他作品也无不在细节上下了功夫，体现了从一滴水映见太阳的力量。

所读的12篇作品，通过一个个牵动人心的脱贫故事和大量细节描写，细致地塑造了一批最基层一线的驻村扶贫干部和村支两委干部，生动地反映了他们的迷茫求索、情感碰撞和群众觉醒后的聚力突破，展现了近年来中国扶贫宏大背景下的局部具体场景。在化解各种发展

中的矛盾时，奋斗在一线的广大扶贫干部和积极参与扶贫伟业的社会各界的奋进、担当精神和无限动力，农民群众的心路历程和与贫困作战中显现的不屈不挠的精神、无穷智慧……都得到了生动的再现。可以说，都是以小人物反映大担当，以小故事反映大事业，以小地方反映大时代，实现了"凝聚百姓心声，传递中国情怀"和"不忘初心，砥砺前行"的目的。

这批作品，还较多地采用了民间俗语，也在好些地方细致地写了崀山地区的风土人情和自然环境，为作品的真实性和丰富性增添了光彩。

由于采用大量的细节，重视对人物及其故事进行精雕细刻，让人觉得所写的扶贫事业客观真实、生动形象，读后有一种身临其境的感觉。因为所创作的作品都是以新时代为背景的，尽管切入的角度小，但缩影式地书写了崀山地区脱贫攻坚波澜壮阔、跌宕起伏的辉煌历程，从一些点、一些侧面把崀山地区巨大变化与飞速发展的面乃至全国的脱贫攻坚工作全景呈现在读者面前，展示了奋斗在农村基层扶贫一线的鲜活的党员干部形象和社会各界人物形象，让人可以感受到社会发展的变迁和中国对全球减贫事业做出的突出贡献。因此，何石先生的"扶贫文学"不仅有故事、有泥土味，还有高度、有深度、有力量，可称得上新时代的优秀文学作品。

当然，这些作品也并不是十全十美，比如有些篇什略显概念化的问题，整体对扶贫中的矛盾揭示不够的问题，多少都还需要在以后的创作中注意，以日臻完美。但总体上瑕不掩瑜，这些"扶贫文学"作品能够以一区之域放眼整个时代，能够通过对小人物的描写对精准扶贫基层一线人员进行"英雄立传"，能够着眼产业扶贫这一关键点，

用中国情怀来思辨精准扶贫，向社会传递温暖，完全是站位准确、立意高远、富有泥土气息的好作品。

（原载于2020年1月6日《贵州民族报》）

（杨汉立，系湖南省作家协会会员，湖南省散文学会会员，地方文化学者）

后　记

　　这本《那山那村》小说集收录的不仅是近年的"乡村书写"作品，还把我的小说处女作《山那边的那边》，以及早期的《小渡风流》《大山的儿子》等乡村题材的小说收入其中，除了因主题贴切、吻合，也足见我对崀山、夫夷江、大顶岭、千秋寨、泥湾渡的一往情深和炽烈难舍的农民情结。诚如旅美作家钟铁夫先生在《行囊里的乡愁》所写的："山道弯弯、土地贫瘠的大顶岭和千秋寨是何石的胞衣之地，与许多背负梦想、抗争命运的少年不同的是，他把大山浸润的灵性与善思的天赋偏执地倾心于对文字的揣摩推敲。从他的文字中，可以窥见他缱绻的故乡情怀和对生养他的那方热土的厚爱……诚然，故乡就是你从母腹中呱呱坠地、来到人间的地方。作家的故乡，对于他的写作题材，对于他小说中人物活动的环境，对于他营造的文学世界，起着决定性的作用。"

　　回眸我的创作，真正满意的还真就是几部（篇）故乡题材的作品，多年背着行囊"文化行走"的岁月中留下的无数记录那些城市发展的喧嚣和创伤的文字，并未带给我回味的惊喜。倒是这些和着泥土芳香的熟悉面孔、嵯峨挺拔的群山一样真性情的乡里乡亲，时刻萦围在我的笔头，给了我无尽的能量，让我乐此不疲，并不孤独地向着文

学之巅勇敢地攀爬。

在"决胜全面小康社会""决战扶贫攻坚"如火如荼的农村变革实践中，感谢《湖南文学》《湘江文艺》等刊物"梦圆2020"专题的跟进重推，才有了这种持续不断的创作热情和激情澎湃的文字；也感谢百花洲文艺出版社，在短期内就"相看两不厌"确定了出版的选题；更感谢中国作协在出版后期的"雪中送炭"、鼎力扶持。

此外，出版前后一些专家、领导的跟评和指导，尤其让人感动：著名文学评论家曾镇南老师的热心指点和殷切鼓励，省作协名誉主席聂鑫森，党组副书记、驻会副主席游和平的鼎力推荐，湖南大学章罗生教授的精当评论（代序）和文化学者杨汉立先生的精确解读，以及"保尔式"著名作家曾令超老师的关心、期待等，为该书的顺利出版和出版后的"提质升级"推波助澜。

同时，在本书出版前后，新宁县政协、新宁县委宣传部、新宁县文化旅游广电体育局、新宁县文联，邵阳市委宣传部、邵阳市文化旅游广电体育局、邵阳市文联，长沙市文联，湖南省文化和旅游厅、湖南省作协等单位，在立项、推荐、宣传等方面给予了大力支持，在此一并谨致谢忱。

《那山那村》厚被护佑，愿她步履铿锵；文学之路荆棘满径，吾当踽踽独行，不负韶华。

2020年9月1日